Die Botanikerin

Die Botanikerin

ein historischer Soest-Roman

Lena Dahlhoff · Melanie Kentsch · Julia Kohlhase
Günter Kükenshöner · Alessa Rohe · Laura Thiele

Bibliografische Information der Deutschen Nationalbibliothek
Die Deutsche Nationalbibliothek verzeichnet diese Publikation
in der Deutschen Nationalbibliografie; detaillierte
bibliografische Daten sind im Internet über
<http://dnb.d-nb.de> abrufbar.

ISBN 978-3-00-037590-3

Druck: Althoff Druck, Soest
Satz: Günter Kükenshöner, Soest
Umschlaggestaltung: Laura Thiele, Soest

Zu diesem Buch

Der Roman *Die Botanikerin* ist das Ergebnis eines vom Verein für Geschichte und Heimatpflege Soest ins Leben gerufenen Schreibprojekts für Jugendliche.

Nach öffentlichem Aufruf hat sich eine Gruppe von fünf Autorinnen und Soester Schülerinnen im Alter von 16 bis 18 Jahren gefunden, die in ca. eineinhalb Jahren für das vorliegende Werk recherchiert und es geschrieben hat.

Dieses Projekt wurde beim Wettbewerb „Jugend und Archiv" des Landschaftsverbands Westfalen-Lippe (LWL) als förderungswürdig anerkannt.

Die Autorinnen und der Herausgeber danken deshalb dem LWL, dem Stadtarchiv Soest und dem Soester Geschichtsverein für die ideelle und materielle Unterstützung. Dank auch an alle anderen, die das Projekt begleitet haben.

Im Auftrag des Vereins für Geschichte und Heimatpflege Soest herausgegeben von Günter Kükenshöner.

Gefördert vom Ministerium für Familie, Kinder, Jugend, Kultur und Sport des Landes Nordrhein-Westfalen mit Unterstützung des LWL.

LWL
Für die Menschen.
Für Westfalen-Lippe

Ministerium für Familie, Kinder, Jugend, Kultur und Sport des Landes Nordrhein-Westfalen

Verein für Geschichte und Heimatpflege Soest e. V.

stadt soest

Aus Stadt, Provinz und Gegend.

* * **Soest**, 3. Febr. Am gestrigen Montag wurde der allseits bekannte Eisenbahndirektor Herr Ernst Rosenthal vor seinem Haus tot aufgefunden. Er verstarb in seinem 52sten Lebensjahr. Aufgrund der herausragenden Stellung des Direktors Rosenthal in unserer Stadt hat Hauptwachtmeister Müller die Obere Polizeibehörde in Münster benachrichtigt.

Nun saß ich in diesem elenden Zug nach Soest, der pausenlos ratterte und erbärmlich stank. Neben mir saß eine junge Magd, die leise vor sich hin murmelte und einen alten Lumpen flickte. Vielleicht war es ein Halstuch, doch ich war mir nicht sicher, denn man konnte nur einen dunkel befleckten Fetzen Stoff erkennen. Es hätte ebenso gut ein Handschuh sein können. Das Mädchen hatte nicht einmal „Guten Tag“ gesagt, sie war ganz und gar in ihrer Arbeit versunken, und so schaute ich aus dem Fenster, wohl wissend, dass ich bald wieder zu Hause in Münster sein würde. Dort hatte ich mich von Frau und Kindern verabschiedet, die sehr betrübt über meine Abreise waren.

Erst gestern erhielt ich vom Hauptkommissar die Anweisung, bei einem bedeutenden Todesfall kriminaltechnische Unterstützung zu leisten: In der südlich gelegenen Provinzstadt Soest war der Direktor der Eisenbahngesellschaft tot aufgefunden worden. Bei so wichtigen Persönlichkeiten musste auch immer ein Verbrechen in Betracht gezogen werden. In diesem Fall würden sich die unfähigen Polizeimänner der Stadt bestimmt die Zähne ausbeißen. Sie hatten bisher keinerlei Indizien; sie wussten nicht mal genau, woran der Tote gestorben war.

Das beunruhigte mich jedoch nicht. Mir war klar, dass die Leute vor Ort mal wieder dilettantisch gearbeitet hatten, und der Ruf dieser Stadt eilte ihr voraus. Sicher würde sich der Fall schnell klären, und ich würde Hilde und die Kinder bald wieder in die Arme schließen können.

Ich musste der Soester Kleinstadtkriminologie nur auf die Sprünge helfen.

Noch in Gedanken bemerkte ich, dass die Lok bereits fauchend in den Bahnhof einlief. Dichtes Gedränge herrschte auf dem Bahnsteig. Ich zog meinen Mantel etwas fester zu, nahm mein Gepäck und verließ das Abteil. Als ich aus dem Zug stieg, blies mir ein kalter Wind entgegen. Hoffentlich kam bald der Wachtmeister, der mich abholen sollte.

Inzwischen betrachtete ich die Leute, die sich auf dem Bahnsteig herumtrieben: Reisende, Gepäckträger, Bettler, Bahnangestellte und wartende Familienangehörige. Die Angewohnheit Menschen zu beobachten brachte wohl mein Beruf mit sich. Als Kommissar war man es gewohnt, auf Kleinigkeiten achten zu müssen. Sie konnten charakteristisch und damit auch verräterisch sein.

Das war genau jenes Feingefühl, das diesen Bauern hier fehlte.

Eine Viertelstunde war bereits vergangen, bis ein hageres Bürschlein mit roten Haaren auf mich zuging. Sicher war es einer von diesen Jungen, die sich ein paar Groschen dazuverdienen wollten, indem sie ankommenden Reisenden das Gepäck trugen. Ich wollte gerade ansetzen, um ihm zu sagen, dass ich meinen Koffer wohl auch noch alleine transportieren könne, als er fragte, ob ich Kommissar Carl Lavage sei. Natürlich sagte er „lafage" statt „lawasch".

Die Soester hatten mir wirklich einen halbstarken Hanswurst geschickt, der auch noch zu spät kam. Es schien, als ob sich all meine Befürchtungen bestätigen würden.

Als ich ausstieg und wieder frische Luft atmen konnte, umgab mich sofort das bunte und wirre Treiben auf dem Bahnsteig. Viele verschiedene Menschen liefen scheinbar ziellos von rechts nach links, bepackt mit Koffern, Körben, Taschen oder Hutschachteln. Keiner achtete auf den anderen, keiner holte mich vom Bahnhof ab. Kein herzliches, eher ein tristes Willkommen am Wohnort meiner Cousine, wo ich mich allerdings noch nie gerne aufgehalten hatte. Es kam mir vor wie schon all die Besuche davor. Ich gehörte hier nicht hin, war hier nicht zu Hause. Es schien so, als merkten die Leute das sofort. Als strahlte ich Fremde aus. Einige Blicke trafen mich, und ich glaubte, ich würde im selben Moment meiner Anonymität beraubt, als wüssten sie, wer ich war, wohin ich gehörte und warum ich hier war. Ihre Neugier las in mir wie in einer Zeitung. Was mich in dieser Stadt nicht sonderlich gewundert hätte, denn Neuigkeiten fanden ihren Weg, wie ein Lauffeuer, durch die engen Gassen bis ins letzte Haus. Gerüchte erfanden sich jeden Tag neu. Wie in jeder ländlichen Stadt.

Der Bahnsteig schien von Minute zu Minute noch voller zu werden. Ich fasste schnell meinen Reisekoffer selbst am Griff und suchte einen Ausweg aus dieser Hektik, um nicht länger als nötig von diesen gierigen Blicken verschlungen zu werden. Keine Frau ist vor diesem Angestarrtwerden sicher, wenn sie mal ohne Begleitung durch die Straßen geht.

Das Haus meiner Cousine lag in der Walburgerstraße im Stadtkern. Ich beschloss zu Fuß zu gehen, obwohl ich mir in diesen schmalen Gassen mit den scheußlich hohen, grünen Mauern zwischen den Fachwerkhäusern recht verloren und klein vorkam. Zudem roch es allenthalben nach tierischem Unrat, was mich ein wenig benommen machte.

Ich eilte deshalb so schnell wie möglich zu meiner Cousine, doch das Katzenkopfpflaster schien unendlich lange Wege zu bilden, die kein Ende fanden. Das permanente Klacken meiner Schuhe und das Rappeln meines Gepäcks gaben den rhythmischen Takt meines Marsches an.

Ab und zu schauten die Bewohner der Häuser aus den Fenstern, und diejenigen, die nicht rausschauten, tuschelten bestimmt versteckt hinter ihren Vorhängen. Ein neues Gesicht in der Stadt, was das wohl zu bedeuten hatte? Diese Menschen waren ebenso durchschaubar, wie ich es war. Eine Sache, die wir gemeinsam hatten. Eine erste Verbindung mit Soest.

Ob sich meine Cousine sehr verändert hatte? Ich befürchtete eher nicht. Meine Cousine, Frau Direktor Rosenthal, war eine Geschichte für sich. Für sie spielten das Aussehen und das Ansehen in der Öffentlichkeit die Hauptrolle. In ihrer Gegenwart hatte man stets das Gefühl, der Unterlegene zu sein. Sie verhielt sich nicht auffallend abweisend oder hochnäsig, es war eher das Erraten ihrer Gedanken, das einen so klein machte. Ihr Blick enthüllte ihre Gedanken. Sie gab sich jedoch nicht viel Mühe, dies zu ändern. Es war ihr ganz recht, dass alle, die sie von außen betrachteten, dachten, sie sei eine feine Dame. Doch nur wer sich dann wirklich getraute, ihr in die Augen zu sehen, bekam das Gegenteil bestätigt. Man war für sie nicht sehr viel wert.

Doch sie war ja der Grund meiner Reise hierher. Vielleicht kann man sagen, es ging vielmehr um ihren Mann. Er war gestorben. Ich wusste nicht wie und warum, aber als ich den Brief mit der Nachricht las, war mir sofort klar, dass das eine Angelegenheit der Familie war und kein Zweifel bestand, dass ich meiner Cousine in einer solchen Stunde zur Seite stehen musste. Wohl war sie mit Abstand nicht die Art Mensch, der mir besondere Sympathie einflößte; aber keine Frage, zusammenhalten mussten wir in schweren Situationen wie dieser. Das war so sicher wie das Amen in der Kirche.

Nur war ich auch sehr neugierig, was genau vorgefallen war. Sie erwähnte in der Nachricht, dass es da noch etwas Besonderes zu erzählen gäbe. Ich hatte während der ganzen Zugfahrt darüber nachgedacht, doch konnte ich mir nicht denken, was das sein sollte. Den Tod ihres Mannes hatte sie bereits erwähnt. Ich würde es schon noch erfahren. Denn wenn ich mir mal was in den Kopf gesetzt habe … Neugier, das war wohl eine weitere Sache, die ich mit den Soestern teilte.

Die Eingangspforte zu ihrem Haus war eine alte Holztür, die nicht mehr viel hermachte. Als ich meine Hand zum Anklopfen hob, öffnete sie sich schon wider Erwarten. Elisabeth, meine Cousine, stand im Rahmen. Eine glanzvolle Erscheinung. Sie beherrschte die Kunst des perfekten Auftretens sehr gut, und im ersten Moment verschlug es mir den Atem und die Sprache. Schnell kam mir jedoch wieder der Anlass meines Besuchs in den Sinn. Wir begrüßten uns distanziert und fast wie Fremde. Wir hatten uns seit längerer Zeit nicht mehr gesehen, und es schien, als müssten wir uns erst wieder kennen lernen.

Ich betrat die Stube, und es duftete nach Tee. Ein Duft von Tee, wie es ihn nur hier gab. Die Einrichtung war ordentlich, aber eher in einem rustikalen Stil. Daran konnte ich mich noch schwach erinnern. Es passte zu Elisabeths Mann. Das Haus spiegelte auf eine besondere Weise seine Härte und seine herbe Art wider.

Sie führte mich in einen kleineren Raum, der für heutige Verhältnisse recht kahl eingerichtet war. Es schien, als hätte auf diesen Möbeln seit sehr langer Zeit niemand mehr gesessen. Es fühlte sich sehr hart an, fast wie blankes Holz. Dieser Raum wurde wahrscheinlich nur selten genutzt.

Elisabeth reichte mir eine Tasse mit dunklem Tee. Als der erste Schluck meinen Mund berührte, wusste ich genau, wo ich war. Der Geschmack. Es schmeckte nach Soest, nach dem nassen Pflaster auf den Wegen, nach den engen Gassen, der Kälte, der Hektik am Bahnhof, den Gesichtern, die mich zu durchschauen schienen. Es war immer derselbe Geschmack und immer noch überraschte er mich, wenn ich ihn wieder probierte. Aber hier ging es nicht um mich.

Ich verfolgte die Bewegungen meiner Cousine. Ihre Gesichtszüge waren schwer zu deuten. Sie bewegte sich schnell, aber präzise. Ihr Blick traf meinen. Wir hielten für einen unbestimmten Moment inne. Elisabeths Augen waren trüb, als hätte sie geweint. Sie nahm einen Schluck aus ihrer Tasse und fing ohne Aufforderung an zu erzählen.

Sie sprach über den Tag, an dem sie Ernst, ihren Mann, zuletzt gesehen hatte. Was er morgens zum Abschied gesagt und was sie erwidert hatte. Sie wiederholte sich, betonte immer wieder, wie schuldig sie sich fühlte und dass sie das doch hätte kommen sehen müssen. Ihr Gesichtsausdruck blieb unverändert. Ihre Stimme war hoch, und ihre Worte wählte sie immer erst nach einem kurzen Moment des Nachdenkens. Ich konnte vielleicht nicht nachvollziehen, wie sie sich fühlen musste, doch sie tat mir Leid. Ich versuchte aufmunternde Worte zu finden, die ihr etwas Kraft gaben.

Gerade hatte sie sich eine weitere Tasse Tee eingegossen, da getraute ich mich endlich, Elisabeth eingehender zu befragen. Mich interessierte, was genau passiert war. Warum war er so plötzlich gestorben? War er denn vorher schon krank gewesen? Das hätten wir, als Familie, doch wissen und sie als seine Frau doch merken müssen, denn sie tat so, als wäre sein Tod sehr überraschend über sie hereingebrochen.

Sie schwieg kurz, schaute noch eben aus dem kleinen Fenster, das zu der Zeit die einzige Lichtquelle war und blickte mich dann mit einem durchdringenden Blick an.

Für einen Moment kam es mir vor, als wüsste sie nicht mehr, was sie sagen sollte. Doch als sie mir dann schilderte, wie sie ihren Ernst tot hatte liegen sehen, verschluckte ich mich fast an der heißen Flüssigkeit in meiner Kehle.

Ich konnte es nicht fassen!

Das war schier unglaublich!

Also, das ist wirklich nicht recht, lieber Gott hin oder her, das mit dem Herrn Direktor. Wie er da so lag auf der Treppe, Kopf nach unten, überhaupt alles so schräg, Arme und Beine und so, alles unordentlich. Nee, nee, so schief auf der Treppe vorm eigenen Haus liegen, so will doch wohl keiner sterben. Dabei war der Herr Direktor kein schlechter Mensch, kann man so nicht sagen. Ich mache ja schon seit Jahren die Wäsche für die Rosenthals, seit die hier in Soest sind; aber immer tadellos im Benehmen, alles was recht ist. Hat immer freundlich gegrüßt, immer tadellos angezogen, meine gestärkten Hemden, die saßen bei ihm wie eine zweite Haut, und kein Stäubchen auf der Weste. Selbst voriges Jahr, mein kleiner Willi hatte ein Fieber so hoch, das gibt's gar nicht, da konnte ich doch nicht weg, das kann man doch nicht machen, wenn einer Fieber hat zum Gottserbarmen, da muss man kalte Wickeln machen und beten, den ganzen Tag und die Nacht nur Wickel machen und beten, sonst hilft das nicht. Also, als es dem Willi so schlecht ging, ich glaub' im Februar war's, oder schon März, jedenfalls, da hat die Frau Direktor gesagt, ich solle mal bloß zu Hause bleiben, so ein Kleiner, den darf man nicht allein lassen, wenn's Leben nicht weiß, ob's rein soll oder raus aus dem Balg, und die Wäsche, die Wäsche könnt' ich nachholen, hinterher, wenn der Willi wieder gesund wär', oder … Na, was ich eigentlich sagen wollte: Ich komme da um die Ecke, denke eigentlich so an nichts, höchstens an meine Schulter, die ist auch nicht mehr, was sie mal war. Das sollten mal die Männer machen, Tag für Tag die schwere Wäsche, das Einweichen, das Kochen. Wenn die Wäsche nass ist, dann hat die ein Gewicht, das glaubt einem keiner und dazu die Luft wie im Dampfbad. Bei der Wäsche, die nicht gekocht werden kann, geht's dann oft zum Großen Teich. Auch kein Vergnügen, wie man da bei Wind und Wetter an den Stoffen rubbelt und walkt, dass man's hinterher in der Schulter hat. Aber das nur nebenbei, ich will mich ja nicht beklagen, ich krieg' den Willi schon groß und um die Elsbeth mach' ich mir keine Sorgen, so'n Mädchen kommt schon zurecht. Wie gesagt, ich komme da um die Ecke, denke mir nichts, da seh' ich, dass da was auf der Treppe liegt, so was Großes und Dunkles. So eine Treppe vor'm Haus, das macht schon was her, alles was recht ist, piekfein, wenn die immer schön sauber ist. Und bei dem Herrn Direktor ist die Treppe natürlich immer tadellos. Deshalb denk' ich mir: Was liegt denn da so unordentlich 'rum? So eine Schlamperei, das bin ich nicht gewohnt vom Herrn Direktor und seiner Frau, die beide so ordentliche und saubere Leute sind. Und wie's bei denen sonst so aussieht, ich meine, die Ehe und was man so hört, ich meine, das geht mich ja nichts an, ich mach die Wäsche und fertig. Man sagt mir Guten Tag, ich kriege mein Geld, dass ich über die Runden komme, und ich freu' mich, dass sie immer mit meiner Wäsche tadellos umgehen. Sie selbst, das Haus und alles: einfach tadellos. Nun wollt' ich aber grade sagen, wie ich da so was Dunkles auf der Treppe seh', das ist einfach so, ich seh' nun mal jeden Fleck, ich hab' da so ein Gespür, wenn nicht alles in der Ordnung ist. Und das da auf der Treppe, das war so wie ein dicker hässlicher Fleck auf dem Sonntagskleid: Kaffee oder Tee oder Rotwein, Asche vielleicht. Das kommt schon mal vor, wenn die Frau Direktor selbst den Schürhaken in die Hand nimmt, sie hat's ja gern so warm. Ich merk' sofort, da stimmt was nicht, wie kann da nur beim Herrn Direktor so was vor dem Haus rumliegen, da hört sich's doch wirklich auf. Und wie ich so näher komme und der Fleck, wenn ich so sagen darf, immer größer aussieht, da weiß ich schon, dass da ein Mensch liegt. Ich hab' da so ein Gespür für, wenn was Schlimmes kommen muss, wenn einem am Freitag eine schwarze Katze über den Weg läuft oder wenn's Käuzchen ruft. Beim Willi voriges Jahr war das auch so: erst das Käuzchen drei Tage hintereinander, und dann blieb der Regulator steh'n. Das gibt's doch gar nicht, wie kann eine Uhr einfach so steh'n bleiben, ich hatte sie ja aufgezogen, wie immer, immer am Samstag morgen mach ich das, und dann dienstags, ich steh' am Herd und mach' das Essen fertig, da geht draußen das Gebimmel los von den ganzen Glocken, so laut, das glaubt man nicht. Da fällt mir natürlich auf, dass die Uhr nicht wie sonst loslegt. Das gibt's doch gar nicht, das gute Stück, noch von Großvater her, schlägt nicht mehr und auch kein Ticktack und nichts … Also, da ist mir selbst fast das Herz steh'n geblieben. So viele Anzeichen, da musste was Schlimmes hinterher kommen, das ist dann einfach so. Und wirklich ging's abends mit dem Fieber los, beim Willi, mein ich. Gewundert hat's mich nicht mehr, aber ein Fieber war das zum Gottserbarmen, so hat's den kleinen Leib geschüttelt erst und dann geglüht, mein Gott, wenn ich bloß daran denke … Wie gesagt, auch beim Herrn Direktor, das spür' ich wenn da was nicht stimmt. Und hier stimmte was nicht, das wusste ich sofort, als ich ihn da auf der Treppe fand, so schief und still. So liegt doch keiner, wenn er auf der Treppe bloß mal stolpert. Und dann das Gesicht dazu! Die Haut so schäbig zerknautscht! Das seh' ich sofort, wenn einer tot ist, da bleibt sofort mein Herz steh'n für'n Augenblick, dann weiß ich Bescheid. Wie ich mich umgucke, kein Mensch weit und breit, nur der Herr Direktor und ich. Also, ich hab' gar keinen Grund für so was, ich sag' doch nichts Schlechtes über'n Herrn Direktor, er hat mich doch immer akkurat behandelt, er und seine Frau. Ich mach' bloß die Wäsche, meiner Seel', warum musste ausgerechnet ich ihn finden? Und kein Mensch weit und breit? Der Herr Direktor lag doch längst vor'm Haus, als ich um die Ecke bog. Das muss doch jemand geseh'n haben, irgend jemand liegt hier in diesem Kaff doch immer im Fenster und hält Maulaffen feil, die krieg'n doch sonst auch immer alles mit, was los ist auf der Straße. Und wie ich um die Ecke bog, da lag er doch längst auf den Stufen, das muss jemand mitgekriegt haben. Und außerdem, wenn ein Doktor den Leichnam aufmacht und so, dann kann man heute genau feststellen, wann einer gestorben ist und woran, und dass der Herr Direktor schon lange vor'm Haus gelegen hat, das auch. Ich weiß von nichts was davon, ich bin nur eine einfache und ehrliche Waschfrau, aber ich hab' so ein Gespür dafür, wenn was nicht in der Ordnung ist.

Hanswurst und ich fuhren mit der Kutsche zu meiner Soester Unterkunft, dem Hotel Overweg. Hanswurst hieß eigentlich Johann Müller, wie er mir erzählte. Erzählen schien eins seiner Steckenpferde zu sein, denn er redete ziemlich viel, war dabei laut und penetrant.

Der Eisenbahndirektor sei auf der Freitreppe vor seiner Villa von der Waschfrau tot aufgefunden worden.

Müller habe sie schon verhört, aber nicht viel aus ihr herausbekommen, da die gute Frau noch völlig durcheinander gewesen sei.

Während Müller abschweifte in Beschreibungen ihres drallen Dekolletés, ihrer kräftigen Oberarme und Ähnlichem, schaute ich aus der Kutsche und betrachtete die vorüberziehenden Gassen mit den kleinen Fachwerkhäusern. Wo war ich hier gelandet?

„Das da vorne ist übrigens meine Lieblingskneipe, nebenbei gesagt. Ein sehr netter Ort, verbringe nicht die wenigste Zeit dort, falls Sie verstehen", unterbrach mich Müller in meinem Gedankengang und zwinkerte mir zu. Ich entgegnete nichts. Dass die Soester Polizei trinkfest sei, war mir schon zu Ohren gekommen. So langsam wurde es Zeit, die Ermittlungen selbst in die Hand zu nehmen.

Die Kutsche hielt vor dem Hotel, und so verabschiedete ich mich wortkarg von Müller. Wir verabredeten uns für den morgigen Tag gegen acht Uhr auf der Polizeiwache. Der Kutscher nahm meinen Koffer und brachte ihn zur Rezeption. Auch ich stieg die Stufen hinauf und trat in das nicht all zu schlecht ausgestattete Foyer ein, wo ich freundlich vom Hotelier begrüßt wurde: „Guten Tag! Hatten Sie eine gute Anreise?“

Am gleichen Abend noch begab ich mich in die Stadt, um dort zu Abend zu essen und mich ein bisschen umzusehen. Man hatte mir den „Mönchshof“ empfohlen, der wohl eine beliebte Soester Gaststätte war. Mit meiner Pfeife im Mund schlenderte ich über das löchrige Kopfsteinpflaster, bei dem man aufpassen musste, nicht zu stolpern. Manche dieser Steine ähnelten Schädeln mit Einschusslöchern. Der Bürgermeister hatte anscheinend kein Geld, um die Lücken ausbessern zu lassen. Es störte mich, da ich nicht in Ruhe die vorbeigehenden Leute beobachten konnte. Dazu kam noch, dass ich nicht genau wusste, ob ich den richtigen Weg, der mir vom Zimmermädchen beschrieben worden war, eingeschlagen hatte. Trotzdem wollte ich nicht nach dem Weg fragen und mich damit als Fremder offenbaren.

In Gedanken war ich bei meiner Frau Hilde und den Kindern. Was sie wohl gerade machten? Ich sollte in den nächsten Tagen mal ein Telegramm aufsetzen.

Als ich nun vom Pflaster hochschaute, sah ich von Weitem ein Schild mit der Aufschrift „Der Mönchshof“. Wie der Name vermuten ließ, war er wohl Teil einer alten Klosteranlage gewesen. Von einer Klosterkirche war jedoch nichts zu sehen. Wichtiger für mich war ein weiteres Schild, das ich beim Näherkommen gewahrte und auf dem „Möppkenbrot mit Bratkartoffeln“ angeboten wurde. Möppkenbrot mochte vielleicht wie das Münsteraner

Wurstebrot sein: gebratene Blutwurst, eins meiner Leibgerichte.

Wohl gelaunt betrat ich also das Lokal, das von außen eher unscheinbar wirkte. An den Wänden im Inneren hingen in großen Rahmen Bilder von Bismarck und unserem jungen Kaiser – brave Preußen, diese Soester! An einer Ecke hatte sich ein Männerstammtisch zusammengefunden, aber auch sonst war der Mönchshof gut besucht. Ich wählte einen kleinen Tisch nahe der Theke aus und las die beschrifteten Tafeln, die an der Wand angebracht waren, obgleich ich schon wusste, welche Wahl ich treffen würde. Um unauffälliger weiter lauschen zu können, tat ich so, als würde ich mir auch noch die Gemälde in meiner Nähe genauer anschauen. Dabei waren die so uninteressant wie nur etwas: lauter moderne Klecksereien, bei denen der Rahmen noch das Wertvollste war. Eine dieser graubraunen Schmierereien sollte den hiesigen „Großen Teich" darstellen. Man erkannte jedoch so gut wie nichts, außer einer barocken Kirchturmspitze, einem Schwan in der Mitte und – Waschfrauen an der Treppe?

„Günther, hast du schon gehört … ?", vernahm ich eine aufgeregte Männerstimme vom Stammtisch hinter mir. Den Rest verstand ich leider nicht, da die burschikose Wirtin mich nach meiner Bestellung fragte.

„Da hat ja eine in Berlin auf den Professor Jakobi geschossen. Wo kommen wir denn hin, wenn jetzt schon die Weiber auf uns Männer schießen?"

„Pass mal auf, dass dir das mit deiner Änne nicht passiert," entgegnete ein anderer.

Lautes Gelächter war zu hören. Dann ertönte eine Stimme, die vor Aufregung ganz laut wurde: „Das hätt's doch früher nicht gegeben. Da hätt' sich doch kein Weib getraut, so'n Ding überhaupt in die Hand zu nehmen."

Ich konnte lautes Zustimmen vernehmen und versuchte mich unauffällig in Richtung der Männer umzudrehen. Ein besonders stämmiger Mann holte nun einen Stapel Karten hervor und begann diese zu verteilen.

Die Wirtin brachte mir das „Möppkenbrot", das zwar vorzüglich roch, aber aussah wie ein unordentlicher Haufen rötlichschwarzer Klumpen, darin verteilt ein paar zermatschte Apfelstückchen, wie es schien. Ich stocherte ein bisschen darin herum, war aber in Gedanken mehr bei Hildes gutem Wurstebrot. Hoffentlich kam ich bald nach Hause, denn wenn das Essen hier nicht besser wurde …

Am Tisch rechts von mir unterhielten sich zwei vornehm gekleidete Herren. Im Gegensatz zu den Kartenspielern tranken sie kein Bier, sondern Rotwein. Bisher hatten sie sich vorrangig über kaufmännische Belange unterhalten. Ich hörte immer wieder Preisvergleiche englischer und belgischer Tuche, doch dann bekam das Gespräch eine interessante Wendung für mich. Der Größere von ihnen fragte den Kleineren mit dem Kaiserbart, ob er nach seiner Handelsreise schon vom Eisenbahndirektor gehört habe, der tot auf der Treppe vor seiner Villa aufgefunden worden sei. „Der hat doch bestimmt eine Herzattacke gehabt. Bei der ungesunden Lebensführung!", sagte der Große wenig überrascht. „Immer diese Geschichten, die man gehört hat. Der muss doch gesoffen haben, wie ein Schwein."

„Nicht nur gesoffen … ", nuschelte der Andere.

„Möchten Sie noch etwas?" Schon wieder unterbrach mich die Wirtin beim Lauschen. Wie ärgerlich! „Nein, danke", entgegnete ich trotzig. Ich blickte kurz zum Nachbartisch und stellte überrascht fest, dass die beiden Herren ihre Mäntel anzogen und sich anscheinend bereit machten, den Mönchshof zu verlassen.

„Ich möchte zahlen", sagte ich.

Nach einem mehr als anstrengenden Arbeitstag freute ich mich umso mehr auf ein leckeres Abendessen. Ich öffnete unser kleines Gartentor und ging die wenigen Steinplatten vor unserer Treppe entlang. Die Bäume links und rechts hatten schon kleine Knospen an den dünnen Ästen, und es roch bereits nach Frühling, nun ja, wer den Frühling im Herzen trägt ...

Sophie hatte sogar schon die beiden großen Blumenkübel auf die Treppenmauer stellen lassen. Noch waren sie leer, aber wie ich sie kannte, nicht mehr lange. Hinter einigen Fenstern sah ich Kerzen brennen, und die Fensterläden waren allesamt offen, nicht so wie bei einigen unserer Nachbarn. Wir hatten ein wunderschönes Haus mit einer strahlend weißen Fassade und einer hübsch gepinselten „1117" an der Hauswand. Ganz in der Nähe unseres Hauses gab es die bekannte Pumpernickelbäckerei, und auch das Hotel „Steckrübe" hatte schon öfters nach mir geschickt, wenn ein Gast wieder einmal zu viel getrunken hatte. Ich ging die acht ausgetretenen Stufen hinauf und schloss unsere große Flügeltür auf.

Auf der Kommode im Flur lagen die Handschuhe meiner Frau und ihr Hut. Ich legte meine dazu und hängte meinen Mantel an die Garderobe, meine Arzttasche stellte ich wie immer griffbereit neben die Tür. Man konnte ja nie wissen, wer um die späte Abendzeit noch meinte todkrank zu werden. Ich seufzte. Die letzten Tage waren sehr anstrengend gewesen, denn der Winter war da und mit ihm die Influenzawelle. Allein an diesem Tag machte ich fünfzehn Hausbesuche und hatte mehr als zehn Grippeleidende darunter. Ehrlich gesagt, machte mir das immer mehr Sorgen, denn von Jahr zu Jahr gab es mehr Grippetote.

Ich streifte meine Schuhe ab und stellte sie neben die niedlichen Stiefel meiner Frau. Ich lächelte. Sie war ja so viel zierlicher und kleiner als ich, fast wie ein Kind, aber seit ich sie zur Frau hatte, fühlte ich mich nicht mehr so allein. Ich war glücklich verheiratet und ein erfolgreicher Arzt. Ich vermisste nichts, außer vielleicht ein paar Kinder, aber auch ohne war ich glücklich.

Vorsichtig wurde die Küchentür geöffnet.

„Ach du bist es. Ich dachte, es wäre Fanny. Komm herein, dann stehst du nicht so in der Kälte herum", bat Sophie mich und öffnete die Tür ganz. Ein warmer Lichtschein fiel durch die Tür und es roch unglaublich verheißungsvoll. Ich trat in die Küche ein und stieß mit dem Kopf gegen die Töpfe unter der Decke. Es schepperte.

„Aua", fluchte ich, und Sophie kicherte hinter mir. Grummelnd ging ich zu den Töpfen auf dem Herd und wollte einen Deckel anheben, aber sie klapste mir auf die Finger.

„Nicht, sonst fällt alles zusammen", sagte sie streng. Wie ein gescholtener Junge senkte ich schuldbewusst den Kopf. Sie lachte.

„Heißt das, es wird mein Lieblingsessen? Hefekloß mit Milchsoße und getrockneten Früchten?", fragte ich und betrachtete sie. Grad erst war sie achtundzwanzig geworden. Ihr dunkles Haar war in einem strengen Dutt nach hinten gesteckt, nur ein paar Strähnen kringelten sich um ihr rundes Gesicht. Ihre braunen Augen strahlten und ihre Wangen leuchteten rosig. Sie trug ihr schönstes

Kleid, obwohl es eigentlich schon längst aus der Mode war. Ich nahm mir vor, ihr bald ein schöneres und teureres zu kaufen. Das weinrote mit dem schmalen Rock und der kleinen Schleppe hatte auffällige Spitzenverzierungen rund um die Säume. Es stand ihr bezaubernd gut, aber es war aus der Mode.

„Ja, heute gibt es dein Lieblingsessen. Extra für dich, weil du so selten zu Hause bist und bestimmt nachher noch mal weg musst“, sagte sie und lächelte mich an.

„Ich hoffe nicht. Ich habe mich so auf einen gemütlichen Abend gefreut. Mit dir. Ich habe noch nicht mal die heutige Zeitung gelesen, und meine Patienten sind nicht sehr gesprächig. Die Grippe raubt ihnen auch die Stimme. Ich bin über nichts informiert, weil ich heute von einem Kranken zum nächsten gehetzt bin“, seufzte ich und breitete meine Arme aus. Sophie schmiegte sich fest an mich. Ich schloss die Augen und bekam nicht mit, dass plötzlich jemand in der Küche stand.

„Oh, entschuldigen Sie. Ich wollte nicht stören“, murmelte der Besucher. Widerwillig schlug ich die Augen auf. Es war Fanny, die aufgelöst vor uns stand. Ich ließ Sophie los.

„Fanny, was ist denn los?“, fragte ich die Wäscherin.

„Mein Mann, es geht ihm nicht gut. Er sagt, ich solle den Herrn Doktor holen. Er kann sich kaum auf den Beinen halten. Bitte, kommen Sie schnell“, flehte die schon in die Jahre gekommene Frau. Ich seufzte. Wie hatte ich annehmen können, dass es ein ruhiger Abend werden würde? Ich nickte und ging auf die Tür zu. Fanny war schon voraus gegangen, doch dann drehte ich mich noch einmal zu meiner jungen Frau um.

„Es tut mir Leid, ich beeile mich. Ich sage Fannys Hans nur schnell, dass er wie alle anderen auch die Grippe hat, dann bin ich wieder bei dir, meine Liebe“, sagte ich und streckte meine Hand nach ihr aus. Lächelnd ergriff sie diese und antwortete:

„Sei unbesorgt, ich bin dir nicht böse. Aber versprich mir, dass du schnell zu mir zurückkommst.“

Ich nickte und beugte mich zu ihr hinunter, um sie auf die Stirn zu küssen. Dann ging ich auf die Tür zu und stieß wieder mit den Töpfen zusammen.

„Au!“, fluchte ich, warf schnell den Mantel über und zog die Tür hinter mir zu, damit ich mir Sophies Lachen nicht anhören musste. Dann eilte ich zum kranken Hans und seiner Frau.

„Kommen Sie, ich bringe Sie zu ihm“, sagte Fanny und hastete die enge Stiege hinauf.

Hans lag im Bett, die Augen geschlossen, und atmete rasselnd. Ich brauchte ihn gar nicht zu untersuchen, sondern sah das, was ich an diesem Tag schon mindestens zehn Mal gesehen hatte: Influenza. Hans schlug die Augen auf.

„Na, alter Freund. Was machen Sie denn für Sachen? Aber keine Sorge, das kriege ich schon wieder hin“, sagte ich und setzte mich zu ihm.

„Muss ich sterben?“, fragte er krächzend.

Ich lachte.

„Ja, klar. Sie werden den elendsten Tod sterben, den es in Soest jemals gegeben hat. Und ich werde bezeugen, dass es ein Fremdverschulden war. Wer soll es denn gewesen sein? Sie haben die freie Wahl: Ihr Nachbar, der sich aufregt, weil Löwenzahnsamen von Ihrem Grundstück herüber fliegen? Oder Ihre Fanny, so ganz langsam mit Arsen oder so, um von dieser neuen Bismarckschen Versicherung zu profitieren?", sagte ich und grinste. Hans lachte, hustete und lachte wieder.

„Ist mir egal, aber bitte nicht so, wie der Eisenbahndirektor, ja?", antwortete er heiser.

Ich war verwirrt.

„Eisenbahndirektor? Direktor Rosenthal? Der ist tot?", fragte ich.

„Sagen Sie bloß, das wissen Sie nicht?" Hans schaute mich irritiert an. „Haben Sie heute noch keine Zeitung gelesen?", fragte er.

„Nein, noch nicht. Ich glaube, meine Patienten fänden es nicht so nett, wenn ich bei ihnen am Bett sitze und Zeitung lese. Ich bin gerade erst nach Hause gekommen und wollte mit Sophie zu Abend essen, als Ihre Frau kam", sagte ich und lehnte mich im Sessel zurück.

„Der Eisenbahndirektor wurde gestern Morgen tot vor seinem Haus aufgefunden, man weiß noch nichts Genaues, aber man munkelt, dass es nicht mit rechten Dingen zuging. Ihm war wohl schon längere Zeit recht elend gewesen, aber ob das was mit seinem Tod zu tun hat? Man weiß es nicht", erzählte Hans und hustete. „Ich glaube ja, dass er am Essen erstickt ist und dann von seiner Frau vor die Tür geschmissen wurde", mutmaßte er.

„Wie? Eine schwache Frau soll den Fettleibigen alleine vor die Tür kriegen? Wie das denn? Dafür braucht sie doch mindestens einen Esel. Nein, ich denke, er hat sich den Magen verdorben und ist an seinem Erbrochenen erstickt. Vielleicht hat er aber auch das Essen in seinem Haus gerochen und ist zu schnell die Stufen hoch, dann gestürzt und hat sich dabei das Genick gebrochen“, schlug ich lachend vor. „Ach ja, manchmal passieren schon seltsame Dinge.“

Hans grinste.

„So, ich denke, dass Sie jetzt schlafen sollten, damit Sie sich nicht zu sehr anstrengen. Bettruhe, verstanden?“, sagte ich mit gespielter Drohung, weil ich Hans kannte. Wie die meisten Männer widersetzte er sich gerne den ärztlichen Ratschlägen.

„Ich gebe Ihrer Frau ein paar Arzneien für Sie. Sehen Sie, dass Sie schnell wieder auf die Beine kommen.“

Mit diesen Worten verabschiedete ich mich. Er nickte und schlief im nächsten Moment wieder ein.

„Und, was hat er? Wird er wieder gesund, Herr Doktor?“, wurde ich unten sofort von seiner Frau gefragt. Ich nickte.

„Ja, das wird er. Es ist nur die Grippe, die geht gerade um. Hier, geben Sie ihm das drei Mal täglich, und erst einmal sollte er nur Suppe zu sich nehmen, am besten aus *Liebig's Extrakt*. Wenn er das drei Tage lang bei sich behält, können Sie ihm langsam feste Nahrung geben. Viel trinken und schlafen. Und er braucht absolute Bettruhe“, sagte ich und reichte ihr eine kleine Arzneiampulle.

„Vielen Dank, Herr Doktor Krämer, vielen Dank. Ich werde dafür sorgen, dass er sich genau an Ihre Anweisungen hält, bestimmt“, antwortete sie und hielt mir die Tür auf.

Ich verabschiedete mich und kehrte schnellen Schrittes zurück.

Mir war Hans' Vermutung nicht aus dem Kopf gegangen, dass da was nicht mit rechten Dingen zuging. Hatte er am Ende Recht, und der dicke Rosenthal war keines natürlichen Todes gestorben? Spielten da Neid, Rachegefühle oder Eifersucht eine Rolle? Sonderlich beliebt war er ja nicht gewesen, aber konnte ihn jemand so sehr gehasst haben? Würde das reichen für ein Kapitalverbrechen? Entschlossen schüttelte ich den Kopf. Sicherlich fand man eine ganz simple, natürliche Todesursache heraus. Er war ja auch nicht mehr der Jüngste und mit seiner Esssucht hatte er seiner Gesundheit zusätzlich geschadet. Außerdem hatte er wie ein Schlot geraucht und auch gerne mal zu tief ins Glas geguckt. Ja, in einer kleinen Stadt wie Soest hatten es die Honoratioren nicht leicht: Man wusste alles über sie, auch wenn darüber nur hinter vorgehaltener Hand getuschelt wurde. Bestimmt war der Herr Direktor einem Herzanfall erlegen. Ganz natürlich. Ich seufzte und beobachtete den Nebel, der dabei aus meinem Mund drang und das Licht der Gaslaternen gespenstisch verwischte. Das war der Nachteil an einer Kleinstadt: Aus jeder Mücke wurde ein Elefant gemacht und bei jeder Gelegenheit die wildesten Gerüchte verbreitet. Dann erfand ein jeder immer ein bisschen mehr hinzu, und am Ende wusste man nicht mehr, was stimmte und was nicht.

Entschlossen, heute nicht mehr darüber nachzudenken, eilte ich nach Hause und suchte zielstrebig als erstes die Küche auf. Sophie hatte dort auf mich gewartet. Sie saß mit dem Rücken zu mir. Ich schlich mich leise an sie heran und wollte – Rums! Die Töpfe vor meiner Stirn klapperten zusammen, und ich hielt mir schon wieder den Kopf. Sie drehte sich lachend um.

„Wer hat nur diese Töpfe dahin gehängt?“, fragte ich und ließ mich neben sie fallen. Sie kicherte immer noch, während ich mir die schmerzende Stirn rieb.

„Ich dachte, dort stören sie am wenigsten, aber an deine ellenlange Gestalt habe ich nicht gedacht. Morgen sind sie wieder weg, versprochen“, sagte sie und strich sich eine Strähne hinters Ohr.

„Das dachte ich mir. Kaum habe ich mal mehr zu tun und bin nicht so oft zu Hause, werde ich vergessen“, schmollte ich gespielt. Sie grinste und strich mir dabei tröstend über die Wange.

„Natürlich habe ich dich nicht vergessen, aber einfach nicht daran gedacht. Im übrigen haben die Herren in der Küche nichts zu suchen.“

Schnell drehte ich den Kopf und küsste sie in die Handfläche. Verlegen senkte sie den Blick. Ihre Wangen wurden rot. – Wie leicht man sie in Verlegenheit bringen konnte! Um das zu überspielen stand sie auf und ging in die angrenzende Wohnstube. Sie ließ das Essen hereintragen. Dann beteten wir und wünschten uns einen guten Appetit.

„Das hat wie immer köstlich geschmeckt“, sagte ich, klopfte mir dabei auf den Bauch und sah sie an.

„Bei den Mengen, die du grade vertilgt hast, sollte man meinen, du müsstest schon so rund sein wie zum Beispiel der Herr Eisenbahndirektor“, lachte sie schallend. Bitter lächelnd sah ich sie an.

„Du weißt es also noch nicht?“, fragte ich ernst.

Normalerweise wusste sie immer alles vor mir. Wegen Fanny, einer Waschfrau, wie sie im Buche steht, die reinste Zeitung auf zwei Beinen.

„Was? Dass der Direktor tot aufgefunden wurde? Natürlich weiß ich das, aber es ist meiner Meinung nach kein großer Verlust. Er hat seine Frau schlecht behandelt, erzählt man sich. Außerdem hat er oft genug im Pilgrim-Haus für Streit gesorgt. Es ist nicht schad' drum“, meinte sie mit holder Unbekümmertheit, zuckte mit den Schultern und holte sich ihren Stickrahmen. Ich beobachtete, wie sie geschickt an dem komplizierten Muster zu arbeiten begann.

„Hans meint, es hätte sich jemand an ihm gerächt, eben weil er so unbeliebt war. Ich denke, dass er an seiner Fresssucht erstickt ist oder einfach nur ein Herzversagen hatte. Immerhin hat er geraucht und getrunken wie ein Berserker“, mutmaßte ich beiläufig. Sophie drehte sich zu mir um und ließ ihre Stickerei in den Schoß sinken.

„So, der Hans meint also, er wurde *ermordet*? Das haben heute schon mehrere gesagt. Anscheinend glauben alle, dass da was nicht stimmt, aber wenn ich ehrlich bin: Selbst wenn es so wäre, dann wird derjenige schon einen Grund gehabt haben“, erklärte sie und widmete sich wieder ihrer Arbeit.

„Du bist also der Meinung, wenn ihn jemand ermordet hat, dann ein Mann?“, warf ich ein.

Wieder zuckte sie nur mit den Schultern.

„Ich gehe mal davon aus. Die Frauen heutzutage würden sich so etwas doch gar nicht trauen. Aber nicht allen geht es so gut wie mir. Die meisten werden doch von ihren Männern schlecht behandelt“, meinte sie.

Ich wunderte mich nicht wenig über die kecken Gedanken der zierlichen Frau an meiner Seite. Darüber würde man später noch mal reden müssen.

„Dir geht es also gut, ja? Das ist schön. Und nun wollen wir uns den schönen Abend nicht von einem toten Bahndirektor verderben lassen, oder? Komm, lass uns noch ein wenig ausruhen. Am Kamin sieht es sehr gemütlich aus, wie wäre es mit einer behaglichen Tasse Kaffee am lodernden Feuer?“, schlug ich vor.

Sie lachte.

Der Kaffee wurde gebracht, und wir setzten uns mit innigem Händedruck schweigend vor das knisternde Feuer.

Soest, 15. Januar 1890

Liebste Nora,

ich schreibe Dir wieder, mein Augenstern, um Dich wissen zu lassen, ich werde da sein. Ich werde auf Dein Kommen warten und auf unser Zusammensein hoffen.
Ich will Dir nur auf die Schnelle schreiben, dass Du alles bist, was ich mir für die Zukunft erträume. Ja, das bist Du. Du bist alles.
Meine Liebe möchte ich Dir überbringen, jetzt mit diesem Schreiben und dann, wenn wir uns sehen.
Bis wenn wir wieder vereint sind,

Dein Dich auf ewig liebender
Julius.

Mit ihren zierlichen Händen strich sie über den Stoff. Ein leises Rascheln schwebte durch die schwere Luft des kleinen Raumes. Der Geruch von Parfum mischte sich mit dem von Seife und frisch gewaschenen Kleidern.

Zufrieden betrachtete sie sich im Spiegel.

Sie sah sich selbst in die hellen Augen, ließ ihren Blick über die hochgesteckten Locken wandern, um dann zu beobachten, wie die fliederfarbene Seide ihres Kleides an ihren Schultern hinabfloss.

„Du siehst wunderschön aus“, sagte der Mann, der hinter ihr in den Raum getreten war. Er selbst trug einen dunklen Anzug, schlicht, elegant.

„Findest du?“, sagte sie und strahlte ihn an. Sie drehte sich einmal um sich selbst und stolperte, mehr beabsichtigt als ungeschickt, in seine Arme.

„Ich wette, die anderen Frauen werden dich heute Abend alle neidisch anschauen“, sagte er schmunzelnd und küsste sie auf die Stirn.

Lachend entwand sie sich seinen Armen und legte das kleine Puderdöschen zurück auf die Frisierkommode. Ihr Blick fiel auf einen Bilderrahmen, der ebenfalls auf der Kommode stand und eine Fotografie von ihr und Theo enthielt. Sie saß, er stand neben ihr, die Hände auf ihrer Schulter. Um sie herum ein sommerlicher Park. Das Foto war in der Woche nach ihrer Hochzeit entstanden, die sie in Paris verbracht hatten. Theodors Bruder schwärmte stets von der Stadt und den Leuten, sodass er sie kurzerhand eingeladen hatte, ihn zu besuchen. Marie war noch nie in Paris gewesen, hatte sich bei ihrem ersten Besuch aber sofort in die Stadt verliebt. In die Kunst, in die Musik, vor allem aber in Theo, noch mehr als sie es eh schon war. Er war ein Charmeur mit einem hübschen Gesicht und guten Manieren. Die Herzen vieler junger Mädchen hatte er gebrochen, die sich, durch seinen Charme verzaubert, in ihn verliebt hatten. Marie war es nicht anders ergangen, doch als sie dort im Jardin du Luxembourg neben ihm stand und wartete, dass der Fotograf seinen Apparat bediente, konnte sie sicher sein, dass dieser Mann nun ganz allein ihr gehören würde. Theodor, mit dem sie nun den Rest ihres Leben verbringen würde. Nicht in Paris, was sie ein wenig bedauerte, sondern in Soest, einer kleinen Stadt in Westfalen.

Seichte Musik strich ihnen um die Köpfe, als sie den großen Raum betraten, in dem sich bereits einige Paare umeinander drehten. Frauen in prächtigen Kleidern flogen an Marie vorbei. Silber- und Goldschmuck schlug klimpernd gegen Perlenketten, und Federn flatterten wie Vögel durch die Luft. In diesem Gewirr aus Farben waren die Herren schwer auszumachen, die sich, stets in Schwarz gekleidet, beim Tanz eher im Hintergrund hielten, obwohl sie es doch waren, die angaben, wo sich die Dame hinzubewegen und welchen Fuß sie als nächstes aufzusetzen habe. Sie erschienen Marie wie Puppenspieler, die ihre Marionetten über die Bühne fliegen ließen, um den Zuschauer zu verzaubern, ohne dass man sie überhaupt wahrnahm.

Marie selbst ließ sich am Arm ihres Mannes über die Tanzfläche führen und betrachtete dabei weiterhin die Paare.

„Hier ist es ganz anders als auf den Bällen, die ich früher besucht habe", sagte sie, ohne den Kopf zu Theo zu wenden.

„Ja, das ist wahr. Ich hatte etwas Sorge, es würde dir hier nicht gefallen, aber wenn wir zusammen in Soest leben möchten, gehört das dazu. Hier treffen sich viele wichtige Menschen, verstehst du, und es ist wichtig für mich, auch da zu sein. Das Geschäft, Marie", sagte er. In seiner Stimme schwang ein seltsamer Ton mit, den Marie schon öfter bemerkt hatte, wenn etwas neu für sie wahr. Er sprach, als erkläre er einer Zehnjährigen das Leben und die Regeln der Gesellschaft. Aber vielleicht konnte er auch nicht einschätzen, wie gut sie darüber Bescheid wusste, worum es bei Anlässen dieser Art ging. Der Tanz, die Musik, das waren nur Nebensächlichkeiten. In Wahrheit ging es um Beziehungen. Für die einen, jene unruhig zappelnden und unschuldig kichernden Geschöpfe mit ihren großen Rehaugen und den geröteten Wangen, ging es in diesem rauschhaften Gewimmel darum, eine „gute Partie" ausfindig zu machen. Für die anderen, diese großen, steifen Schwarzfräcke, ging es ums „Geschäft". Früher, als Kind, hatte Marie manchmal mit ihrem Vater zu einem Ball gehen dürfen. Dort hatte sie zum ersten Mal den Unterschied beobachten können, wie man „geschäftlich" Hände schütteln und Höflichkeitsfloskeln austauschen konnte, ohne als Mensch berührt zu sein.

Sie sah zu Theo. Er strahlte eine Art Gelassenheit aus. Der Ausdruck auf seinem Gesicht war wie ein Kleidungsstück, welches stets zu gesellschaftlichen Anlässen angezogen wurde, dachte sie. Theodor schien ihren Blick zu spüren und wandte ihr sein Gesicht zu. Charmant schaute er ihr in die Augen, und sie war sich sicher, dass dieser Blick ausschließlich für sie bestimmt war. Er will ja nur, dass ich mich an seiner Seite wohl fühle, dachte sie sich und drückte sich ein wenig näher an seinen Arm.

Marie hatte nicht erwartet, dass sie an diesem Abend so vielen Menschen vorgestellt werden würde und sich so viele Gesichter und Namen merken musste. Kaum hatte ein Paar sie wieder verlassen, hatte sie Namen und Beruf meist wieder vergessen. Es waren zu viele. Etwas erschöpft hatte sie sich in einen der dunkelgrünen, mit Samt bezogenen Sessel fallen lassen, die an den Wänden um kleine, dunkle Tische aufgestellt worden waren.

Gedankenversunken beobachtete sie die Tänzer, die sich unermüdlich zu den Takten der Musik drehten, bis sie am Rand der Tanzfläche ihren Theo erkannte, der gewandt mit einem beleibten, etwas älteren Herrn scherzte. Dabei hielt er lässig ein Glas in der Hand, das er hin und wieder zum Mund führte, um einen kleinen Schluck zu nehmen. Gespräche solcher Art lagen ihm besonders im Sinn, was nicht verwunderlich war, denn Theo hatte von seinem Elternhaus beste Manieren beigebracht bekommen. Er lachte nie zu laut, redete weder zu viel, noch zu wenig, stellte immer die richtigen Fragen, ohne seinem Gegenüber zu nahe zu treten. Fasziniert schaute Marie ihm nun dabei zu.

„Gefällt es Ihnen in Soest, Fräulein?“, sagte eine ruhige Stimme neben ihr. Sie wandte sich rasch um. Geradewegs schaute sie in zwei dunkle Augen und suchte schnell nach einer passenden Antwort.

„Oh, entschuldigen Sie. Ich habe Sie gar nicht bemerkt. Ja, es gefällt mir sehr gut hier, auch wenn ich die ganze Stadt noch nicht sehen konnte."

Die Frau, die sich in den Sessel nebenan gesetzt hatte, schaute sie immer noch eindringlich an, und Marie sah sich gezwungen, den Blick rasch wieder abzuwenden.

„Ich bin mir nicht sicher, ob Sie denn die gesamte Stadt sehen möchten."

„Wie bitte?", entgegnete Marie lahm und nicht sehr geschickt. Die Aussage ihres Gegenüber irritierte sie, und sie hörte sich hölzern sagen: „Ich denke, es lohnt sich auf jeden Fall, diesen Ort kennen zu lernen."

Die Andere verzog keine Miene. Marie nestelte nervös an ihren Ringen herum und fühlte sich durch die bestimmt-ruhige Art dieser Frau etwas unter Druck gesetzt.

Langsam fuhr diese mit dem Zeigefinger über ihre Unterlippe. Sie schien gar keinen Gedanken daran zu verschwenden, ihre schwarzen Augen, die wie dunkle Löcher in ihrer makellos weißen Haut saßen, von Maries Gesicht zu wenden. Eine der dunklen Augenbrauen hob sich langsam und fordernd und Marie sah sich gezwungen, ihre Antwort zu ergänzen.

„Also … Theodor, mein Mann, hat mir schon die Kirchen gezeigt, das Rathaus … "

Irritiert starrte Marie auf ihre Hände, die übereinandergelegt in ihrem Schoß ruhten. Was hatte diese Frau an sich, dass sie sie so leicht aus dem Konzept bringen konnte? Ein paar Sätze über das Wetter oder die Musik zu formulieren, die ein lockeres Tischgespräch am Laufen halten sollten, so etwas lag ihr doch. Aber diese Frau starrte sie bloß an. Obwohl Marie ihr Verhalten sehr unhöflich fand, kam es ihr nicht in den Sinn, dagegen zu protestieren.

Sie wagte einen vorsichtigen Blick in Richtung ihrer Gesprächspartnerin. Prompt fiel ihr dabei eine Haarsträhne in die Augen, die sie hastig wieder in ihre Klammern steckte. Fast überrascht bemerkte sie, dass die Andere ihren Blick gelöst hatte und nun das Treiben im Saal beobachtete, was Marie ihrerseits Gelegenheit gab, nun selbst verstohlen den Blick wandern zu lassen.

Wenn man die anderen Frauen im Raum betrachtete, sah man, wie sie, gespickt mit Kämmen und Spangen, Ketten, Ringen und Armreifen, eingeschnürt in Korsetts und Handschuhen, ihren Gatten hinterdrein watschelten wie Küken. Die Frau neben ihr hatte jedoch ihr Haar mit einigen Nadeln elegant hochgesteckt, und der wenige Schmuck, den sie trug, war wohl sorgfältig ausgewählt worden. Sie sah nicht aus, als wollte sie ein breites Lächeln präsentieren, doch waren ihre Lippen permanent zu einem kleinen, undurchsichtigen Schmunzeln geformt. Ihren schlanken Körper präsentierte sie in einem unverschnörkelten, schlichten Abendkleid, dessen dunkelroter Stoff leicht glänzte. Jede der vielen Falten lag perfekt drapiert. Durch diese prunklose Eleganz hob sie sich, gewollt oder nicht, eindeutig von den anderen Damen im Raum ab.

Obwohl sie wusste, dass Theodor für Maries Kleid und ihren Schmuck sicher nicht wenig ausgegeben hatte, kam Marie sich plötzlich fast billig vor. Sie bemerkte, wie sie die Perlenketten, die vor ihrer Brust herabhingen, immer wieder um ihren Finger wickelte, um sie dann wieder in die andere Richtung zu drehen und von vorn zu beginnen, die Perlen aufzuwickeln, die dabei leise klackend aneinander schlugen. Da sie bemerkte, dass diese Ketten anscheinend nur dem Zweck dienten, ihre unruhigen Hände zu beschäftigen, kamen sie ihr so überflüssig vor wie die Ringe an jenen Fingern. Sie ließ von der leidigen Wickelei ab und seufzte kurz, bevor sie sich leicht in ihren Sessel zurückfallen ließ. Ihr Blick wanderte wie von selbst über das dunkle Parkett an den Falten des roten Stoffes hinauf, um sich schließlich wie ihre Perlenketten zuvor um die Finger der anderen zu wickeln. Die langen Hände ruhten ineinander gefaltet dicht am Körper in ihrem Schoß. Nur ein einziger schmaler Ring glänzte im Schein der Lampen.

„Ah, Frau Edler, ich hoffe, Ihnen gefällt der Ball."

Marie blinzelte. Der große Mann, der gerade zu der Frau mit den Kohlenaugen getreten war, war ihr eben schon vorgestellt worden. Der Herr Vogt war sehr reich, sehr einflussreich und, was Marie kurz stutzen ließ, offensichtlich mit der Frau verheiratet, mit der sie sich gerade mehr oder weniger erfolgreich unterhalten hatte. Er lächelte Marie, ganz im Gegensatz zu seiner Frau, offen entgegen.

„Ja, es ist wunderschön hier in der Ressource", sagte sie und versuchte, das höfliche Lächeln in ihr Gesicht zurückzuholen, das für Gespräche dieser Art vorgesehen war. Sie fühlte sich ertappt. In einem kurzen Moment der Unaufmerksamkeit ertappt, als ihre Gedanken abgeschweift waren. Ihr war, als sei sie unerlaubter Weise in etwas eingetaucht, was sie nicht das geringste anging. Woran hatte sie gedacht? Es war doch nichts Verbotenes daran gewesen. Oder etwa doch?

„Einen schönen Abend noch", sagte Frau Vogt ruhig und ließ ihre dunklen Augen für einen kurzen Moment auf Maries Gesicht ruhen, bevor sie sich umdrehte und an der Seite ihres Mannes den Saal durchquerte. Mit langen Schritten schwebte sie elegant über den Boden, und Marie konnte nicht anders als ihr nachzusehen, bis das Meer der Tanzenden sie verschluckt hatte.

Sie seufzte abermals leise und legte die Hand auf ihren Bauch. Eingeschnürt durch ihr Korsett, konnte sie sich nicht einmal bequem zurücklehnen, geschweige denn tief Luft holen. Ihre Füße schmerzten vom Stehen, Tanzen und dem langsamen Umherschlendern. Kein Schmerz wie der, den man empfindet, wenn man zu kleine Schuhe trägt und die Zehen sich wie Presswürste in die Schuhspitze drücken oder wie der, wenn man sich in zu großen Schuhen eine Blase gelaufen hat und sich die offene Wunde nun am Schuhfutter reibt. Nein, es war eher der Schmerz der Konventionen, der an Maries Füßen fraß. Das ständige „Guten Abend", das gezwungene Lächeln auf ihren Lippen und die Händeschüttelei machten ihren hilflosen Füßen zu schaffen.

Am liebsten hätte sie gleich hier und jetzt ihre Schuhe ausgezogen, das leidige Korsett aufgeschnürt und sich bequem angelehnt. In Anbetracht der Tatsache, dass sie sich auf dem städtischen Sommerball befand, sah sie sich allerdings gezwungen, diesen Wunsch zu unterdrücken und statt dessen lieber steif zu verharren.

Müde ließ sie den Blick durch den Saal wandern. Die meisten Gäste hatten sich mittlerweile, genau wie sie selbst, in den kleinen Sitzgruppen entlang der Wände niedergelassen. Dumpfe Gesprächsfetzen drangen an Maries Ohren, und sie war froh, sich nicht mehr beteiligen zu müssen. Theodor verschwand gerade wieder zwischen den Menschen, um sich ein weiteres Mal an diesem Abend über Politik und Wirtschaft zu unterhalten. Marie konnte sich nicht vorstellen, dass er bei jedem dieser Gespräche neue und wichtige Dinge erfuhr. Dennoch wurde er nicht müde, denn kaum saßen sie einmal alleine da, war es Marie, als entzünde sich ein kleines Feuer unter seinem Sitz, das ihn innerhalb der nächsten Minuten wieder aufspringen ließ, um weitere Hände zu schütteln. Sie selbst saß allerdings eher auf einer dicken Schicht klebrigen Karamells, die sie beharrlich vom Aufstehen abhielt und sie zwang, bewegungslos sitzen zu bleiben, während ihr Theo sich wieder seinen Konversationen widmete.

Im Augenwinkel nahm sie plötzlich eine dunkel gekleidete Person wahr, die dicht bei ihr stand und sich leicht zu ihr herab neigte. Marie wandte den Kopf und war schon fast erleichtert, als sie bemerkte, dass es niemand war, der sich zu ihr setzen und sie über ihren Umzug oder gar den Beruf ihres Mannes ausfragen wollte. Nein, dieser Herr hatte andere Absichten, und so tat sie ihm den Gefallen und nahm sich ein Glas Champagner vom Tablett. Sie nickte, und der Kellner setzte seinen Weg fort.

Leicht nippte sie an dem breiten Glas, das nahezu bis zum Rand mit kühler, prickelnder Flüssigkeit gefüllt war. Es schmeckte ihr. Sehr gut sogar. Sie nahm einen zweiten

Schluck, doch wollte sie sich nicht die Blöße geben, das Glas in einem Zug leer zu trinken und gleich ein zweites zu ordern. Auch wenn ihr das gut gepasst hätte: ein Glas in der Hand, ein zweites neben sich, mit aufgerissenem Korsett und nackten Füßen wie die *Große Odaliske* von Ingres .

Das wäre was gewesen! Sie, die Neue in Soest, skandalös im ehrenwerten Saal der Ressource inszeniert.

Sie amüsierte sich beim Gedanken an die empörten Gesichter, von denen sie fortan verfolgt und die Zeitungen, zu deren Hauptthema sie gemacht werden würde.

Angesichts ihres kleinen Tagtraums konnte sie ein leises Lachen nicht länger unterdrücken, weshalb sie das Gesicht vor Scham schnell zur Seite wandte. Überrascht bemerkte sie aber genau dort, wo ihr Blick hinfiel, einen stämmigen Herrn, der sie anscheinend schon länger beobachtet hatte und ihr nun entgegenlächelte. Er wandte sich noch einmal kurz an seine Gesprächspartner und kam dann rasch auf sie zu. Als ihr klar wurde, dass dieser Mann ihr Lachen als Appell verstanden haben musste, spürte Marie, wie das Amüsement aus ihrem Gesicht fiel und auf dem Boden in hundert kleine Splitter zersprang. Rasch senkte sie den Blick und wünschte sich nichts lieber, als tief in den Falten, die ihr Kleid im Schoß warf, verschwinden zu können.

„Gestatten, Rosenthal“, sagte er höflich. Marie reichte ihm ihre freie Hand und deutete auf den Stuhl ihr gegenüber. Er knarzte leicht, als sich der Herr Rosenthal, noch immer breit lächelnd, darauf niederließ. Einige wenige große Lachfalten zogen sich von seinen Augenwinkeln über seine Wangen.

Sie wusste, was nun kam: Wie lang sind Sie schon in Soest, in welchem Bereich ist Ihr Mann tätig, ja, ich auch, nein, ich mache dieses und jenes. Sie hatte keine Lust, sich mit diesem Mann zu unterhalten, aber sie hatte wohl keine Wahl, wollte sie nicht einen möglichen Geschäftspartner ihres Mannes brüskieren.

„Wunderschönes Wetter dieser Tage, finden Sie nicht auch?“, unterbrach er ihren Gedankengang. Warum redete er denn nun vom Wetter?

„Ja, sehr angenehme Temperaturen“, antwortete sie erstaunt.

Generell schien dieser Herr Rosenthal nicht wirklich interessiert an ihrem Umzug oder gar der Tätigkeit ihres Mannes zu sein. Das verwunderte sie, denn jedes Gespräch, das sie an diesem Abend geführt hatte, hatte schließlich den Beruf und die damit verbundenen Aufgaben Theos zum Hauptgegenstand gehabt. Er fragte nicht einmal flüchtig danach. Vielmehr interessierte er sich für die Herkunft ihrer Schuhe oder welche Hüte sie favorisiere, wenn es draußen so warm war wie jetzt im Juli.

„Erlauben Sie mir die Frage, aber sind Sie in der Tuchindustrie tätig?“, fragte Marie schließlich, als sie nach langem Hin und Her immer noch nicht darauf gekommen war, weshalb dieser Herr mit ihr über solche Dinge redete. Als Antwort auf ihre Frage lachte er laut und hielt sich dabei mit beiden Händen den runden Bauch.

„Nein, nein“, sagte er „aber die Menschen interessieren sich doch immer für die Dinge, die sie selbst nicht kennen, oder habe ich da Unrecht? Alles andere wäre ja auch unsinnig."

Damit hatte er natürlich Recht. Wer fragt auch nach etwas, dessen Antwort er längst kennt. Und doch war Marie immer noch verdutzt, dass sie mit einem Mann über die Wahl ihrer Hüte reden konnte, ohne dass dieser daraus neue Erkenntnisse für sein Unternehmen ziehen wollte.

„Möchten Sie vielleicht ein volles?", unterbrach er plötzlich seinen Vortrag über eine Pariser Manufaktur, in der tatsächlich Kleider ohne Korsett hergestellt werden sollten. Marie bemerkte, dass sie ihr leeres Champagnerglas fortwährend zwischen Daumen und Zeigefinger gedreht hatte und verstand, was er meinte. Doch in diesem Augenblick hatte er schon einen Kellner herbeigewunken und ihm ein Glas vom Tablett genommen. Stumm reichte sie ihm das leere.

Verwundert betrachtete sie ihren Gesprächspartner etwas genauer, der ganz anders war als die anderen Männer im Saal. Er redete nicht von sich, noch fragte er unangenehme Dinge. Er verhielt sich aufmerksam und schien gar ein Gespür dafür zu haben, welches das passende Thema war, denn für ein Kleid ohne Korsett hätte Marie an diesem Abend sogar ihren Perlenschmuck hergegeben. Sie nahm noch einen Schluck aus ihrem Glas und schaute an den Wänden hinauf. Die weißen Marmorbüsten lächelten leicht zu ihr herab, und ihr Körper fühlte sich plötzlich gar nicht mehr so bleiern an. Sie schloss die Augen und fragte sich, ob es wohl bald auch in Soest Kleider gab, die ganz ohne Korsett auskamen.

Zum zweiten Mal an diesem Abend ließ sie den Kopf leicht auf die Schulter fallen, bevor sie die Augen wieder öffnete. Und zum zweiten Mal traf ihr Blick ungewollt den eines anderen. Oder in ihrem Fall *einer* anderen. Geradewegs schaute sie in zwei schwarze Augen, die starr auf sie gerichtet waren. Sie gehörten zu einem bleichen Gesicht, dessen rote Lippen sie nun nicht mehr, wie vorhin, geheimnisvoll anlächelten, sondern wie miteinander verschweißt eine gerade Linie bildeten. Ein kalter Schauer lief Marie den Rücken hinunter.

„Herr Direktor, Sie gestatten?" Eine warme Hand berührte ihren Arm, und Marie erschrak. Theo stand neben ihr. Er war offensichtlich im Begriff, den Ball zu verlassen.

Sie schaute irritiert in das Gesicht ihres Gesprächspartners, der sein breites Lächeln immer noch nicht abgelegt hatte und sie plötzlich eher an einen dicken Clown erinnerte als an einen wortgewandten Charmeur. Er stand auf. Nach einem kurzen Moment der Besinnung erhob sich auch Marie. Sie hielt ihm ein zweites Mal die Hand hin, während sie beinahe automatisch den Kopf wieder gen Saal drehte. Doch alles, was sie nun noch von Frau Vogt sah, waren die schlicht gesteckten braunen Locken und der dunkelrote Rücken.

Als Rosenthal ihre Hand wieder los ließ, bemerkte sie ein schmerzhaftes Kratzen in ihrer Handinnenfläche. Scharf zog sie die Luft ein.

„Einen schönen Abend noch", sagte er höflich und immer noch breit lächelnd, bevor er sich abwandte.

Während Marie mit Theo zum letzten Mal den Saal durchquerte, befühlte sie ihre Handfläche. Ein kleiner Kratzer brannte dort zwischen Ring- und Mittelfinger, wo Rosenthal sie zum Abschied berührt hatte.

„Alles in Ordnung?“, hörte sie Theo fragen.

Gar nichts war in Ordnung. Was erlaubte sich dieser Rosenthal? Erst mit ihr über belanglose Dinge sprechen, sie gar mit seinem Charme umgarnen, nur um sie anschließend ganz absichtlich mit seinem Fingernagel zu kratzen?

Und was war an ihrer Unterhaltung mit einem fremden Mann so interessant gewesen, dass Anna Vogt sie auf ihre unverschämte Weise beobachtet hatte, wo sie doch ihrerseits vorher kaum ein Wort mit ihr gewechselt hatte. Empörung stieg in ihr auf.

„Ja, mein lieber Theo, es ist alles in Ordnung“, antwortete sie schließlich. „Sag mir, der Herr Rosenthal ist ein Direktor?“

„Ja, der Bahndirektor.“

„Ach so.“

Ich hab's ja geahnt, ich hab's ja geahnt. Das war doch klar, da liegt einer so schief auf der Treppe, schief und tot, und wer ist die Dumme und findet ihn? Ich. War doch klar, dass die mich auf dem Kieker haben. So ein Wachtmeister, wie denkt der denn? Der hört, da ist 'ne Frau neben 'nem toten Mann, die muss doch was damit zu tun haben. So denkt der. Zwei und zwei sind vier, schlaues Kerlchen. Dabei, das weiß doch jeder, die Soester Wachtmeister, die können besser saufen als denken. So wie beim Anton neulich, da auch. Anton, das ist unser Nachbar links, Anton Nieuwdorp, der hat noch ein paar Hühner hinten im Hof und Karnickel, ansonsten ist er bei der Eisenbahn, bei den Verladern. Der Anton ist schwer in Ordnung, nur sein Hahn, der kräht wie verrückt, ich weiß auch nicht, so 'nen Hahn hab' ich noch nicht erlebt. Ich weiß nicht, was mit dem los ist, der kräht und kräht von früh bis spät, also, der hat zu viele Hühner unter sich, glaub' ich, oder zu wenige, bin ja kein Hahn, weiß nicht, wie die sich fühlen. Wie komm' ich drauf? Ja, der Anton ist neulich beim Friedrich Abels vorbei, der Gasthof da am Markt, ich mein', der wollte noch Futter für seine Hühner holen oder so, und grad' wie er da beim Abels mit der Handkarre vor der Tür vorbei ist, da gibt's ein Spektakel, das glaubt man nicht. Ein Geschrei und Geschimpfe, das poltert und zetert, die Tür fliegt auf und 'ne ganze Bande von Trunkenbolden stürzt nach draußen und kloppen drauflos, was das Zeug hält. Der Anton natürlich mittendrin mit seiner Karre, ist ja nicht seine Schuld, der muss sich wehren. Nur, so'n Verlader der hat was in'n Armen, kann ich wohl bestätigen, alles was recht ist. Also geht die

Klopperei weiter, nur der Anton, der hat ja keinen Suff im Kopp und dann mit dem seinen Armen, mein lieber Scholli, da ging's rund. Und das Ende vom Lied? Ich weiß nicht, wie's kam, ob der Abel nach 'nem Wachtmeister geschickt hat, oder ob der rein zufällig in der Gegend war und den Lärm gehört hat, jedenfalls war dann erst mal Schluss mit der Rauferei. Der Anton denkt, er kann jetzt endlich weiter mit der Karre und die Saufbolde kriegen eine ordentliche Verwarnung oder kommen in Arrest, da hat der Anton die Rechnung aber ohne den Wirt gemacht! Da meint doch dieser Wachtmeister, der mit 'ner Nase wie'n Leuchtturm im Gesicht, den kennt jeder, der läuft ja meistens in der Stadt herum, der war, mein' ich, sogar schon Schützenkönig, so vor vier, fünf Jahren war das. Meint also der Wachtmeister und winkt dem Anton mit dem Finger, er soll mal näher kommen, dass der Anton die Klopperei angefangen hat und er soll mal schön mit auf die Wache kommen. Also, das schlägt dem Fass den Boden aus! Der arme, arme Anton, so unschuldig wie 'ne Jungfrau, nur dass er Arme hat wie'n Schmied und richtig austeilen kann, dafür kann er doch nichts, und wehren muss man sich, jeder muss sich wehren, ich auch. Kann ich was dafür, dass ich den Rosenthal da auf der Treppe gefunden hab'? Nichts, gar nichts kann ich dafür. Ich bin die Waschfrau. Ich hole die Wäsche, sonst nichts. So auch am Montag. Erst dacht' ich noch, ich geh' mal ganz stickum wieder zurück. Konnte ja sein, dass mich keiner gesehen hat oder mich nicht kennt, aber das kann man ja nicht machen, mir nichts dir nichts so abhau'n. Bin nur eine einfache Frau, aber eine Frau, will ich mal sagen, hat doch das Herz immer am rechten Fleck, die haut nicht eben mal ab, wenn's brenzlig wird. Was die Männer in den Muskeln haben, das ist bei uns Frauen im Herzen. Ich bin zwar nicht katholisch getauft und kann auch mit dem Buhei um die Heiligen, der da betrieben wird, nicht viel anfangen, aber eins muss ich sagen: Wenn ich mal durch die Mariengasse komm', dann bleib' ich immer 'nen Moment bei der schönen Madonna stehen. Und was hat sie nicht alles durchgemacht damals! Doch bei allem Leid ist sie ganz standhaft geblieben und treu im Glauben und hat zu unser'm Herrn Jesus Christus gehalten, und jetzt schaut sie einen so sanft und gütig an ... Das meine ich, so ein Herz hat nur eine Frau. Auch mein Herz klopfte mir da schon bis zum Hals, als ich auf die Treppe mit dem Rosenthal zuging. Da war mir schon klar, mit meiner Ruhe ist's erst mal vorbei. Ich meine nicht die Arbeit, denn schuften muss ich so oder so, ob mit oder ohne die Rosenthals. Als Waschfrau für die paar Pfennig auf jeden Korb und dann die Kinder noch durchfüttern, das ist Arbeit genug. Und da wollen die guten Herren vom Rat doch tatsächlich den Großen Teich einzäunen! Und wo, bitteschön, soll dann gewaschen werden? Wie stellen die sich das vor? Bau'n die uns Waschfrauen wohl 'ne Waschhalle mit Kamin, oder wie? Aber egal wo man hinguckt, überall ist's mit der Ruhe vorbei. Seit achtzehnsiebzig geht's mit uns voran. Jetzt haben wir einen Kaiser und Negerkolonien in der ganzen Welt, aber die Ruhe ist vorbei. Und das nennt sich dann modern! Mir war dann jedenfalls auch sehr modern zumute, als ich schließlich auf der Treppe neben dem Direktor Rosenthal stand. Ich hab sofort gesehn, das hat keinen Zweck mehr mit dem, keine einzige Regung, seit ich um die Ecke gebogen war, dann der starre Blick, das Blut überall im Gesicht und auf dem schönen Kragen. Ich hab' aber trotzdem noch ein bisschen an der Schulter gerüttelt und „Herr Direktor! Herr Direktor!" gerufen, man weiß ja nie – aber nichts! Dann hab' ich geläutet und die Frau Direktor rufen lassen. Ich kann daran nichts Unrechtes erkennen.

Noch am gleichen Abend stand ein Wachtmeister mit 'nem Sergeanten vor der Tür. „Hauptwachtmeister Müller", stellte er sich vor. Ich kannte ihn aber schon. Das war nicht der mit der Nase, das war der andere, der schlaksige. Mein Gott, gut dass die Kinder schon im Bett lagen. Die hätten so einen Schreck bekommen, wenn da abends plötzlich ein Wachtmeister vor der Tür steht. Die denken doch, sie hätten was ausgefressen, oder schlimmer noch, mit der Mutter wär' was nicht in Ordnung, die Mutter ins Gefängnis und sie ins Waisenheim. Kaum auszudenken! Ich hatte gar nichts erzählt vom Herrn Direktor und wie ich ihn da so hab' liegen seh'n auf der Treppe. Ich dacht' mir, die Kinder kriegen heutzutage schon viel zu viel mit, die armen kleinen Seelen, das muss ich ihnen nicht antun, dass ihre Mutter unschuldig in so eine Sache reintappt. Und da ausgerechnet kommt der Wachtmeister mit 'nem Gehilfen zu uns nach Haus. Ich hab' sie natürlich freundlich reingebeten und ihnen einen Schnaps angeboten, wie sich das gehört. Die haben auch nicht „nein" gesagt. So weit ging es noch an. Die Stube war ordentlich und sauber, die Kinder schliefen ruhig, und ich hatte nur das übliche Reißen in der rechten Schulter, bleibt ja nicht aus bei der vielen Wäsche. Zuerst fragt der Inspektor noch ganz freundlich, wie ich heiße, wann und wo geboren und so weiter. Ich denk', na, das wird ja ein nettes Plauderstündchen, aber dann kam's knüppeldick. Was der alles wissen wollte, du meine Güte, unsereins kann doch nicht auf alles achten. Was ich den Tag über gemacht hatte, Stunde für Stunde, haarklein, wie das Wetter war, als ich ihn fand, welche Kleidung der Herr Direktor trug und was ich selbst anhatte, wieso ich mir so sicher war, dass da ein Toter lag, wie viel Blut ich wo gesehen hatte und welche Farbe es hatte, ob sein Mund geöffnet war oder nicht, ob er etwas in Händen hielt, Zigarre, Messer oder Pistole. Also, ich weiß nicht, ich hatte das Gefühl, der fragt Sachen, die er bereits weiß, dafür musste er mich nicht in meiner Stube überfallen. Und dann so Dinge, die geh'n ihn gar nichts an, mein' ich mal. Wie ich mit dem Herrn Direktor ausgekommen war, was ich von ihm halte so allgemein, und ob mir in letzter Zeit was aufgefallen war, an ihm selbst oder seiner Wäsche. Du lieber Himmel, was soll mir denn an seiner Wäsche auffallen? Wenn da ein Fleck ist, mach' ich den weg, da frag' ich doch nicht, wo der herkommt und ob es eine Verbindung gibt zu einem anderen Fleck von vor einer Woche. Ich bin Waschfrau und kein Wachtmeister. Und das Gleiche bei der Frau Direktorin. Die kenne ich zwar besser, aber mehr so im Hinblick auf's Waschen. Ich mach' da keinen Unterschied, ob Tischtuch oder ob was zum Druntertragen. Also ehrlich, da ist mir nichts aufgefallen, und da will mir nichts auffallen. Ich mach' die Wäsche sauber, dass die Herrschaften zufrieden sind mit mir. Und die Rosenthals waren immer zufrieden mit mir, alles was recht ist. Und ob die Spatzen da was von den Soester Dächern pfeifen und ob die Tränen der Frau Direktorin echt gewesen waren, wie sie ihren Mann da so schief vor ihren Füßen liegen sah, das geht über meinen Verstand. Aber was mein Herz tief in mir drinnen sagt, das brauch' ich dem Herrn Hauptwachtmeister nicht auf die Nase zu binden. Denk' ich mal so.

Nicht allzu schlecht gelaunt traf ich am nächsten Morgen auf der Polizeiwache ein. Das Frühstück war deutlich ansehnlicher gewesen als das gestrige Abendessen, und auch die Sonne schien einen guten Tag zu versprechen.

Ich hätte es besser wissen sollen. Hanswurst, der mich schon an der Pforte begrüßte, zeigte mir kurz die primitiven Räumlichkeiten, die er „Bureau" nannte. Wenig interessiert fragte ich ihn nach der Akte des verstorbenen Bahndirektors und begab mich an den kleinen, dunklen Holzschreibtisch am Fenster, der mir zugeteilt worden war. In seiner schlaksigen Art reichte der Rotschopf mir die Mappe und blieb wie gespannt neben mir stehen.

„Haben Sie nichts zu tun?", herrschte ich ihn an. Peinlich berührt verzog sich Müller.

Beim ersten Öffnen der Mappe fiel mir ein Gesprächsprotokoll einer Unterhaltung entgegen, über die Müller gestern schon berichtet hatte. Das Verhör der Waschfrau war in schlampiger Handschrift – wahrscheinlich von Müller – dokumentiert worden.

Ich überflog einige Zeilen, doch wie schon erwartet, gaben die Aufzeichnungen wenig nützliche Erkenntnisse her. Das Weib hatte, wie meist üblich für ihr Geschlecht, viel geredet, ohne etwas Vernünftiges von sich zu geben, und so ging ich über zum nächsten Dokument.

Es handelte sich um das Verhör der Witwe: Elisabeth Rosenthal, geb. Meiner, 38 Jahre alt.

Wieso war die Witwe nicht zuerst vernommen worden?

Ein kurzer Blick auf das eingetragene Datum und die zugehörige Uhrzeit verriet, dass Müller zwar richtig vorgegangen war und Frau Rosenthal zuerst vernommen hatte, allerdings nicht viel von einer chronologisch geordneten Akte hielt. Was hatten diese Stümper eigentlich für ihren Beruf gelernt? Dazu kam nämlich, dass auf dem Dokument auch noch der Reichsstempel fehlte, der es für gültig erklärt hätte.

Ich würde Müller dafür später rügen, jetzt musste ich mir erst einmal selber einen Überblick verschaffen. Ich würde den Fall systematisch aufrollen müssen. Das versprach schnelle Ergebnisse, so dass ich mich schon bald wieder in Münster bei meiner Familie sah.

Laut Frau Rosenthals Aussage hatte sie vom Zusammenbruch ihres Mannes auf der Treppe vor dem Haus nicht viel mitbekommen – die Fundortbeschreibung müsste ich mir später noch genauer durchlesen! Sie hatte zum Todeszeitpunkt im Teezimmer gestickt, was durch die Aussage eines Dienstmädchens bestätigt wurde. Sie sei nur durch die Schreie des Waschweibes aufmerksam geworden und sofort hinzugeeilt, doch für ihren Mann sei es da schon zu spät gewesen.

Müller beschrieb Frau Rosenthal in seinen Aufzeichnungen als „äußerst gefasst" und „leicht abweisend". Warum hatte er nicht stärker auf sie eingewirkt?

Ich beschloss, am nächsten Tag noch eine Befragung der Witwe durchzuführen. Den Aussagen von Weibern konnte man nie trauen!

Ein Blick auf den Totenschein ergab mir nun auch keine neuen Erkenntnisse mehr. „Wahrscheinlich vom Schlag getroffen; Tod durch Herzlähmung", war hastig vermerkt worden. Dieser Befund stand jedes Jahr wohl auf hunderten Totenscheinen, und zwar immer dann, wenn der Arzt keine besonderen Merkmale am Körper des Toten finden konnte.

„Müller, haben Sie eigentlich schon eine Obduktion des Leichnams in Auftrag gegeben?", rief ich zu Hanswurst rüber, der trübselig auf seinen Schreibtisch geschaut hatte. Er verneinte missmutig.

„Dann starren Sie keine Löcher in die Wand, sondern geben Sie ein Telegramm auf", sagte ich vollkommen ohne Mitgefühl. Der Bursche sollte ans Arbeiten kommen!

Für mich war nun die Fundortbeschreibung an der Reihe. Genüsslich pfiff ich leise vor mich hin.

„*Extremitäten von sich gestreckt, blutverschmiert, vermutlich durch Aufprall auf Treppe*", las ich.

So so, hatte sich der Rosenthal also auf die Nase gelegt während der Herzattacke. Da war er wohl nicht der erste.

„*Freitreppe stark verschmutzt sowohl durch Blut des Toten, als auch durch die Erde eines hinabgestürzten Blumenpottes.*"

Mal abgesehen vom Sprachniveau wurde hier durchaus nicht klar, ob der *Topf* vom Toten oder durch das ungeschickte Waschweib hinabgerissen worden war. Erschlagen hatte man Rosenthal damit aber wohl nicht, da keine Rede von einer Platzwunde am Kopf war. Und so schaute ich mir als Nächstes den Personalbogen des Verstorbenen an, den Müller zum Teil schon ausgefüllt hatte:

Name: Ernst Rosenthal
Geburtsdatum: 6. März 1838
Geburtsort: Düsseldorf

Wohnort: Walburgerstraße 349, Soest
Größe: 1 Meter 76
Augenfarbe: blau

Notizen:
- Sohn des Regierungsbaurats der Stadt Düsseldorf, Heinz Wilhelm Rosenthal
- Sohn von Auguste Rosenthal, die bereits früh verstarb
- Verheiratet mit Elisabeth Rosenthal, geb. Meiner, geboren am 26.Juni 1852 in Düsseldorf

„Müller, wir nehmen eine Droschke zum Hauptbahnhof."

Ich hatte mir vorgenommen, Rosenthals Bureau zu untersuchen – vielleicht waren dort ein paar nützliche Informationen zu finden.

Von der Stadt aus betrachtet, war ich überrascht über die Größe des Soester Reichsbahnhofs mit seinem imposanten, alles überragenden Ringlokschuppen. Müller dagegen, hastig in seiner Art, als wolle er mir etwas beweisen, ging voran auf das Empfangsgebäude zu, so dass ich kaum Schritt halten konnte.

Sofort sprach er einen mürrisch dreinschauenden Mann an, den er anscheinend kannte und fragte nach Rosenthals Bureau. Müller sprach gegenüber dem Angestellten nur von einer „wichtigen Angelegenheit".

„Müller, nun machen Sie es mal nicht so geheimnisvoll. Lavage, mein Name", mischte ich mich ein. „Und Sie sind?"

„Schlüter, Heinrich. Ich arbeite schon seit fünfzehn Jahren für die Bahn. Es geht um den Mord am Herrn Direktor, hab ich Recht?“

„Wer spricht denn von Mord, Herr Schlüter?“

„Na, ich dachte nur … Man hört ja so einiges, und so beliebt war der Herr Rosenthal nun auch nicht. Also, ich kam zwar immer gut mit ihm aus, aber der Erwin zum Beispiel … “

„Erwin *wer*?“

„Na, ich will ja nichts Schlechtes sagen, aber die hatten schon so ihre Konflikte, der Erwin Deppe und der alte Rosenthal. Erwin wollte halt 'ne bessere Stelle haben, wennse verstehn.“

„Und da meinen Sie, das würde als Grund für einen Mord ausreichen?“

„Nein, nein. Um Gottes Willen! Der Erwin, der würd' doch keinen Mord begehen. Ich wollt ja nur sagen, dass nicht alle gut auf den Rosenthal zu sprechen waren.“

„So so. Würden Sie uns Herrn Deppe trotzdem vorstellen und uns außerdem das Bureau von Herrn Rosenthal zeigen?“

Am Ende eines dunklen, schmalen Flurs, durch den Schlüter uns geführt hatte, riss er eine hölzerne Tür auf und schnarrte sofort los: „Andreas, wo ist der Erwin?“

„Den hab ich heute den ganzen Tag noch nich' gesehn, aber vielleicht guckste mal im Lokschuppen oder inner Knochenmühle nach“, kam eine dumpfe Stimme zurück. Ich konnte den Mann, der geantwortet hatte, leider nicht sehen, da Schlüter in der Tür stehengeblieben war und mir den Blick versperrte.

„Wie? Den haste heute noch nich' gesehn? Kann doch gar nich' sein. Und wieso sollte der im Schuppen sein?"

Schlüter drehte sich mit leicht verdutztem Gesichtsausdruck um und sagte zu mir und Hanswurst: „Na ja, ich weiß auch nicht, was da los ist. Ich schick mal einen von den Burschen los, der soll mal nach Erwin schauen. Na, und ich zeig Ihnen jetzt das Bureau vom Herrn Direktor Rosenthal."

Weil mir das Fragezeichen wohl noch immer ins Gesicht geschrieben stand, fügte er hinzu: „Knochenmühle, so wird bei uns die große Umladehalle genannt."

Die Luft im Bureau des Direktors war etwas abgestanden, der Raum an sich geräumig und sehr ordentlich hinterlassen, was mich jedoch nicht davon überzeugte, dass es hier keine wichtigen Hinweise zu finden gab.

Während Hanswurst ein Regal in der Ecke genauer durchsuchte, nahm ich mir den Schreibtisch vor: Abrechnungen der letzten Monate, neu erstellte Fahrpläne, andere Dokumente, von denen ich nicht immer genau sagen konnte, wozu sie angefertigt worden waren, jedoch war nichts an ihnen besonders auffällig.

Das konnte doch nicht sein. Ein Mann von diesem Rang … der musste doch irgendetwas am Stecken haben. Jedenfalls wenn man so viele Leute unter sich hat, da geht nicht immer alles glatt.

Ich zog eine der Schubladen auf, doch sie war leer bis auf ein paar Bureausachen. Auch die restlichen enthielten keine wichtigen Dokumente oder andere interessante Dinge von Belang. Ich schaute mich um und begann in einer anderen Ecke weiter zu suchen. Ich nahm mir alles möglichst genau vor und schaute gerade, ob sich hinter der Gardine etwas befand, als plötzlich ein stämmiger Junge mit dunklem Haar in der Tür stand.

„Herr Lavage? Herr Schlüter hat mir jesagt, ik soll nach dem Erwin kieken und Ihnen dann Bescheid sajen, aber ik hab den nirjendwo jefundn. Vielleicht issa krank", berlinerte er mir entgegen.

„Ist gut. Wenn Herr Deppe hier das nächste Mal gesehen wird, möchte ich unverzüglich davon in Kenntnis gesetzt werden, und er soll sich auf der Wache melden, verstanden?", gab ich ihm zu verstehen.

„Jawoll, Herr Wachtmeister."

„Kommissar Lavage mein Name, aus Münster."

„Jawoll, Herr Kommissar aus Münster."

Ich beachtete den Jungen nicht weiter und wendete mich nun an Hanswurst, der in der Ecke das Regal anstarrte, als könne er es durch seine reine Willenskraft bewegen.

„Hans! Wir fahren zurück, komm."

„Ich heiße nicht Hans! Mein Name ist Johann, Herr Kommissar."

„Hans, Johann – ist doch alles das Gleiche. Wir fahren!"

„Aber ich bin hier noch nicht ganz fertig."

„Das Regal dort, wo du noch nicht warst, ist so voller Staub, das hat in den letzten drei Jahren ganz bestimmt niemand angefasst."

Mein Gespür sagte mir: Hier war nichts zu finden.

Ich würde mit Müller zurückfahren und herausfinden, ob es sich tatsächlich um Mord handelte, wie Schlüter angedeutet hatte.

Soest, 30. Januar '90

Sei gegrüßt Liebste,

mein Herz schlägt wild, wenn ich an Dich denke. Und an Deinen letzten Brief.

Wie meintest Du das? Warst Du bei vollem Verstand, als Du das schriebst? Du findest es nicht gerecht, dass Du als Mädchen nur in Begleitung rausgehen darfst und dass Du Deine große Schwester brauchst, damit wir uns sehen können? Du möchtest wie ein Junge allein herumlaufen dürfen? Aber weißt Du denn nicht, wie gefährlich es draußen sein kann? Hörst Du den Anderen denn nicht beim Reden zu? Gehst du nicht mit offenen Augen durch die Welt? Dir könnte etwas passieren. Du könntest Leid erfahren. Es gibt Gründe. Gute Gründe. Mich schaudert es bei diesen Gründen und Gedanken. Weißt du denn nicht, wie wichtig Du bist? Für mich, für Deine Familie und auch ein wenig für die Gesellschaft. Du sollst später mal Kinder bekommen, sie erziehen, Dich liebevoll um Deinen Mann kümmern. Was meinst Du, kannst Du das, wenn Dir jetzt etwas passiert? Es ist wichtig, dass es Dir gut geht … nicht nur heute, auch in Zukunft. Wenn Dir heute was passiert, was meinst Du, kannst Du dann später noch machen? Kannst Du dann noch Deine Aufgaben erfüllen? Sieh Dir die anderen Frauen an, meinst Du, sie beklagen sich? Sie wissen, wie gefährlich die Welt für sie ist, was ihre Aufgabe ist, wie wichtig ihre Aufgabe ist. Stell Dir mal vor, wir sind später verheiratet – was für ein wundervoller Gedanke! – wenn Du Dich dann so ver-

halten würdest, würde es auf mich zurückfallen, Du würdest mir, unserer ganzen Familie damit schaden. Willst Du denn wirklich das, was Dir Deine Mutter seit Jahren, seit Deinen Kindertagen beibringt, einfach hinter Dir lassen? Wie kannst Du nur so eigensinnig sein? Mich schaudert … Lass uns nicht weiter daran denken. So, wie es in der Welt geregelt ist, ist es gut, es ist nur zu Deinem Wohle. Hab' Vertrauen, Nora! Ich meine es gut mit Dir. Ich sorge mich um Dich, dass Dir kleines zartes Mädchen etwas passieren könnte. Bitte zögere beim nächsten Mal nicht, beschwere Dich nicht, wenn jemand Dich begleiten soll. Mein Herz schlägt nur für Dich.
Nora, Liebste …
Mit jedem Atemzug denke ich an Dich, sorge mich um Dich und warte darauf, dass wir uns wiedersehen. Meine Liebe, ich werde wie immer dort sein und auf Dein Kommen warten.

In Liebe,
Dein Julius.

Es wurden immer mehr Influenza-Fälle in Soest, und ich war dadurch sehr beschäftigt. Es war schlimmer als letztes Jahr. Ich stand in der Frühe auf, frühstückte und kam spät abends zurück. So auch an diesem Tag. Er begann sehr früh, und ich fuhr mit unserem Einspänner kreuz und quer durch Soest. Zwischen frühem Morgen und Abend hatte ich bereits 17 Patienten besucht. Alle hatten die Influenza.

Nun verließ ich das Haus meines letzten Patienten und warf den Arztkoffer auf den Karren, ich selbst ließ mich seufzend auf den kleinen Sitz fallen und schwor mir, heute nicht mehr über kranke Leute nachzudenken. Ich schnalzte Caspar zu und knallte mit der kurzen Peitsche. Das Pferd setzte sich in Bewegung, und der kalte Wind pfiff mir um die Ohren. So spät abends war es wirklich bitterkalt. Wie freute ich mich auf die warme Stube zu Hause! Immerhin besaß ich eine solche und dazu ein treues Weib, ganz im Gegensatz zu den armen Leuten, die kein Dach über dem Kopf hatten. Eigentlich eine Schande für eine wohlhabende Gesellschaft wie unsere, dass es noch solche Armut gab!

Ich bog um die letzte Kurve und hielt auf dem Hinterhof bei den Ställen. Ich brachte Caspar in den Stall, wo der Stallbursche sich um ihn kümmerte und schloss die Tür auf. Ich legte meinen Mantel, meinen Hut und meine Tasche ab und betrat die Stube. Sophie saß vor dem Kamin und arbeitete an einer neuen Tischdecke, während unsere Köchin Helga in der Küche ein herrlich duftendes Mahl bereitete. Ich trat hinter Sophie und legte ihr meine kalte Hand auf die Schulter.

„Hallo, Sophie, da bin ich wieder“, flüsterte ich und beugte mich über ihre Arbeit.

„Was machst du da?“, fragte ich und ließ mich in den weichen, großen Sessel fallen, der ihr gegenüber stand.

„Ich schwimme“, antwortete sie ohne aufzuschauen. Ich sah sie verdutzt an.

„Ähm …“, murmelte ich etwas perplex. Sie sah auf, mir direkt ins Gesicht und lachte dann.

„Ich arbeite an unserer Tischdecke, was dachtest du denn?“

Ich grinste. „Du hast Recht. Eine dumme Frage verdient auch eine dumme Antwort. Entschuldige.“

Sie legte das Tischtuch beiseite, stand auf und kam zu mir herüber. Ich nahm ihre Hände, zog sie zu mir und küsste sie zärtlich. Dann setzte sie sich auf meine Knie und fragte:

„Wie war dein Tag?“

„Anstrengend. Halb Soest hat die Pest, ähm, die Grippe. Ich glaube, dass in diesem Winter noch einige daran sterben werden. Hauptsächlich Alte, sehr Junge und Frauen in gewissen Umständen.“

Sie nickte seufzend und kuschelte sich an mich.

„Gut, dass ich nichts von dem bin“, meinte sie und warf mir einen vorsichtigen Blick zu.

„Na ja, gegen ein Kind hätte ich nichts einzuwenden, und jung bist du auch. Außerdem: Wenn die Grippe nur die Schönen erkranken lassen würde, dann müsste ich dich im Keller einsperren, damit sie dich nicht findet.“

Da lachte sie wieder. Ach, was für ein unbekümmertes Wesen sie doch hatte, wie ein kleines Kind – herrlich!

„Ich frage nur lieber vorher, ob es ein schlimmer Tag war", meinte sie und stand wieder auf.

„Vorher?", fragte ich neugierig und beobachtete genau, wie sie zum Schrank ging, eine Schublade aufzog und einen versiegelten Brief herausholte. Sie kam zurück und reichte ihn mir. Ich drehte das kleine Couvert in meinen Händen und sah den Stempel: *Kgl. Amtsgericht, Soest.*

Ich brach das Siegel und überflog den Brief mit kritischer Miene.

„Und? Was steht drin?", fragte Sophie neugierig und lugte über meine Schulter. Scherzhaft verdeckte ich das Papier und sah sie an.

„Sag ich nicht. Geh und hilf Helga!"

Sie sah mich entsetzt an. Ihr Gesichtsausdruck war so überrascht, dass ich mich nicht mehr halten konnte. Ich lachte, bis mir die Tränen die Wangen hinunter liefen, als laut und eindringlich an die Tür gepocht wurde.

„Herein", japste ich. Mit einem verheißungsvollen Duft kam die gute Seele unseres Hauses herein. Die dralle Helga stand im Türrahmen, in der einen Hand den Kochlöffel, während sie die andere Hand an ihrer Schürze abwischte.

„Das Essen ist fertig. Es gibt Rouladen mit Rotkohl und Kartoffeln", verkündete sie mit ihrer tiefen Stimme. Wir folgten ihr ins Speisezimmer, wo wir uns setzten und sogleich zu essen begannen.

„Helga, das hat wie immer großartig geschmeckt", lobte ich unsere Köchin. Sie lachte dröhnend, dass die Gläser klirrten.

Nachdem wir wieder in der Stube waren, fragte Sophie erneut:

„Und? Sagst du es mir nun?“ Ich zog eine Augenbraue hoch. Mein Blick wanderte zum Fenster. Draußen hörte ich zwei Männer streiten. Neugierig trat ich näher und schob die Gardine an die Seite. Direkt vor unserem Tor stritten sie sich. Sie waren mir unbekannt, aber es war trotzdem interessant zu sehen, wie dem einen der Kopf rot anlief und er dann wutentbrannt in Richtung Markt davoneilte.

„Was?“

„Was in dem Brief steht, den ich dir eben freundlicherweise gegeben habe.“

„Welcher Brief?“

Sie verdrehte die Augen. Als sie mich wieder ansah, hatte ich wieder meinen unschuldig-unwissenden Gesichtsausdruck aufgelegt. Ich liebte es eben, sie zu necken und ein wenig zu ärgern, aber nun sah ich, dass es genug war.

„Ach, in dem Brief?“ Ich zwinkerte ihr zu, und sie schüttelte den Kopf.

„Du bist gemein“, schimpfte Sophie.

„Gar nicht wahr.“

„Oh doch!“

„Mhmm“, brummelte ich und sah auf den Boden.

„Wollen wir uns nun streiten, oder verrätst du mir endlich, was in deinem Brief steht?“, fragte sie schließlich. Ich sah unschuldig auf und wusste, dass mein Gesichtsausdruck auch etwas zerknirscht war.

„Ich muss mich auf der Wache melden“, murmelte ich.

„Was? Du musst ins Gefängnis? Warum? Was hast du getan?“, rief sie schreckensbleich. Sie erhob sich hektisch und begann auf und ab zu laufen. Dabei flüsterte sie immer wieder:

„Ohgottohgottohgott …“

Ich saß auf dem Sofa und verbarg mein Grinsen hinter vorgehaltener Hand. Plötzlich blieb sie stehen und kam auf mich zu. Sie ergriff meine Hände und flüsterte, vor mir kniend.

„Warum? Was hast du denn gemacht?“ In ihrer Stimme klang Panik mit, was mich gleichzeitig rührte und belustigte.

„Ich … der Eisenbahndirektor“, stammelte ich. Ihre Augen wurden riesengroß.

„Du hast, du wirst …?“ In ihren Augen sammelten sich Tränen, und da konnte ich nicht mehr an mich halten. Ich nahm sie in den Arm und flüsterte:

„Ja, ich werde ihn obduzieren müssen. Richterliche Anordnung. Ich kann nichts dagegen tun. Was das Gesetz sagt, muss befolgt werden.“

Sie erstarrte, schob mich von sich und sah mir in die Augen.

„Du … musst … ihn … obduzieren? A*ufschneiden*?“

Ich nickte, guckte unschuldig und beobachtete fasziniert ihr Mienenspiel. Von entsetzt zu traurig, von traurig zu erleichtert, von erleichtert zu ungläubig, von ungläubig zu wütend. Ihre Augen funkelten vor Zorn, während ich nur schief lächelte. Ich wollte sie wieder in die Arme nehmen, doch sie wehrte sich und hieb mit ihren klitzekleinen Fäusten auf meine Brust und rief:

„Du gemeiner …“ Ihr fehlte ein Wort und ich half aus: „Schuft? Wicht? Hund? Esel? Idiot? Arzt? Toller Ehemann? Geliebter? Schatz?“

Sie stöhnte auf vor Verzweiflung.

„Alles zusammen natürlich! Ich dachte wirklich, du hättest irgendetwas Schlimmes getan! Mach das nie wieder mit mir, ja?“

Ich versprach es, und sie hörte endlich auf mich zu *hauen*.

„Wieso sollst du den Eisenbahndirektor obduzieren? Ich dachte, der wäre wegen einer Herzgeschichte gestorben? Wozu dann eine Obduktion?“, fragte sie und setzte sich auf das Sofa.

„Wieso *Herz*? Woher willst du das denn wissen?“

„Fanny … “, reichte als Erklärung von ihr. Die lebende Gerüchteküche: Fanny.

„Tja, ich weiß nur, dass ich morgen zur Wache kommen soll und dann obduzieren muss, im Städtischen Krankenhaus vermutlich. Das dauert wahrscheinlich die ganze Nacht, also werden wir uns morgen nicht recht sehen. Leider. Aber so etwas darf ich mir nicht entgehen lassen. Es könnte meinen Ruf als Arzt noch bessern, vor allem für *die da oben*“, erklärte ich ihr meine Entscheidung.

Sie nickte erst bedächtig und verständnisvoll, dann hellte sich ihre Miene wieder auf.

„Was grinst du so hinterlistig“, fragte ich misstrauisch.

„Dann kann ich ja morgen alle meine Freundinnen zu einem Kartenspiel-Abend einladen. Wie wunderbar!“, sagte sie, und ich lachte.

„Hauptsache, du langweilst dich nicht ohne mich. Das wäre gar nicht schön für mich“, erklärte ich.

Sie nickte ernst.

„Für mich auch nicht.“ Wieder lachte ich und betrachtete das Kaminfeuer, das langsam brannte. Ich griff nach dem *Soester Anzeiger*.

In diesem Moment kam Fanny herein und sah auf die Zeitung.

„Oh, haben Sie denn schon das Neueste aus der Stadt gehört? Das mit dem Herrn Pilger und seinem Knecht Bernd?“

Wir schüttelten die Köpfe, und ich las einfach weiter. Doch dann fiel mein Blick auf den Artikel über besagten Bernd. Ich nahm jedenfalls an, dass es um ihn ging. Im Artikel selbst war der Name mit „B“ abgekürzt.

„Also das war so. Der Bernd geht ja, wie allgemein bekannt ist, gerne mal ins Pilgrim-Haus und trinkt etwas über den Durst. Auf dem Heimweg zurück zum Hof des Herrn Pilger muss er über die Gräfte gehen, dort wo noch voriges Jahr junge Obstbäume gepflanzt wurden. Frische, kleine Bäumchen. Äpfel, Birnen und Pflaumen, heißt es, stehen nun dort. Na ja, jedenfalls sind sie noch ganz klein und zart und sehr empfindlich. Bernd ging also wieder abends durch die Gräfte heim und brach sich einen Wanderstock von einem jungen Apfelbaum ab. Dabei wurde er von der alten Witwe, die am Wall wohnt, erwischt. Sie zeterte so laut, dass Bernd, angetrunken wie er war, zurück brüllte. Angelockt von dem Tumult, kam dann die Polizei und nahm ihn mit, wegen Beschädigung öffentlichen Eigentums. Er wurde dem Schöffengericht vorgestellt und zu 700 Mark Strafe verurteilt. Stellen Sie sich das mal vor! 700 Mark und das bei seinem kleinen Einkommen! Obwohl, das hat er ja nun auch nicht mehr."

Sie schwieg kurz. Sophies auffordernder Blick ließ sie weiter reden:

„Na, der Herr Pilger hat ihm sofort gekündigt und sucht jetzt einen neuen Knecht. Er hatte die Trunksucht vom Bernd zwar geduldet, aber nie akzeptiert, und jetzt wurde es ihm wohl zu viel und er hat ihn rausgeworfen. Nun stellen Sie sich mal vor, dass er zwei Monate ins Gefängnis muss, weil er die 700 Mark niemals auftreiben kann. Na, da schauen Sie aber, was ich alles weiß?"

Sie schloss sichtlich stolz, während ich noch einmal den Artikel überflog.

„Aber hier steht, dass er nur 300 Mark zahlen muss", erwiderte ich vorsichtig. Ich kannte ja unsere Fanny.

„Wenn's denn sein muss, dann waren es halt 300 Mark. Aber überlegen Sie mal, was das für ein Unterschied ist zu unserem Kaiser, der ein wahres Festbankett gegeben haben soll zu Ehren seines Hochzeitstages. Ist das nicht Wahnsinn? Unsereins arbeitet ununterbrochen und hofft, dass das Geld am Ende der Woche noch für einen Happen reicht, oder auch für eine Zeitung, und der Wilhelm? Er macht ein Bankett nach dem anderen. Das ist einfach nicht richtig! Er sollte lieber etwas gegen das Elend seines Volkes tun, anstatt sich den Wanst voll zu stopfen … Ist doch wahr!“, setzte sie nach, als sie unsere entsetzten Blicke sah.

„Fanny, das reicht! Wir lassen dir ja viel durchgehen, aber über unseren Kaiser wirst du in diesem Haus nichts Schlechtes reden, hast du verstanden? Immerhin ist er der Kaiser und verdient angemessenen Respekt seiner Untertanen“, donnerte ich so laut, dass beide Frauen erschrocken zusammenzuckten.

„Nichts für ungut, Herr Krämer. Bitte entschuldigen Sie. Es tut mir Leid, ich wollte Sie nicht erzürnen“, sagte sie und sah auf den Boden.

„In Ordnung. Wolltest du nicht noch die Wäsche mangeln? Wenn du weiterhin deine Zeit mit Plappern verschwendest, dann bist du noch bis heute Nacht hier.“

Daraufhin verschwand sie geschwind, und ich blickte zu Sophie hinüber, die die Augen gen Himmel verdrehte.

Erst dachte ich, es sei ein Irrtum, er hätte sich in der Hausnummer geirrt, aber als er sagte, er sei wegen Elisabeths Mann hier, wusste ich, dass es sich keineswegs um einen Irrtum handelte. Er stellte sich als Carl Lavage vor, er sei ein Kommissar von außerhalb, genauer gesagt aus Münster. Also auch nicht von hier! Neben ihm ein schlaksiger, rothaariger Mann: Johann Müller, sein Soester Kollege. Meine Cousine kannte ihn schon von seinem ersten Besuch, kurz nach der Schreckensbotschaft. Sie hatte mir davon berichtet, nachdem ich in Soest und in ihrem Haus angekommen war.

Er begrüßte sie nur mit einem knappen Nicken, ohne sich ihr noch einmal auszuweisen. Elisabeth ging wortlos in das kleine Zimmer, in dem wir nach meiner Ankunft zusammen Tee getrunken hatten. Die beiden folgten ihr. Ich blieb vor der Tür stehen, da ich die Unterhaltung nicht stören wollte.

Aber was gab es denn da noch zu sagen? Ihr Mann war tot. Das war alles. Es war einfach ungehörig, eine Witwe daran zu hindern, sich zu fangen und den Tod des geliebten Ehemannes zu verarbeiten. Regelmäßig an ihn und immer wieder an den Verlust erinnert zu werden, war keine große Hilfe. Das Leben muss weitergehen, keine Frage, und Menschen zu verlieren gehört dazu. Es muss einem dennoch Zeit zum Nachdenken gegeben werden. Und genau das verhinderten die Kommissare mit ihrem erneuten Besuch.

Dies dachte ich, obwohl ich Elisabeths Zustand noch immer nicht recht einschätzen konnte. Für mich blieb sie ein Rätsel. Sie schien zwar betroffen, doch hätte ich von einer Frau, die gerade erst vom Schicksal zur Witwe gemacht worden war, eindeutigere Anzeichen von Trauer erwartet. Aber vielleicht war sie einfach stärker als manch andere Frau. Ich wüsste auch nicht, wie ich mich in solch einer Situation verhalten würde. Mit dem Tod eines geliebten Menschen und in seiner Trauer versunken geht jeder für sich anders um.

Ich musste mich erst mal sammeln und all diese Gedanken ordnen. Und das wollte mir hier vor dem Teezimmer nicht gelingen. Also ging ich hoch in mein kleines Zimmerchen. Da war die Atmosphäre schon etwas förderlicher.

Oben angekommen legte ich mich sofort auf mein Bett, schloss für einen Moment die Augen und atmete tief ein.

Warum hatten die Polizisten so viel Gesprächsbedarf? Diese Frage ließ mich nicht los. Und als ob ich es mit diesem Gedanken heraufbeschworen hätte, hörte ich plötzlich Stimmen. Aber woher kamen sie? Ich stand sofort wieder auf und suchte nach der Quelle. Eine der Stimmen klang verdächtig nach meiner Cousine. Konnte es sein, dass die Stimmen auf irgendeine Weise nach oben geleitet wurden? Natürlich, eine andere Erklärung gab es nicht. Sie waren zu laut, um weg zu hören, aber zu leise, um sie richtig zu verstehen. Es ging also nicht anders, ich musste herausfinden, woher sie kamen.

An den Wänden lauschend streifte ich durch das Zimmer und fand in einem der Rohre, die hier zu finden waren, die Ursache für die Stimmenübertragung. Ich glaubte, es war eins dieser Rohre für das Gaslicht im Haus. Sehr interessant. Hier, den Kopf dicht ans Rohr gepresst, konnte man wirklich alles viel deutlicher hören, nicht perfekt, aber es reichte, um das meiste zu verstehen. Das schlechte Gewissen plagte mich zwar sofort, aber hatte ich eine andere Wahl? Schließlich war ich hergekommen, um meiner Cousine zur Seite zu stehen. Und das tat ich hier! Mehr oder weniger jedenfalls.

Ich versuchte möglichst ruhig zu atmen, um die Worte genau hören zu können. Wieder sprach gerade Elisabeth. Was ich hörte, war in etwa folgendes:

„... nicht nur aus diesem Grunde hier? Das ist doch bestimmt nicht bloß ein reiner Höflichkeitsbesuch, Herr Kommissar, oder?"

Der Münsteraner räusperte sich kurz:

„Nein, nein. Natürlich nicht. Im Falle Ihres Mannes, der nun wirklich eine sehr hohe Position als Bahndirektor innehatte, ist eine lückenlose Aufklärung seines plötzlichen Todes von großer Bedeutung. Wohl auf Bitte der Ihrem Mann übergeordneten Bahndirektion in Hannover hat die für Soest zuständige Oberkriminalbehörde in Münster mich damit beauftragt, die Umstände seines Todes zu ergründen. Er war eben nicht nur ihr Ehemann und damit ein privater Mensch, sondern auch eine Person der Öffentlichkeit. Sie müssen verstehen, dass das unterschieden werden muss. Wenn jemand wie Ihr Mann einfach so stirbt, wirft das in seiner Position immer Fragen auf. Die Eisenbahn beschäftigt hier über tausend Menschen, das sind geschätzte zehn Prozent der arbeitenden Bevölkerung. Somit gehörte Ihr Mann zu den wichtigsten Unternehmern. Er hatte als Direktor viele Angestellte und Arbeiter unter sich. Da ist es wichtig, jetzt, im Falle seines Todes, alles genauestens zu klären.

Natürlich ließe sich dieses Gespräch auch verschieben. Sie sind ja gerade erst Witwe geworden. Ich würde es verstehen, wenn sie noch etwas Zeit bräuchten. Sagen Sie es ruhig! Dann kommen der Herr Wachtmeister Müller und ich an einem anderen Tag wieder her.“

Tatsächlich, die Polizei hatte wirklich mitbekommen, dass Elisabeth nun eine Witwe war? Aber was ärgerte ich mich! Sie hatten wenigstens etwas mehr Taktgefühl, als ich es überhaupt erwartet hatte.

Meine Cousine schickte sie jedoch nicht weg:

„Nein. Ich denke das schaffe ich. Ob Sie mir die Fragen jetzt stellen oder in einer Woche, ist für mich kein Unterschied.“

Einen Moment herrschte Schweigen. Natürlich hatte sie Recht, aber trotzdem dachte ich, die Wunde wäre noch zu frisch. Der Kommissar schien auch erst etwas überlegen zu müssen, bevor er mit seiner Befragung begann:

„Nun gut. Ich bin froh, dass Sie so denken, denn so kommen wir etwas schneller voran. Sagen Sie, was haben Sie eigentlich von der Arbeit Ihres Mannes mitbekommen? Hat er überhaupt zu Hause davon gesprochen, Ihnen irgendetwas darüber erzählt?“

„Nein, eigentlich nicht. Er sprach nie viel über die Arbeit. Und ich nahm es ihm nicht übel. Es gibt nämlich sehr viel interessantere Themen, über die ich mit meinem Mann gesprochen habe, wissen Sie. Er hat die Arbeit da gelassen, wo sie auch hingehört.“

„Mhm. Welche Themen zum Beispiel?“

„Alles mögliche, was man eben so mit seinem Gatten bespricht!“

Elisabeth wurde schnippisch. Wahrscheinlich war ihr diese ganze Fragerei doch zu viel. Den Kommissar störte das allerdings nicht:

„Hat er ab und an länger gearbeitet? Kam er später nach Hause? Hat er sich über die Arbeit beklagt? Gab es dort Probleme?“

„Ich habe doch gerade gesagt, dass wir nicht viel über seine Arbeit sprachen! Er hatte wahrscheinlich die gleichen Probleme mit Untergebenen wie alle anderen auch. Und natürlich kam er manchmal etwas später. Wenn es viel zu tun gab, musste er länger arbeiten.“

„Ihnen ist es also nicht aufgefallen, wenn er später kam?“

„Selbstverständlich ist es mir aufgefallen, doch, wie gesagt, er hatte dann bestimmt noch zu arbeiten!“

Ihre Stimme wurde lauter, Elisabeth war gereizt, das spürte ich sogar hier oben, ein Ohr ans Rohr gepresst.

„Ihr Mann war also eher schweigsam?“

„Nicht unbedingt. Er sprach eben nur nicht viel über die Arbeit mit mir, dafür aber umso mehr über andere Dinge.“

„Ach, so. Hatten Sie denn den Eindruck, er hatte sich in letzter Zeit verändert? Vielleicht sogar im Zusammenhang mit der Arbeit oder generell?“

„Verändert? Wie meinen Sie das?“

„Nun ja. Hat er ein anderes Verhalten an den Tag gelegt, als es sonst für ihn üblich war?“

„Mir ist nichts aufgefallen. Ein bisschen entspannter war er vielleicht. Aber nichts Besonderes.“

„Und gesundheitlich?“

„Mhm, wie soll ich sagen. Er war nun mal ein starker Mann, damit hatte er schon immer eine Last. Aber sie haben Recht. In letzter Zeit hat er sich öfters über Kopfschmerzen und auch Schwindel beklagt. Und einmal habe ich mitbekommen, wie er auf dem Weg ins Schlafzimmer auf dem Treppenabsatz schnaubend Halt machen musste. Das hatte ich auch noch nie bei ihm gesehen. Ich habe ihn allerdings auch nicht darauf angesprochen … “

„Ich frage nur, da im Totenschein von Herzversagen die Rede ist. Das würde ja dazu passen.“

Wenn im Totenschein die Todesursache schon längst feststand, warum musste die Polizei dann noch hier fragen? Irgendwie fand ich das alles seltsam. Und als ich so darüber nachdachte, fiel mir auf, dass ich den anderen Kommissar noch gar nicht hatte sprechen hören. Wo war er geblieben? Mir blieb nicht viel Zeit weiter nachzudenken, der Münsteraner ergriff wieder das Wort:

„Aber würden Sie mir einmal beschreiben, wie Sie den Tag erlebt haben, an dem Ihr Mann verstarb? Was genau Sie alles getan haben?“

„Warum sollte ich das tun?“

„Damit ich es rekonstruieren kann. Das ist bloß Routine.“

„In Ordnung. Ich war eigentlich wie üblich hier im Haus. Man muss ja immer zusehen, dass das Hauspersonal alles richtig macht. Das ist eine Arbeit, kann ich Ihnen sagen.“

„Ihre Bediensteten waren also auch im Haus?“

„Ja, das habe ich doch gerade gesagt!“

„Erzählen Sie einfach weiter.“

„Ja, das war auch eigentlich meine Hauptbeschäftigung an diesem Tag. Neben dem Stricken und Haushüten.“

„Wissen Sie noch, was Ihr Mann an diesem Tag getragen hat?“

„Was? Also … “

Es entstand eine kurze Pause.

„Versuchen Sie sich zu erinnern!“

„Ich weiß nicht mehr so recht … einen Anzug?“

„Welche Farbe hatte dieser Anzug?“

„Ich weiß nicht, blau oder schwarz. Was spielt das überhaupt für eine Rolle?“

„Es ist wichtig, damit ich alles nachvollziehen kann. Und weiter?“

„Also, ich …, ich habe die Arbeit hier im Haus überwacht und hatte mich dann gerade zu einer Tasse Tee in dieses Zimmer gesetzt, als die Waschfrau wie von Sinnen und völlig hysterisch gegen die Tür hämmerte!“

„Und dann haben Sie die Tür geöffnet?“

„Ja, alle sind zur Tür geeilt, so ein Getöse hat sie veranstaltet! Und dann brüllte sie durch die Gegend, mit meinem Mann stimme was nicht, der würde da herumliegen, ganz merkwürdig. Und dann hab ich ihn auch gesehen und sofort nach der Polizei geschickt.“

„Ja, so hatte ich es auch im Bericht gelesen.“

„Dann ist die Sache doch wohl geklärt. Sie haben genug gefragt, ich habe genug erzählt. Dann darf ich Ihren Besuch wohl als beendet ansehen?“

Meiner Cousine schien die Sache langsam lästig zu werden.

„Nein, noch nicht ganz. Wie gesagt, Ihr Mann war nicht nur Ihr Ehemann, sondern auch ein Mensch, der eine wichtige Position in der Öffentlichkeit innehatte. Es ist nötig, dass alles bis ins kleinste Detail geklärt ist."

„Was wollen Sie denn noch wissen?"

„Ich möchte etwas mehr über die private Person erfahren."

„Und was genau interessiert Sie?"

„Gefiel es Ihnen hier in Soest? Oder haben Sie je darüber nachgedacht, vielleicht doch wieder zurück ins Rheinland zu gehen?"

„Was soll das?"

„Beantworten Sie einfach meine Fragen."

„Also, ich weiß zwar nicht, was Sie das eigentlich angeht, aber wir fühlten uns hier sehr wohl. Natürlich ist es hier auch etwas anders. Zum Beispiel die Sprache. Wie oft haben wir am Anfang noch über die Redensarten hier gelacht. Aber wir haben nie darüber nachgedacht wieder zurück ins Rheinland zu ziehen. Uns gefallen die ernsten und ehrlichen Menschen hier. Insbesondere mein Mann hatte schnell die besten Beziehungen zu den ersten Familien dieser Stadt. Und ich habe ganz besonders unser schönes, altes Haus lieben gelernt. Da stecken so viele Geschichten drin."

„Sie wollten also hier in Soest bleiben und … ? Ja, was eigentlich? Eine Familie gründen?"

An Elisabeths Stelle wäre ich überhaupt nicht auf dieses Verhör der Privatsphäre eingegangen, das war schlechterdings entwürdigend. Ich hätte auch von ihr erwartet, dass sie dieses Verhör endlich beendete. Aber sie blieb ganz ruhig und antwortete auf alle Fragen. Sie überraschte mich einmal mehr.

„Nun, wie Sie vielleicht wissen, sind wir kinderlos. Und ich kann Ihnen versichern, dass sollte auch so bleiben, auch in Soest."

„Ja, richtig. Aber warum sind Sie kinderlos? Sie waren verheiratet, und Sie, die Gattin, sind noch jung. Klingt etwas ungewöhnlich, finden Sie nicht? Hatte Ihr Mann etwa ‚Probleme'?"

Meine Cousine lachte kurz auf. Nur warum? Erst war sie gereizt von den Fragen, dann antwortete sie immer schön brav, und jetzt lachte sie sogar? Ich verstand ihr Verhalten nicht.

„Nein, ‚Probleme', wie Sie es nennen, hatte er bestimmt nicht."

„Nicht? Was dann? Hatte er woanders Spaß?"

„Bitte? Sie meinen mit einer anderen Frau? Herr Kommissar, wir wollten einfach keine Kinder, wenn es Ihnen genehm ist, ja?!"

„Natürlich, aber wissen Sie … "

Doch bevor der Kommissar seinen Satz beenden konnte, hörte man ein klopfendes Geräusch, das durch das Rohr eher wie ein dumpfes Stampfen klang. Jemand kam ins Teezimmer.

„Ja! Ich habe hier etwas sehr Interessantes in einem Buch gefunden!"

Das war dieser Wachtmeister Müller. Da war er also geblieben! Er hatte im Haus herumgeschnüffelt, während der Kommissar Elisabeth ausgefragt hatte.

Ich verließ sofort mein Zimmer, nicht nur weil es mich interessierte, was er da meinte gefunden zu haben, sondern auch, um wieder näher bei meiner Cousine zu sein. Der Raum war ja nun für alle wieder zugänglich.

Ich ging ins kleine Teezimmer und sah sofort, wie der Wachtmeister seinen Fund stolz in den Händen hielt Es war ein Blatt Papier. Es sah aus, als wäre etwas darauf gedruckt.

Elisabeth sah mich mit großen Augen an. Ich ging zu ihr und blieb an ihrer Seite stehen, während sie in einem der Sessel saß.

Der Kommissar, der die Befragung durchgeführt hatte, studierte den Fund. Das Blatt war von allen Seiten bedruckt, der Anordnung des Druckes nach zu urteilen, war es ein Ausschnitt aus einer Zeitung.

Müller fing nach kurzer Lesepause an zu grinsen. Der Nicht-Soester behielt seinen ernsten Gesichtsausdruck, wandte sich zu uns und hielt uns die Seite entgegen. Es handelte sich tatsächlich um einen Zeitungsausschnitt, und der Kommissar verwies auf eine Anzeige auf der Mitte des Blattes. Ich überflog sie, während sich Elisabeths Griff verstärkte und der Zeitungsausschnitt dadurch immer mehr zerknittert wurde. Sie war wütend, das war spürbar, und ich wusste im ersten Moment auch nicht, wie ich darauf reagieren sollte. Denn dort stand:

„Alten und jungen Männern wird die soeben in neuer bedeutend vermehrter Auflage erschienene Schrift des

Med.-Raths Dr. Müller über das gestörte Nerven- und Sexualsystem, sowie dessen radikale Heilung zur Belehrung dringend empfohlen."

Mir fehlten die Worte. Elisabeths Geste deutend, sollten mir jedoch schnell passende und beruhigende Worte einfallen. Sie sah aus, als würde sie innerlich vor Wut, vielleicht auch vor Enttäuschung kochen. Aber was genau hatte diese Anzeige überhaupt zu bedeuten? Ihr Mann könnte sie ja von jemandem als Spaß bekommen oder selber für einen Freund verwahrt haben. Oder weiß Gott was damit vorgehabt haben. Ich wusste es auch nicht, geschweige denn, was ich darüber denken sollte.

Die Polizisten wollten sich nach diesem Fund wieder mit Elisabeth unterhalten. Ich sollte dieses Mal dabei sein. Als ob ich ihnen etwas über diese Anzeige hätte erzählen können. So selten wie ich hier in Soest zu Gast gewesen war, würde ich wohl kaum eine Hilfe sein, herauszufinden, ob Ernst die Heilung seines Sexualsystems nötig gehabt haben sollte. Da sollte Elisabeth wohl besser Bescheid wissen!

Zuerst fragte Wachtmeister Müller, immer noch mit einem süffisanten Lächeln, ob Elisabeth davon gewusst habe. Die Antwort lag auf der Hand, ihrer Reaktion nach zu urteilen, oder? Eine völlig überflüssige Frage also. Natürlich wusste sie nichts davon, sonst hätte sie die Anzeige nicht fast vollkommen in ihrer Hand zu einem kleinen Häufchen zusammengedrückt. Als ob sie versuchen wollte, das Stückchen Zeitung in ihrer Handfläche verschwinden zu lassen. Aber für die Herren war die Interpretation dieser Geste wohl eine geistige Überforderung. Den Herren der Schöpfung scheint man ja nur vor den Kopf gucken zu können.

Trotz dieses fortgesetzten Insults antwortete Elisabeth ausgesprochen ruhig. Sie habe von dieser merkwürdigen Anzeige noch nie etwas gesehen. Sie wisse auch nicht, warum er solche Anzeigen verwahrte. Es sei doch alles ganz „normal“ gewesen. So weit sie das beurteilen könne.

Der Münsteraner behielt einen steinernen Ausdruck, der voll und ganz auf Elisabeth fixiert war. Ob sie ein krankes Sexualsystem als „normal“ definieren würde, oder ob es nicht vielmehr bedeute, dass es da noch ein anderes Leben ihres Gatten, eine Art „Ausleben“ gegeben habe, welches vor ihr verschwiegen wurde, weil sie ja angab, nichts davon gewusst zu haben?

So fragte er sie, während sie versuchte, seinem Blick auszuweichen. Aber warum? Sie ließ sich doch hier nicht reinlegen! Es war eine Unverfrorenheit, so etwas zu behaupten! Unglaublich, was ich da hörte!

Ich antwortet darum für sie: Eine Unverschämtheit, ihr die Worte praktisch im Munde umzudrehen! Es war so, wie sie es gesagt hatte. Alles war in Ordnung! Nichts war ungewöhnlich oder gar krank. Und ich fügte noch hinzu, dass ich nicht glaubte, dass es da ein anderes „Ausleben“ seines Sexualsystems gegeben haben konnte. So hatte ich Ernst nun wirklich nicht kennen gelernt! Und ihm zutrauen würde ich es auch nicht!

Ja, aber was wusste ich schon. Wenn ich darüber nachdachte, wurde mir bewusst, dass es nie eine richtige Unterhaltung mit ihm gegeben hatte. Eigentlich war ich mir im Moment nicht sicher, ob ich ihm insgeheim nicht doch einen schlechten Charakter zutraute.

Elisabeth war so still neben mir, was meine Unsicherheit nur verstärkte. Wusste sie doch irgendetwas? Und wenn ja, was wusste sie, und warum sprach sie nicht mit mir darüber? Dafür war ich doch hierher gekommen.

Ich wurde das Gefühl nicht los, dass hier irgendetwas vor sich ging, von dem ich nicht die leiseste Ahnung hatte. Der Münsteraner jedoch schien in meiner Cousine zu lesen wie in einem offenen Buch. Er hatte sie eigentlich perfekt aus der Reserve gelockt. Wenigstens war sie klug genug, den Mund nicht weiter aufzumachen. Doch ihr ständiges Ausweichen war fast ebenso verräterisch.

Sie verbarg etwas. Das spürte ich, aber mehr auch nicht.

Nur was?

Vogelgezwitscher drang durch ihr Fenster, und Marie hob den Kopf. Die Sonne schien hell, doch kein einziger Strahl gelangte in ihr Zimmer. Es war später Nachmittag und Theodor noch nicht von der Arbeit heimgekehrt. Es war die Zeit, in der sie sich früher gern mit einer Freundin zum Tee traf oder mit ihr spazieren ging. Doch hier in Soest saß sie zu Hause im Wohnraum und stickte an einem kleinen Deckchen mit aufwendigem Muster. Die Arbeit war mühselig und der Tag verging nur langsam. Sticken hatte ihr noch nie sonderlichen Spaß bereitet.

Marie seufzte und legte den Stoff zur Seite. Sie bückte sich langsam und hob die helle Katze auf ihren Schoß, die zuvor lautstark miauend an ihrem Rock gespielt hatte. Mit großen Augen schaute sie Marie an, bevor sie sich umdrehte und auf die Lehne des Sofas sprang, um aus dem Fenster sehen zu können.

Ja, du hast auch keine Lust mehr, hier herumzusitzen, dachte Marie und fuhr mit den Fingern durch das lange Fell der Perserkatze. Ein Schwarm Spatzen flog draußen vorbei, und das Tier drückte beide Pfoten an die Scheibe.

Marie hatte sich ihr Leben in Soest anders vorgestellt. Theodor war fast den ganzen Tag unterwegs, und da Marie noch nicht viele Kontakte hatte knüpfen können, sah sie sich gezwungen im Haus zu bleiben und zu warten, bis er zurückkehrte. Sie hatte zwar ein Mädchen, das ihr beim Ankleiden half und Besorgungen für sie unternahm, aber Martha war noch recht jung und schüchtern. Man merkte ihr an, dass sie sich bemühte, alles richtig zu machen, und so wollte Marie sie nicht noch auffordern, sich mit ihr zu unterhalten, während sie die Wäsche holte oder die Einkäufe brachte.

Sie wünschte sich jemanden, mit dem sie reden konnte, jemanden, der da war und sie verstand. Marie hatte drei Schwestern, und so war in ihrem Elternhaus immer etwas los gewesen. Leute kamen oder gingen. Wenn sie etwas bedrückte, brauchte sie nur ein Zimmer weiter zu gehen. Doch hier war sie die meiste Zeit allein.

Marie dachte an das letzte Wochenende und den Sommerball. Langsam fuhr sie mit dem Daumen über ihre Handfläche und erreichte schließlich die Stelle, die vom Direktor Rosenthal verletzt worden war. Der Kratzer war nicht mehr zu sehen, aber sie war sich immer noch nicht sicher, ob es seine Absicht gewesen war oder ob er einfach nicht mitbekommen hatte, dass sein Nagel ihre Haut aufgeschürft hatte. Dabei war er ja eigentlich nett zu ihr gewesen. Zwar höflich, aber gar nicht steif und langweilend. Sie fragte sich, ob sie ihn in nächster Zeit wohl noch einmal zu Gesicht bekommen würde. Wo wohnte er eigentlich? Welche Möglichkeiten zu wohnen hatte man hier außer in niedrigen Fachwerkhäuschen, die aneinander gedrängt ein undurchschaubares Netz von Gassen und Straßen bildeten?

Waren da irgendwo hinter höheren Mauern auch kleine Parks oder Gärten, worin prächtige Villen standen? Wenn dieser Rosenthal tatsächlich der Direktor der Eisenbahngesellschaft war, dann lebte er bestimmt in einer solchen Villa. Insofern diese hier überhaupt existierten. Obwohl sie nun schon eine Zeit lang hier lebte, kannte Marie bloß die gängigsten Plätze und Straßen, die Kirchen und die Tore und auch das Rathaus.

Vielleicht würde ja der Tag kommen, an dem sie und Theo einmal ausgiebig durch die Stadt schlendern konnten, um sich jedes Häuschen einzeln anzusehen.

Marie griff wieder zu ihrem angefangenen Deckchen und begutachtete ihre Arbeit.

„Verflixt!“ Mit der flachen Hand schlug sie sich auf's Knie. Die Katze, die immer noch neben ihr auf der Lehne gehockt hatte, sprang auf den Teppich.

„Ich wollte dich nicht erschrecken, Penelope“, sagte sie zu der Perserdame, „aber da sticke ich den ganzen Nachmittag an dieser Lilie und bemerke den Fehler hier nicht! Das kann ich alles noch einmal aufmachen.“

Sie biss sich auf die Unterlippe und begann ihr Tagwerk wieder aufzulösen.

Konzentriert zog sie Stück für Stück den Faden aus dem weißen Deckchen und ärgerte sich mit jedem Stich mehr, dass sie ihren Fehler nicht früher bemerkt hatte. Dabei war er so offensichtlich, das konnte sie keineswegs so lassen. Jeder, der sich diese Decke später ansah, würde ja denken, sie hätte keine Augen im Kopf!

Langsam ließ sie den Stoff sinken und zog gereizt die Augenbrauen zusammen. Wer wird das Deckchen überhaupt jemals zu Gesicht bekommen? Martha, die eh zu nervös war, um die Augen von ihren Händen zu lösen, oder Theo, der sich sowieso nicht um Handarbeiten scherte? Wofür machte sie sich denn hier die ganze Arbeit?

Vielleicht könnte sie die Decke ja auch einfach zusammen mit ihrem Ärger darüber zurück auf den Beistelltisch legen und einer anderen, weniger mühseligen Beschäftigung nachgehen. Lesen zum Beispiel. Das erheiterte wenigstens, anstatt bloß die Nerven zu strapazieren. Nur was?

Sie schaute zum Bücherregal hinüber. Ihre Romane von Balzac hatte sie schon durch, *Soll und Haben* von Gustav Freytag sogar schon zwei Mal gelesen. Vielleicht könnte sie später Martha fragen, ob sie ihr aus der Capellschen Buchhandlung ein neues Buch mitbrachte. Ja, dann würde sie am nächsten Tag etwas lesen und müsste sich nicht mehr mit dem Sticken abmühen.

Begeistert von ihrer eigenen Idee warf sie die Decke auf das Tischchen und stand auf. Penelope, die sich gerade auf dem Teppich genüsslich ihrer Körperpflege zugewandt hatte, hielt inne und schaute zu Marie hoch. Diese stemmte die Hände in die Hüften und schritt im Zimmer umher.

Dumpf klangen ihre Stiefel auf den dicken Teppichen wider. Ja, ich werde morgen ein gutes Buch lesen, dachte sie. Den ganzen Tag, denn Lesen ist eine feine Beschäftigung. Sie würde in Romanen schmökern, in denen junge Mädchen sich unsterblich in junge Männer verliebten und sie nach langem Hin und Her schließlich heirateten, um bis ans Ende ihrer beider Leben glücklich zusammen zu bleiben. So ging es doch immer.

Marie hielt inne und ließ die Arme herabfallen. Sie drehte sich um und betrachtete das dunkle Sofa, das eine kleine Kuhle an der Stelle aufwies, an der sie den Tag verbracht hatte, die angefangene Stickerei, die unordentlich auf dem Beistelltisch lag, und die Katze, die es sich gerade wieder auf der Lehne gemütlich machte. Langsam trat Marie ans Fenster und zog den schweren Vorhang ein Stück zur Seite. Sie blinzelte.

Sollte das nicht eigentlich ihre Geschichte sein? Theodor und Marie bis ans Lebensende glücklich in Soest?

Sie schaute auf die Straße hinab. Drei Kinder spielten dort mit einem alten Fassreif, während ein Kutscher versuchte, seinen Karren über den holprigen Weg zu lenken, ohne dass ihm die Kisten von der Pritsche fielen.

Sie wohnten nun in der Osthofenstraße, beim Treppen-Andernach in der zweiten Etage. Es war eben ein schönes Fachwerkhaus, etwas schöner als die meisten hier, und die Familie Andernach, die ein Stockwerk unter ihnen lebte, war stets freundlich und aufmerksam. Wenn man nun aus dem Haus heraustrat, die Stufen hinunterging und sich mitten auf die Straße stellte, konnte man sogar das wuchtige Stadttor sehen. Gleich dahinter ragte, noch ein ganzes Stück höher, der Wasserturm hinauf.

Wieder zog sie die Brauen zusammen und kräuselte die Lippen.

„Ich werde noch verrückt in diesem Haus. Verrückt, sage ich dir, Penelope."

Mit dem Zeigefinger wedelte sie vor der Nase der Katze herum, die sich eher weniger interessiert umdrehte und die Augen schloss.

„Hm", machte Marie und richtete sich ruckartig auf. Sie klemmte die blonde Locke zurück in die Klammer, aus der sie ihr gerade ins Gesicht gerutscht war und atmete tief ein. So tief es eben ging, da war ja noch das Korsett!

Das deutsche Wort „Schnürleibchen“ war viel zu verniedlichend.

Ein zweites Mal marschierte sie durch den Raum und überlegte angestrengt, ob ihr noch eine sinnvolle Beschäftigung für den restlichen Nachmittag einfiele.

Sie plumpste zurück auf das Sofa. Mit zornigem Blick starrte sie ihr Deckchen an, als trage dieses die ganze Schuld an ihrer elendigen und durchaus leidvollen Situation. Dieses weiße Ding mit seinen bunten, im Licht schimmernden Verzierungen, die sie, unfertig wie sie waren, zum Weitersticken aufzufordern schienen.

Genau in diesem Moment sprang die helle Perserkatze vom Sitz und begann, sich mit dem Rocksaum der jungen Frau zu beschäftigen, die nun doch wieder zu der unvollendeten Stickerei griff, die links neben ihr auf dem runden Beistelltischchen lag. Konzentriert zog sie den bunten Twist aus.

Es war gerade August, doch die Erinnerung an den Sommerball schlich sich zunehmend aus Maries Gedächtnis. Er mochte ihr dröge und anstrengend vorgekommen sein, doch jetzt erst merkte sie, was für ein besonderes Ereignis eine Veranstaltung wie diese für die Soester war.

Der Alltag schien hier einem sich ewig wiederholenden Muster zu folgen, in dem Abwechslung nur selten möglich war.

Eine Abwechslung, wenn auch nicht gerade eine angenehme, war Theodors bevorstehende Reise nach Wien. Er musste sich wohl dort mit einem wichtigen Mann eines anderen Unternehmens besprechen oder irgendwelche

Pläne aufstellen, die sich per Post nicht vereinbaren ließen. Marie wusste nicht genau, warum er diese Geschäftsreise antreten musste, doch sie hatte es aufgegeben, ihn danach zu fragen. Es war seine Angelegenheit und, ehrlich gesagt, änderte es auch nichts, wenn Marie genau wusste, warum ihr Mann sie für einige Tage verlassen würde.

„Darf ich dich noch bis zum Bahnhof begleiten?", hatte sie gefragt, und er hatte genickt.

Also saßen sie nun beide in der Kutsche dorthin.

Das Gefährt holperte über das Kopfsteinpflaster. Marie betrachtete Theodors Kopf, der dem Fenster zugewandt war.

Sein schwarzes, kurzes Haar lag ordentlich gescheitelt an, Nacken und Kinn glattrasiert. Perfekt auf seine Reise vorbereitet, saß er dort, nur einige Zentimeter von Marie entfernt, die ihn betrachtete. Sie drückte ihre Handflächen wie im Gebet zusammen und wartete sehnsüchtig auf den Moment, da Theo sich umentschloss, dem Kutscher zurief, er wolle doch nicht verreisen und statt dessen lieber zu Hause bei seiner Frau bleiben.

Dieser Moment kam nicht. Theo wandte sich ihr nicht einmal zu. Als Marie bemerkte, dass sie beinahe schon angekommen waren, holte sie tief Luft.

„Theo … ", sagte sie leise, „ich werde dich … " Sie wurde immer leiser, und ihr Hals wurde trocken.

„Aha! Gleich sind wir da. Das wird aber auch Zeit, sonst verpasse ich noch meinen Zug", sagte er laut und lehnte sich noch weiter gen Fenster, als wollte er gleich die Wange an die Scheibe drücken.

Marie verharrte angespannt und nestelte an ihrem Kleid herum.

„Theo … “, wiederholte sie leise.

Er schien es kaum erwarten zu können, aus der Kutsche und in seinen Zug zu steigen. Nervös zog er seine Taschenuhr aus der Weste und warf einen Blick darauf.

Marie wollte sie anhalten, die kleinen Zeiger festhalten, die sich unaufhörlich und leise tickend weiter bewegten. Immer weiter …

Theo, ich werde dich vermissen. Bitte, bleib bei mir. Bitte, Theo, bleib hier!

Die Worte brannten ihr in der Brust, und doch verhinderte ein großer Kloß in ihrem Hals, diese simplen Sätze auszusprechen.

Sie wusste, sie konnte ihn so wenig aufhalten wie die Zeiger der kleinen Uhr. Sie wusste, sie würde nun zwei Wochen zu Hause sitzen, nichts tuend auf seine Rückkehr warten, aus dem Fenster sehen … lesen … sticken.

Selbst wenn Theodor nicht verreist war, hatten sich die Nachmittage unendlich lang angefühlt, doch nun, wo sie noch nicht einmal abends jemanden hatte, mit dem sie die Zeit verbringen konnte, würde sie sich noch einsamer vorkommen denn je.

„Na endlich! Jetzt muss ich mich aber beeilen“, hörte sie Theodor sagen, der aus der Kutsche sprang, kaum dass seine Tür geöffnet worden war. Marie drückte die Lippen fest aufeinander, ein Stechen durchfuhr ihre Brust.

„Die Dame!“ Ruckartig wurde auch die Tür auf ihrer Seite geöffnet.

Ein warmer Luftzug erfasste eine ihrer Locken und warf sie Marie durchs Gesicht. Sie kniff die Augen zusammen, nahm langsam ihre Röcke hoch und stieg vorsichtig aus der Kutsche, ihrem Nest, der letzten Möglichkeit Theodor bei sich zu behalten.

Sie strich die Haarsträhne hinters Ohr und warf einen Blick über das Bahnhofsgelände.

Einige Menschen liefen von hier nach dort, begrüßten sich, verabschiedeten sich. Die Vögel auf den grünen Bäumen rundherum sangen fröhlich, und Marie kam sich fehl am Platze vor.

Sie ärgerte sich. Es war viel zu warm, viel zu sonnig und viel zu angenehm für einen solch bitteren Abschied. Regnen sollte es, in Strömen regnen oder schneien, aber auf jeden Fall sollte es kalt und unangenehm sein. Wie sich das für einen solchen Anlass gehörte.

„Marie", hört sie Theodor sagen. Sie drehte sich um.

„Ich muss jetzt zum Gleis gehen. Der Gepäckträger ist schon auf dem Weg."

Theo stand vor ihr und bemühte sich, eine traurige Miene zu machen, was ihm nicht gelang. Er strahlte regelrecht vor Aufregung und Vorfreude auf seine Reise.

„Hab' eine schöne Zeit, ja?", sagte er. Als ob das in ihrer Hand läge!

„Ja", antwortete Marie bitter. Anstatt ihrem Mann in die Augen zu sehen, betrachtete sie lieber das Pflaster unter ihren Füßen. Sie konnte nicht verstehen, wie er so voller Freude über seinen Fortgang sein und sie guten Gewissens zurücklassen konnte.

„Also bis bald!“, hörte sie ihn sagen. Als sie den Blick wieder hob, blickte sie erneut vor allem auf seinen Hinterkopf, der sich nun zügig von ihr entfernte.

Sie zwinkerte. In dem Moment, als Theodor zwischen den Menschen verschwunden war und sie seine Schritte nicht mehr verfolgen konnte, vernahm Marie eine bekannte Stimme hinter ihr.

„Meine Herren, ich bedanke mich für Ihren Besuch. Für weitere Rückfragen stehe ich natürlich gerne zur Verfügung!“

Marie wandte den Kopf und beobachtete aus den Augenwinkeln den Bahndirektor Rosenthal. Um ihn herum standen vier große, gut gekleidete Männer, die ihm nun alle nacheinander die Hand gaben, um sich zu verabschieden. Es fielen noch ein paar Floskeln, und die Geschäftsleute verließen den Platz.

Wie auch bei ihrem ersten Zusammentreffen in der Ressource trug der Herr Rosenthal sein breites, einladendes Lächeln zur Schau und schob hin und wieder die Hände an seinem Bauch vorbei in die Jackentaschen, wodurch er sich aufrichtete und so etwas größer und stolzer wirkte.

Zufrieden stand er da und ließ den Blick über den Bahnhofsvorplatz wandern, bis er Marie bemerkte, die dort einige Meter von ihm entfernt an der Kutsche stand und ihn immer noch verstohlen über die Schulter beobachtete.

Sein Lächeln verbreiterte sich noch ein Stück. Gelassen ging er auf sie zu. Dieses Mal jedoch wandte sie ihre Augen nicht ab, sondern drehte sich zu ihm um und reichte ihm prompt die Hand.

Ohne ein Wort zu sagen, nahm er sie in seine und hob sie an seine Lippen.

Als sich die kurze Verbindung zwischen ihnen wieder gelöst hatte und Maries Finger wieder freigegeben waren, herrschte ein kurzer Moment des Schweigens, bevor Herr Rosenthal seine Sprache als erster wiederfand.

„Guten Tag“, sagte er knapp.

„Guten Tag“, erwiderte auch Marie.

„Was tut denn eine Dame wie Sie ganz allein an unserem schönen Hauptbahnhof?“

Er zwinkerte ihr in seiner charmant verschmitzten Art entgegen. Sie musste schmunzeln.

„Mein Mann ist gerade zu einer Geschäftsreise aufgebrochen. Ich habe ihn bis hierhin begleitet.“

„Zu einer Geschäftsreise also. Wo soll es denn hingehen?“

„Nach Wien. Er wird einige Zeit weg sein.“ Sie senkte leicht den Kopf. Erneute Niedergeschlagenheit machte sich in ihr breit.

„Er lässt Sie also ganz allein hier zurück?“

Marie bemerkte, dass der Herr Rosenthal sich wohl nicht nur mit der Kleidung der Frauen auskannte, sondern auch mit ihren Gefühlen. Zumindest mit dieser Art von Gefühlen, denn gerade traf „alleingelassen“ ihren Zustand recht gut.

„Nun ja, ich werde die Tage wohl im Haus verbringen und mich meinen Büchern widmen, so allein bin ich also nicht“, sagte sie mit vorgetäuschter Fassung und versuchte sich nun ebenfalls an einem kecken Augenzwinkern, als sie den letzten Satzteil aussprach.

„Sie würden die Bücher also als Ihre Freunde bezeichnen, Frau Edler?“, sagte er interessiert und hob dabei die Augenbrauen.

„In gewisser Weise bestimmt.“ Sie gab nicht auf und lächelte erneut herausfordernd.

„Nun, wenn Sie dennoch der Wunsch überkommen sollte, sich mit jemandem zu treffen, der ganz und gar aus Fleisch und Blut ist, würde ich mich gern zur Verfügung stellen. Auch wenn ich nicht weiß, ob ich mit Ihrer Lektüre, die nun Ihre beste Freundin zu sein scheint, konkurrieren kann.“

„Da bin ich mir auch noch nicht so sicher, vielleicht käme es auf einen Versuch an. Wo kann ich mich in eben jenem Falle melden, Herr Rosenthal?“

Seine Mundwinkel rückten noch ein Stück weiter nach außen, wobei Marie sich aber sicher war, dass die Grenzen nun erreicht sein mussten. Die Tatsache, dass sie auf seine Einladung eingegangen war, hatte ihn wohl triumphieren lassen. Sie ließ ihn nicht zur Antwort kommen.

„Ach, na ja, wir werden sehen. Vermutlich werde ich doch ganz zufrieden lesen und ein solches Treffen gar nicht wünschen.“

Mit gespielter Arroganz stemmte sie eine Hand in die Taille.

„Wie Sie wünschen, Frau Edler. Ich jedenfalls wünsche Ihnen viel Freude mit Ihren Büchern und eine angenehme Zeit daheim.“

„Danke sehr.“

Sie reichte ihm wieder die Hand, bevor sie sich umdrehte und in die Kutsche stieg.

Nun war sie diejenige, in der sich das süße Gefühl des Triumphs ausbreitete, und der Rückweg, den sie ganz allein antreten musste, war nicht so schmerzhaft, wie sie befürchtet hatte. Vielleicht gab es tatsächlich noch andere Möglichkeiten, sich die Zeit zu vertreiben, in der ihr Theo nicht im Lande war.

⚜

Gewaltige Grünsandsteinmassen. Spröde, aufgeplatzte Strukturen. Sie zogen sich wie Spinnweben durch den Stein und schienen ihn immer mehr zu zerstören. Das passte irgendwie zu dem etwas morbiden, verfallenen Charme dieser Stadt. Aber der St.-Patrokli-Dom stach insgesamt doch heraus und wirkte besonders gegenüber seiner Nachbarin, der Kirche mit dem barocken Turm und dem etwas schlankeren Grundriss, sehr erhaben. Keiner würde in einer kleinen Stadt wie Soest ein so imposantes Westwerk erwarten. Ich stand davor und blickte hinauf. Obwohl ich mich selbst nicht zu den Frommen zählte, machte die Kirche einen starken Eindruck auf mich.

Ich betrat den Dom durch einen Nebeneingang. Die schwere Holztür fiel hinter mir zu. Sofort umhüllte mich eine angenehme Stille. Ein schwerer Kerzengeruch, vermischt mit einer besonderen Note, die ich zunächst nicht einordnen konnte, strömte mir entgegen. In einer der vorderen Sitzbänke hockte eine alte, schwarz gekleidete Frau und betete.

Ich sah von ihr ab und erblickte ein Gestell mit Opferkerzen. Wie immer zündete auch ich eine an und warf das geforderte Geld in den dafür vorgesehenen Kasten. Anstatt eine Fürbitte auszusprechen, blickte ich auf und sah vor mir eine Mariendarstellung. Die thronende Maria mit dem Jesuskind auf dem Schoß inmitten einer leuchtenden, mehrfarbigen Mandorla, welche sie wie ein schützender Schirm umschließt. Obwohl ich nicht immer wie meine Frau Hilde mit den Ansichten der Kirche übereinstimmte, musste ich zugeben, dass der Anblick dieser Darstellung ein wohliges Gefühl in mir auslöste. Ein Pastor würde es wahrscheinlich als die Liebe und Wärme Gottes bezeichnen, die durch die Malerei vermittelt wurde.

Ich drehte mich um. In der Kirche waren nicht so viele Menschen, wie ich erwartet hatte. Ohne ein bestimmtes Ziel zu haben, schlenderte ich wie ein *Baedeker*-Reisender im großen Kirchenschiff herum.

In meiner Arbeit gebe ich viel auf vernünftiges Schlussfolgern, aber ich lasse es auch immer wieder geschehen, dass mich die Intuition weiter treibt. Vielleicht traf ich ja einen Kirchendiener, von dem ich noch das eine oder andere in Erfahrung bringen konnte.

Schließlich gewahrte ich an einem der Seitenaltäre die Umrisse eines Gewandes. Der Sakristan erwies sich als reichlich zurückhaltend. Erst plauderten wir nur belanglos über dieses und jenes. Dann zog ich den Fragenkreis immer enger, bis wir schließlich da anlangten, wo ich hin wollte: Nein, Herrn Rosenthal habe er nicht näher gekannt, nur so, wie man halt eine der wichtigsten Personen der Stadt kenne. Er habe ja nicht zur Gemeinde gehört. Und was die Passe angehe – da wäre ihm noch nie etwas aufgefallen, er verbringe schließlich den ganzen Tag in der Kirche. Das schien mir eine aufgesetzte Ignoranz zu sein, doch ich bat ihn trotzdem freundlich, seine Augen und Ohren offen zu halten. Oft war niemand so nah an den Menschen wie die Kirche.

Noch während wir uns unterhielten, hörte ich, wie schnelle Schritte im Seitenschiff auf uns zu kamen. Ein jugendlicher Blondschopf so etwa im Primaneralter gewahrte uns, erschrak für den Bruchteil einer Sekunde, fasste sich wieder, murmelte ein „Guten Tag, Herr Küster“ und hastete davon.

„Ach, der Julius. Der hatte wohl eine Privataudienz erwartet“, tat es der Sakristan kurz ab. Ich schaute ihn eindringlich an. „Ja, der treibt sich manchmal hier herum. An einigen Tagen könnte man denken, er habe kein Zuhause.“

Ich ließ mir nichts anmerken, aber die beinah feindselige Haltung des Kirchenmannes ärgerte mich. Jemand wie er hätte doch ein Interesse daran haben müssen, wenn sich einer wie ich bemüht, die unmoralischen Subjekte der Gesellschaft hinter Schloss und Riegel zu bringen. Seien sie nun Mörder von Bahndirektoren oder Lüstlinge wie möglicherweise dieser Junge hier, die sich in der Passe herumtrieben.

Von diesem zwielichtigen Ort hatten mir am Morgen meine Kollegen erzählt. Es war ein schmaler Fußweg nahe dem Dom. Allerlei verbotene Geschäfte und Schlechtigkeiten würden dort vor sich gehen, erzählten sie mir. In der letzten Zeit hatten hier mehrmals unsittliche Übergriffe auf jüngere Schulmädchen stattgefunden, die auf dem Nachhauseweg die Passe durchquert hatten. Deshalb zog es die örtliche Polizei in Betracht, die Passe für einen gewissen Zeitraum abzusperren, um dem „öffentlichen Ärgernis“ entgegenzuwirken. Die Berichte meiner Kollegen hatten meine Neugier geweckt, und ich wollte sie mir einmal näher anschauen, doch am helllichten Tage schien in der schmuddeligen Gasse nicht allzu viel los zu sein. Die einzig auffällige Gestalt, die ich dort sah, war eine kleine, wenig reinlich gekleidete Frau, die sich an den Zaun auf der einen Seite lehnte. Sie sah mich schon von weitem kommen und lächelte mich mit schwarzen Zähnen an.

Was ist denn Glaube anderes als die Überwindung des Materialismus durch den menschlichen Geist? Ich glaube, also denke ich; ich denke, also bin ich. Diese christliche Glaubenslogik ist wie eine Trutzburg inmitten aller weltlicher Anfeindungen und Irrungen unserer modernen Zeiten. Wie unser herrliches westfälisches Westwerk von St. Patroklus mit seinem mächtigen Turm seit Jahrhunderten allen Stürmen des Wetters und des konfessionellen Streites trotzt, so widersteht auch der wahre katholische Glaube das gewaltig aufgebauschte Tosen um ihn her, das seine Kritiker, diese kaltherzigen Materialisten unserer Zeit, veranstalten. Von allen Seiten brausen sie heran: Von der einen kommen die überklugen Bibelinterpretierer, diese Straußens und Feuerbachs und wollen die Grundfeste jahrtausendealter Glaubenslehre erschüttern; von der anderen wehen die Naturforscher à la Haeckel heran, bewaffnet mit analytisch gestählten Gedanken, womit sie auf Gottes Schöpfung einhauen, dass die Funken stieben. Und bei diesen glitzernden Funken, die sie selbst geschlagen haben, geht ihnen dann ein Licht auf, das sie für die Erkenntnis von Wahrheit halten.

Aus wieder anderer Richtung heulen die Volksökonomen heran. Alles, was dem freien Fluss der Waren und des Geldes entgegenstehe, gehöre ausgemerzt, denn nur im Hier und Jetzt der Warenwelt liege das Glück und die Wohlfahrt des Menschen. Ein Glaube, der wie der katholische von Nächstenliebe, von Erbarmen und gerechter Verteilung spricht, muss diesen Propheten des Kommerzes ein Dorn im Auge sein. Sie halten sich an ihr eigenes Erstes Gebot, das da lautet: „Jeder ist seines Glückes

Schmied"; und sie suchen ihre eigenen Tempel auf: die Börsen. Ach, diese armen, verblendeten Krämerseelen! Fast können sie einem Leid tun, wie sie so kalt und rücksichtslos durchs Leben gehen, denn wenn sie dereinst nach ihren guten Taten und nicht nach der Schwere ihres Geldbeutels gewogen werden, wird man sie vielleicht für allzu leicht befinden.

Ich bemerke schon seit Jahren, wie sich auch die Bürger unserer Stadt immer mehr den Verlockungen und Gaukeleien der neuen Zeiten ergeben: dem Luxus, dem Reisen, dem Sport und dem Spiel; selbst in unserer unbedeutenden Stadt mit der großen Vergangenheit beginnen sie ihrer Väter Sitte zu verachten. Wie im Rausch geht es ihnen um immer mehr und immer schneller. Sie stopfen sich die Wohnungen voll mit Tand und Nippes, sie jagen sinnlos mit der Eisenbahn durchs Land, sie sausen mit diesen modernen Dingern, diesen seltsamen Fahrrädern, um die Hausecken, sie zappeln im Turnverein und plantschen in der Badeanstalt. Und das alles beanspruchen neuerdings auch die jungen Damen für sich. In der Schule wird ihnen das Turnen bei Frau Lehrerin Amann beigebracht, in der freien Zeit lassen sie die Kleider auf dem Velociped flattern oder verbringen Stunde um Stunde im Warenhaus und vor den Schaufenstern. Und sollte es noch so weit kommen, dass sie gar ohne Begleitung sich in der Stadt tummeln dürfen, dann wird kein ehrbarer Mann mehr vor ihrem rotwangigen Kichern und ihren lüsternen Blicken gefeit sein. O ja, ich sehe, was ich sehe: Der Kirchgang wird zur Modenschau, und der Opferstock wird immer leerer.

Solche Gedanken gehen mir manchmal durch den Kopf. Derart weitschweifig habe ich mich mit dem Herrn Kommissar aus Münster verständlicherweise nicht unterhalten. Er spazierte wohl eher zufällig um unsere Kirche herum, vielleicht wurde er von ihrer imposanten Schönheit angelockt. Denn was die Kirchenbauten betrifft, muss sich unsere Stadt vor einem Münsteraner keineswegs schämen.

Nun, als Sakristan dieser Kirche gab ich dem Herrn noch einige allgemeine Erläuterungen zur wechselvollen Geschichte dieses herrlichen Baus und wies insbesondere auf seinen katholischen Bollwerkscharakter hin. Ich hatte allerdings den Eindruck, dass meine Worte nicht recht verfingen. Wie hätten sie auch? Der französisch klingende Name des Kommissars aus Münster wiesen ihn doch als einen preußisch-hugenottischen Protestanten aus. Überhaupt schien sich hinter dessen Stirn gänzlich anderes abzuspielen, als man seinen Worten entnehmen konnte. Dazu passte jedenfalls die geradezu herablassende Art und Weise, mit der man mich zum Schluss ermunterte, meine Augen und Ohren offen zu halten und jedes verdächtige oder unmoralische Verhalten in der Kirche und in ihrem Umkreis zu melden. *Und in ihrem Umkreis!* Die emphatische Betonung dieser Worte wäre nicht nötig gewesen. Die Anspielung auf den Sündenpfuhl, Passe genannt, der sich nicht weit von hier in der verschlungenen Enge und Dunkelheit der Gasse zur Thomästraße hin erstreckt, verstand ich durchaus. Gleichwohl wird sich ein Diener der Kirche stets mehr um das Heil verirrter Seelen als um deren polizeiliche Registrierung bemühen. So nickte ich lediglich mit dem Kopf und wandte mich unter Vortäuschung dringender Besorgungen von der weltlichen Obrigkeit ab.

Soest, 7. Febr. 1890

Geliebte Nora,

Du hast Dich bestimmt schon gewundert, dass erst jetzt ein Brief von mir kommt. Aber stell Dir bloß mal vor: Ein Wachtmeister stand vor unserer Tür. Ich musste mit auf die Wache gehen und wurde streng befragt. Herr Müller, der Hauptwachtmeister, hat sich wie ein Schauspieler auf dem Theater vor mich aufgebaut und mich einem Verhör unterzogen!
„Wie heißt du?", fragte er mich und wie alt ich sei und wo ich wohne. Als wenn die das nicht wüssten, schließlich haben die mich zu Hause abgeholt! Das Ganze wirkte sehr bedrohlich, wie Du Dir vorstellen kannst. Sie waren zu fünft in dem kleinen Raum mit mir und starrten mich an, da traute ich mich kaum etwas zu sagen.

„Du gehst auf das hiesige Gymnasium?", fragte der Hauptwachtmeister wieder mit lauter Stimme. Ich bejahte und er befragte mich nach meinem Lehrer. Ich nannte Professor Vogeler, und er nickte.
„Und jetzt erzähl uns mal der Reihe nach, was du gemacht hast nach Ende der Unterrichtszeit", sagte er so streng, dass mir ganz mulmig zumute wurde.
Ich hatte nichts getan, was wollte er bloß von mir? Wieso interessierte ihn das? „Was Du gemacht hast, will ich wissen!", fuhr er mich an und legte seine ganze Strenge in jedes einzelne Wort. Ich merkte, wie ich mich leicht duckte.
„Ich weiß gar nicht, warum ich hier bin. Wofür soll das wichtig sein?", entgegnete ich.

Er sah mich böse an: „Lass das mal unsere Sache sein. Du hast nur zu antworten! Was genau hast du also getan zwischen Schulende und dem Zeitpunkt, als wir Dich abgeholt haben?“, wiederholte er sich.
„Nach Hause gegangen“, brachte ich hervor.
„Warum gehst Du den doppelten Weg? Ist das so üblich bei Dir, dass Du nicht den direkten Weg gehst?“, fragte er weiter.
Ich sagte ihm, ich sei vorher noch ein Messer im Schaufenster anschauen gegangen, welches ich mir kaufen möchte, wenn ich genug Geld beisammen habe. Während der Hauptwachtmeister „So, so!“ brummte, dachte ich insgeheim daran, dass ich Dich in der Passe hatte treffen wollen.
Das Verhör war wirklich kein Leichtes, dauernd dachte ich: „Jetzt haben sie mich.“ Sie hätten das mit uns herausgefunden, als wollten sie nur noch eine Bestätigung von mir. Es war wirklich schwer, mir unter der Strenge nicht anmerken zu lassen, dass ich in jedem Moment auch an Dich dachte. Ständig ermahnte ich mich zur richtigen Wortwahl, um nur ja nichts über uns anzudeuten.
Als nächstes wollte der Hauptwachtmeister wissen, ob ich mir das Messer öfter anschauen würde, und ich bejahte. Dann wollte er wissen, wo und in welchem Laden. Er selbst würde nur ein einziges Geschäft mit guten Messern kennen.
„Brüderstraße“, antwortete ich wahrheitsgemäß, weil ich da tatsächlich mal nach einem Messer geschaut hatte.

Nach einer kurzen Pause redete der Hauptwachtmeister weiter: „Das ist ja schön und gut. Das habe ich als Junge früher auch immer gemacht. Aber heute schaue ich mir lieber so etwas an … “
Er holte seine Pistole hervor und spielte mit ihr vor meiner Nase herum. Mir rutschte das Herz in die Hose, er konnte doch nicht? War das als Strafe nicht etwas zu viel? Das durfte er doch gar nicht, oder? Mir blieb die Spucke weg.
„Was hast Du lieber? Messer oder Pistole?“, fragte er mich und ließ die Pistole in seiner Hand kreisen. Langsam ging mir auf, dass er das geplant hatte, dass er mich in Schrecken versetzen wollte, damit ich auspackte. Aber das würde ich nicht tun, sagte ich mir und antwortete dem Hauptwachtmeister wahrheitsgetreu: „Ein Messer. Viele meiner Freunde haben eins, nun möchte ich auch bald eins haben.“ Außerdem wirkt es harmloser, dachte ich.
Der Hauptwachtmeister erhob sich von seinem Stuhl und sah mir in die Augen:
„Jetzt lassen wir mal die Spielereien beiseite. Du willst mir doch nicht erzählen, dass Du jedes Mal, wenn Du Dir das Messer ansehen willst, einen Umweg über die Passe machst?“
„Wieso Passe?“, kam es aus meinem Mund.
Auch wenn ich immer noch nicht wirklich wusste, was los war und was diese Herren genau von mir wollten, war ich mir sicher, dass sie, und vor allem der Hauptwachtmeister, mehr wussten, als sie zugaben. Sei Du nur froh, liebe Nora, dass Du nicht an meiner Stelle warst! Diese Männer,

wie sie um mich herum standen und mich nicht aus den Augen ließen, sie hätten Dir mit Sicherheit große Angst gemacht. Aber ich schwöre, von Dir und mir habe ich kein Sterbenswörtchen verraten. Und das war wirklich nicht leicht.

„Jetzt hör mal gut zu, Du bist hier auf der Polizeiwache und nicht in der Schultheatergruppe! Jetzt reden wir mal von Mann zu Mann hier! Ich frage Dich zum letzten Mal: Was hattest Du am Nachmittag um kurz nach vier Uhr in der Passe verloren?“

Bei diesen Worten beugte sich der Hauptwachtmeister weit über den Tisch zu mir herüber und starrte mich finster an.

Ich wusste, ich durfte uns nicht verraten, doch wie sollte ich es noch länger verbergen? Zuerst versuchte ich noch zu leugnen und ihn davon zu überzeugen, dass ich dort nicht gewesen war, doch nach einigem Hin und Her stellte sich heraus, dass sie mich wohl beobachtet haben mussten.

„Ich kann gehen, wie und wohin ich will“, sagte ich trotzig, „und wenn ich durch die Passe gehen will, dann tue ich es. Wenn selbst so ehrenwerte Leute wie der Bahndirektor das … “

Auf einmal stand einer aus dem Nebenraum neben mir. Er zeigte auf mich und sagte nur: „Mitkommen.“

Ich stand natürlich auf und ging ihm hinterher in den Nebenraum, vermutlich sein Bureau. Als die Anderen sich anschickten, ebenfalls hinterher zu kommen, jagte sie der Kommissar aus Münster, als der er sich später vorstellte, hinaus.

„Wie heißt du?“, fragte er mich. Ich nannte ihm meinen Namen. „Du hast gerade die Passe und den Bahndirektor genannt, richtig?“ Ich bejahte. „Warum hast Du sie in einen Zusammenhang gebracht? Was hattest Du mit der Passe und vor allem, was hattest Du mit dem Herrn Direktor Rosenthal zu tun?“, fragte er mich und setzte sich hinter den Schreibtisch.
„Weiß nicht“, antwortete ich.
„Anders gefragt: Hast Du den Bahndirektor dort schon mal gesehen?“
Ich bejahte.
„Öfters?“
Ich nickte. Ich hatte überhaupt keine Ahnung, was dieser Kommissar von mir wollte. „Was hast du da eigentlich gemacht, in der Passe? Ich habe gehört, diese Gasse hat gerade in der Dunkelheit einen schlechten Ruf.“
Er sah mich durchdringend an. Sein Gesicht verriet keine Regung. Ich schluckte. Dieser Kommissar war geschulter und besser als jeder Hauptwachtmeister hier im Umkreis. Ich wusste nicht, was ich sagen sollte, schließlich durfte ich uns nicht in Gefahr bringen. Ich überlegte, ob ich ihm auch die Geschichte mit dem Messer erzählen sollte, hielt es aber für zweifelhaft, dass der Kommissar es mir glauben werde.
„Hat sich der Bahndirektor dort mal mit einer Frau getroffen, als Du ihn gesehen hast?“, fragte der Kommissar weiter, nachdem ich stumm geblieben war.
Ich überlegte. Durfte ich etwas sagen? Aber schließlich war der Bahndirektor tot, und auf uns hatte der Kommissar es anscheinend nicht abgesehen.

Ich nickte. Der Kommissar machte sich Notizen auf einem Zettel.
„Wann hast Du ihn das letzte Mal gesehen?"
„Vor einer Woche", sagte ich und fügte hinzu: „In der Passe."
Der Kommissar machte sich wieder Notizen.
„War da eine Frau dabei?"
„Ja", sagte ich.
„Wie sah sie aus? Versuch Dich zu erinnern."
„Ich weiß es nicht, ich bin sofort weitergegangen", antwortete ich.
Er sah mich an: „Du hast die Frau also nicht richtig gesehen?" Ich nickte.
„Woher weißt Du dann, dass der Mann der Bahndirektor war, wenn Du nicht mal die Frau beschreiben kannst?"
„Der Bahndirektor ist hier in Soest eine bekannte Person, man kann ihn nicht verwechseln: seine Statur, seine Kleidung, die Stimme", erklärte ich.
„So, so!" Der Kommissar nickte bedächtig. „Du hast also seine Stimme gehört? Dann hast Du bestimmt einiges davon gehört, was er gesagt hat?"
„Nichts. Er hat gelacht", sagte ich.
Wieder machte er sich Notizen.
„War jemand bei Dir, der das bezeugen kann?", fragte er.
Oh, Nora, kannst Du Dir vorstellen, wie mir das Herz raste, als ich Dich verleugnen musste? Es war eine glatte Lüge, aber es stimmte insofern, als wir uns erst zu einer anderen Zeit dort gesehen haben.
Der Kommissar notierte sich zum Schluss meinen Namen und die Adresse und meinte dann, ich könne gehen. Be-

vor ich allerdings zur Tür hinaus war, sagte er, dass sie bei eventuellen Fragen noch mal auf mich zurückkommen würden und ob mir das recht sei. Ich nickte, obwohl mir das natürlich überhaupt nicht recht war, denn jede weitere Frage würde uns, Dich und mich, in Gefahr bringen. Aber wenn da so ein hoher Kommissar aus Münster sitzt, kann man nur „Ja“ sagen, wenn man sich nicht verdächtig machen will.
Also, liebste Nora, wir sind vorläufig noch in Sicherheit. Ich hoffe, wir können uns bald treffen, aber wir sollten vorsichtig sein. Ich erwartet Deine Nachricht – bald.

In Liebe,
Dein Julius

Es war kühler geworden, und die Blätter der Bäume begannen sich in allen erdenklichen Rot- und Orangetönen zu färben, während die Tage, an denen man sich die Zeit mit einem Spaziergang entlang der Stadtmauern oder auf dem Wall vertreiben oder draußen in einem Café sitzen konnte, immer seltener wurden. Marie erfreute sich an diesen kleinen Dingen mehr als jeder andere in der Stadt. Denn obwohl Theodor immer noch viel arbeitete und wenig Zeit zu Hause verbrachte, ging Marie aus, flanierte durch die Gräften und trank Kaffee, so wie sie es bei den Pariser Damen gesehen hatte.

Sie begann die Zeit zu genießen, in der sie mehr oder weniger tun und lassen konnte, was sie für richtig erachtete.

Doch heute zog sie sich ihre Handschuhe nicht über, um sich mit dem Bahndirektor Rosenthal zu treffen, der seine charmante und zuvorkommende Art seit ihrem ersten Treffen keineswegs verloren hatte, sondern in gewisser Weise mit sich selbst zu konkurrieren begann und versuchte, Marie bei jedem Kaffee ein Stückchen weiter um den kleinen Finger zu wickeln. Marie war bewusst, welche Absichten er verfolgte, doch sie störte sich nicht daran. Geradezu erfreut bemerkte sie seine aufmerksamen Gesten und ließ sich oft nur zu leicht schmeicheln. Ihr machte es Spaß, sich mit Ernst Rosenthal zu treffen, mit seiner Affektion zu spielen, seine Briefe eine Zeit lang zu ignorieren, um dann eine ausschweifende Antwort zu verfassen, während sie sich vorstellte, wie sehr er auf ihren Brief gewartet haben musste, wie sehr er sich beim Lesen vor Sehnsucht geradezu zerreißen würde.

Nun war es aber keiner der Tage, für den sie eine der zahlreichen Einladungen angenommen hatte und sich jetzt herausputzte, um gleich zum Kaffee-Geschäft Tengelmann zu spazieren.

Sie wollte in die Kirche gehen – an einem ganz gewöhnlichen Mittwochnachmittag. Und dafür machte sie sich, wie sie beim siebten Blick in den Spiegel bemerkte, erstaunlicherweise feiner als für ein Kaffeekränzchen mit Rosenthal.

Mit ihren schönsten Perlennadeln, für die Theo ein Vermögen ausgegeben haben musste, steckte sie einige Locken erneut zusammen und schließlich den Hut fest auf ihre Frisur.

Noch einmal warf sie einen prüfenden Blick in den Spiegel, drehte sich einmal um sich selbst und schritt zufrieden aus der Tür.

Sie huschte zügig die Stufen hinab und trat auf die Straße, auf der Arbeiter Karren und Werkzeug zum Tor brachten.

Nach einem kurzen Fußmarsch fand sie sich vor einer gewaltigen Sandsteinmauer wieder. Noch einmal schaute sie sich um. Es war nicht üblich, dass eine Frau wie sie ganz und gar allein in der Stadt umher lief, doch niemand schien sie bemerkt zu haben, und so legte sie ihre Hand auf die schwere Holztür vor ihr, die ohne Zögern nachgab und sie einließ.

Kaum war Marie über die Schwelle getreten, fiel die Tür hinter ihr zu und machte jegliches Blätterrauschen und Vogelzwitschern unhörbar. Eine erdrückende Stille umfing sie, hüllte sie ein und hielt sie fest umklammert, sodass sie nur noch langsam einen Fuß vor den anderen setzen konnte.

Sie atmete aus und zog vorsichtig ihr Jäckchen glatt. Der Stoff raschelte bei seiner Berührung laut, und das Echo ihrer Schritte wurde, obwohl sie sich bemühte leise zu sein, durch die gesamte Kirche getragen.

Sie sah sich um. Allein zwei ältere Frauen saßen in den vorderen Bänken und beteten still. Außer ihren eigenen Schritten konnte sie keine fremden hören. Der Dom war wie leergefegt.

Als sie ihren Blick ein weiteres Mal schweifen ließ, entdeckte sie eine dunkel gekleidete Person, die sich in der Nähe eines Nebenchors aufhielt.

Ihr Herz schlug aufgeregt in ihrer Brust und zügig schritt sie auf sie zu. Dabei konnte sie ihr eigenes Lächeln nicht unterdrücken. Schnell rückte sie noch einmal ihren breiten Hut zurecht.

„Frau Vogt“, sagte Marie leise, und die Person drehte sich um. Ein dunkles Augenpaar funkelte sie an.

„Guten Tag“, erwiderte sie freundlich. Marie war nicht die einzige, der man die freudige Erregung von den Augen ablesen konnte.

„Entschuldigen Sie bitte meine Verspätung.“ Marie senkte, beschämt über diese ihr sehr unangenehme Verspätung, den Blick und betrachtete die Malereien an der Wand: Maria mit dem Kind auf dem Schoß.

Anna Vogt wirkte, obwohl schon einige Zeit seit ihrer ersten Begegnung in der Ressource vergangen war, immer noch sehr kühl auf Marie. Man konnte ihre Persönlichkeit sehr schlecht einschätzen. Die Gedanken an ihrem Gesicht zu erkennen, war schlichtweg unmöglich. Eine eiserne Maske befand sich darauf, die nur selten einen Riss bekam, unter dem ihre Gefühle sichtbar wurden.

„Haben Sie gesehen, was ich Ihnen in den Korb gelegt habe?“, fragte Frau Vogt interessiert und zeigte kaum merklich mit einem ihrer schmalen Finger in Richtung eines kleinen Marktkorbes, der leer und scheinbar bedeutungslos an der Wand stand.

Marie lächelte beim Gedanken an den Lavendelstrauß, den Anna Vogt ihr hatte zukommen lassen. Ein fliederfarbenes Band war darum gewickelt worden, das sie sich von Martha in ihre Frisur hatte stecken lassen. Die Andere schien es bemerkt zu haben.

„Ja. Ich danke Ihnen sehr dafür. Das riecht wirklich schön.“

Marie hatte die Zweige im Wohnraum abgelegt, und obwohl, oder gerade weil sie getrocknet waren, verströmten sie seitdem einen angenehmen Geruch, der sie zu jeder Zeit aufzumuntern vermochte.

„*Lavandula angustifolia*, auch *officinalis* oder *vera*. Der echte Lavendel … “, sagte Frau Vogt langsam. In ihrer Stimme klang etwas Sanftes, gar Schwärmerisches mit. Die dunklen Augen wandten sich von Maries Gesicht ab. Ihr Blick, der sonst so intensiv und aufmerksam war, begann zu verschwimmen. Wie zwei Blätter, die auf der Oberfläche eines Teiches treiben, mit Wasser benetzt sind, aber doch niemals untergehen, so lagen die dunklen Augen in ihrem weißen Gesicht. Sie betrachteten etwas, das dort, irgendwo zwischen ihr, Marie und dem kleinen Korb an der Wand, versteckt war, in der Luft schwebte, unsichtbar für alle anderen.

Doch dieser Ausdruck, dieser feine Riss, wich im nächsten Moment wieder der kühlen Maske, die abrupt zurückgekehrt war und jegliche Gedanken für Marie unsichtbar machte.

Marie blickte zur Seite. Es war ihr unangenehm, Anna Vogt anzusehen, wenn diese ihre Ausdruckslosigkeit verlor und Marie, ob freiwillig oder nicht, Einblick in ihre Empfindungen gewährte.

Ein kaltes Schweigen breitete sich zwischen ihnen aus. Marie war sich nicht sicher, wie sie reagieren sollte. Sie trat von einem Fuß auf den anderen.

„Wie geht es Ihnen?", unterbrach die Dunkelhaarige die Stille. Sie hatte ihre Fassung offensichtlich schnell zurückgewinnen können, die roten Lippen zu einem schmalen Lächeln geformt.

Marie atmete erleichtert aus und blickte sie an. Wie immer waren die Locken perfekt frisiert, die Haut weiß und gleichmäßig. Sie trug ein dunkelblaues Kleid, wie es besser nicht hätte zu ihr passen können. Unverschnörkelt, aber trotzdem von einer anmutigen Eleganz. Der Hut war mit einem kleinen Schleier ausgestattet, der ihr bis zum Kinn reichte. Es war kein Makel an ihr auszumachen, nichts, über das man sich hätte auslassen können. Anna Vogt bot niemandem nur eine einzige Möglichkeit, sie anzugreifen oder in Frage zu stellen.

Und trotz ihrer Unnahbarkeit, ihrer Maske, erkannte Marie, dass die Frage, die sie ihr gestellt hatte, nicht nur gestellt worden war, um die Stille zu vertreiben und ein lockeres Gespräch anzuregen. Aus dieser Frage sprach ehrliches Interesse an Maries Leben. Und Marie, die Jüngere, vertraute ihr. Sie war im Moment einer der wenigen Menschen, mit denen sie in Soest sprechen konnte.

„Gut, denke ich", erwiderte Marie zögerlich, worauf sich die Augenbraue ihres Gegenübers fragend hob. Das ist so typisch für dich, dachte Marie. Nur eine einzige mimische Geste, die ganze Fragen formulieren kann. Kein Mundwinkelzucken, kein Zwinkern, nur die eine Augenbraue, die sich ab und an hebt, um eine ausführlichere Antwort einzufordern.

„Er ist gut zu mir, ich bin gern bei ihm", versuchte Marie zu ergänzen, doch sie bemerkte selbst, wie unsicher das geklungen hatte.

„Er bereitet mir Freude", betonte sie noch einmal.

„Mit ‚er' ist nicht Ihr Gatte gemeint", erwiderte Anna kühl, und das Lächeln war aus ihrem Gesicht verschwunden. Nicht genug, dass diese Frau ihre eigenen Gedanken unzugänglich für andere machen konnte, nein, sie vermochte auch, die der anderen zu lesen, als blickte sie in ein offenes Buch.

Marie schluckte und holte kurz Luft. Ihre Augen huschten über den Boden, als suchten sie nach einer passenden Antwort. Sie fand sie nicht.

„Nein", sagte sie noch leiser und noch zögerlicher als zuvor.

Sie schaute auf, und ihr Blick traf Anna Vogts. Die Augenbraue war immer noch angehoben, sie verzog keine Miene. Marie biss sich auf die Unterlippe.

„Ich weiß, es ist Unrecht. Verurteilen Sie mich nicht auch dafür. Das tue ich schon selbst“, brach es aus Marie heraus.

„Was bleibt mir anderes? Es ist Unrecht“, sagte Anna Vogt bestimmt, als handle es sich um ein Problem, das nur eine einzige richtige Antwort kannte.

„Was bleibt denn *mir* anderes?“, entgegnete Marie verzweifelt. Ihre Hände zitterten, und sie verschränkte die Arme vor dem Oberkörper, um ihre Anspannung zu kaschieren.

Ein Moment der Stille. Marie wusste doch, dass es nicht rechtens war, was sie tat, dass sie eigentlich mit Theo glücklich sein und Verständnis haben sollte, dass er arbeiten musste und sich nicht immer um sie kümmern konnte. Doch auch sie hatte Bedürfnisse, sehnte sich nach Zuneigung, nach Bestätigung. Wenn sie nur Kinder hätten!

Innerlich zerrissen, nach außen wie versteinert, so stand sie dort im Dom, starrte auf den Steinboden und fühlte sich, als fiele sie jeden Augenblick in Ohnmacht. Was ging es diese Fremde überhaupt an? Sie kannten sich nicht mal richtig. Marie konnte schließlich tun und lassen, was sie wollte!

Gerade wollte sie ihr entgegenschleudern, dass solche Dinge sie wohl nicht zu kümmern hätten, da spürte sie eine Hand auf ihrem Arm. Die Spannung entlud sich mit einem Schlag. Marie zuckte zusammen.

Entgeistert blickte sie auf.

„Frau Edler, hören Sie mir zu. Das Ganze tut Ihnen nicht gut, sehen Sie sich doch an“, flüsterte Frau Vogt ruhig, die sich zu ihr gebeugt hatte. Ihre Augen schimmerten zum ersten Mal an diesem Tag in einem warmen Braunton und wirkten plötzlich weder kühl noch abweisend auf Marie.

„Bitte beenden Sie es so bald wie möglich."

Ihr Gesicht war nur wenige Zentimeter von Maries entfernt. Sie schauten sich eindringlich an.

„Ihnen und auch Ihrem Mann zuliebe."

Marie musterte die kleinen weißen Lichtreflexe auf dem Braun und fühlte sich plötzlich angenehm berührt. Und was ist mit dir, dachte Marie, was denkst du über mich? Sag mir, wer ich für *dich* bin!

Die Worte lagen ihr auf der Zunge, doch Anna Vogt schien nicht nur Maries Arm, sondern auch ihre Lippen fest im Griff zu haben.

Langsam entspannten sich die Finger, die immer noch auf ihrem Arm ruhten. Leicht hätte sich Marie aus dem Griff lösen können, doch sie wollte nicht mehr ausweichen, nicht mehr nachgeben. Nun war sie es, die die Fragen stellte, diejenige, die Anna Vogt in die Augen blickte und genau wusste, dass ihr Gegenüber die unausgesprochene Frage verstanden hatte.

Gespannt stand sie da, alle ihre Zweifel über Bord geworfen, und wartete mit herausforderndem Blick auf die Antwort. Jeden Moment müsste sie ihrem Gefühl nachgeben und Marie endlich mitteilen, was diese ihr bedeutete.

Doch sie wandte sich ab.

Die Hand, die bis gerade eben noch bei Marie gewesen war, zog sich zurück, die Augen, die sie angesehen hatten, blickten in eine andere Richtung.

Marie stand verdutzt da und starrte ins Leere.

„Es ist Ihre Entscheidung“, sagte Anna Vogt trocken.

Diese plötzliche Gleichgültigkeit war für Marie wie ein Stich durch die Brust. Was sollte das? Sie konnte sich doch nicht einfach so von ihr abwenden. Sie war ihr eine Antwort schuldig!

„Ich … eh … “, stotterte Marie. Sie wusste nicht, was sie sagen sollte.

„Einen schönen Tag wünsche ich Ihnen“, sagte die Andere knapp und ging in Richtung Ausgang davon.

Sie ließ Marie, die an Ort und Stelle zur Salzsäule erstarrt war, stehen. Einige Sekunden vergingen, bevor Marie verstand, was hier gerade passierte. Doch was wollte diese Frau überhaupt von ihr und warum flüchtete sie nun aus der Situation?

Marie sah ihr nach. Erst als Anna Vogt den Ausgang schon fast erreicht hatte, begriff Marie, dass sie die Flüchtende nicht einfach laufen lassen konnte. So hastete sie los.

Die empörten Blicke der beiden alten Damen ignorierend und so schnell es ihre Kleidung zuließ, lief sie zwischen den Bänken hindurch.

Sie fing die Tür auf, noch bevor sie hinter Anna zuschlagen konnte, überholte sie und stellte sich ihr in den Weg. Prompt hielt die Frau inne, eine Augenbraue hob sich fragend.

Marie schnappte nach Luft und verfluchte, wie so oft, das Korsett, das ihre Lungen einschnürte. Sie suchte abermals nach Worten: „Ich … also … “ Hektisch blickte sie von Gebäude zu Gebäude, als läge hinter irgendeinem

Fenster die richtige Frage bereit, die sie in diesem Augenblick zu stellen hatte.

Anna Vogt kam ihr zuvor, nahm einen kleinen Zettel und einen Stift aus ihrem Täschchen und schrieb etwas darauf. Marie blickte verdutzt drein.

„Ich erwarte Sie", sagte sie kurz, drückte Marie den Zettel in die Hand und schritt an ihr vorbei.

Marie, die immer noch mit offenem Mund mitten auf dem Platz stand, schaute ihr nach. Warum hatte diese Anna Vogt immer alles im Griff? Warum war sie es, die das Gespräch in die gewünschten Bahnen brachte? Warum brachte sie Marie ständig in unangenehme Gesprächssituationen und warum hatte nur sie die Möglichkeit, diese wieder aufzulösen?

Langsam senkte Marie den Kopf und klappte das kleine Stück Papier auf.

In ordentlicher, schmaler Schrift war dort zu lesen: *Jakobistraße no. 1099, Freitag, 18. Oktober, um 2 Uhr – pünktlich.*

Regungslos lag ich in meinem Bett, die Decke bis zum Kinn hochgezogen. Völlig versunken in meinen Gedanken, starrte ich an die Decke.

Seit dem Besuch der beiden Polizisten vor einem Tag, konnte ich nicht aufhören mir die quälende Frage zu stellen, ob Elisabeth mir gegenüber bisher wirklich die Wahrheit gesagt hatte. Als der Kommissar behauptet hatte, dass ihr Ehegatte zu Lebzeiten vielleicht eine andere Auslebung seines Trieblebens gehabt haben könnte, und meine Cousine darauf nichts erwiderte, war ich völlig verunsichert. Ihr Schweigen sagte mir mehr als alle Worte, die bisher aus ihrem Munde gekommen waren. Sie log. Zumindest war das meine Vermutung und wahrscheinlich auch jetzt die der Polizei. Es konnte nicht anders sein. Ihr Gesichtsausdruck hatte dem eines kleinen Mädchens geähnelt, das gerade beim Naschen erwischt worden war. Auf frischer Tat ertappt. Und so kam es mir auch vor: Ich hatte Elisabeth beim Lügen enttarnt, jedoch ohne dass sie es zu bemerken schien.

Sie sah mir noch genauso in die Augen wie an dem Tag, an dem ich hier in Soest ankam. Aber wenn sie doch wusste, dass Ernst sie vielleicht betrogen hatte, warum sprach sie mit niemandem darüber? Ich war eigens angereist, um ihr zur Seite zu stehen. Und selbst als Ernst noch lebte, hätte ich ihr doch zugehört. Von Frau zu Frau.

Doch das, was mir tatsächlich den Schlaf raubte, war die Tatsache, dass ich nicht wusste, was das nun über den Tod ihres Mannes aussagte. Könnte sie etwas damit zu tun haben? Traute ich ihr so etwas überhaupt zu? Der Kommissar hatte ihr ordentlich auf den Zahn gefühlt und Reaktionen hervorgebracht, die verräterischer nicht hätten sein können. Dieses Gelächter, als er die Vermutung aufstellte, ihr Mann könnte „Probleme“ gehabt haben, da die beiden kinderlos waren. Was hatte dieses Lachen zu bedeuten? Womöglich überhaupt nichts, und ich hatte eine zu blühende Fantasie. Aber warum war sie so schweigsam geworden, gegen Ende, als der Kommissar sie mit der Anzeige aus der Zeitung konfrontierte und versuchte, sie mit seinen Fragen zu verwirren?

Wahrscheinlich interpretierte ich wirklich zu viel in ihr Verhalten. Sie war schon immer „speziell“ gewesen, gab oft keine Kommentare, sondern nur vielsagende Blicke von sich. Und nun als Witwe ... Ihr könnte ja im selben Moment klar geworden sein, dass sie einfach selber zu wenig über Ernst, seinen Beruf und seine sonstigen Aktivitäten außerhalb des Hauses wusste, so dass sie weder bestätigen, noch abstreiten konnte, ob es da eine andere Frau gegeben hatte, mit der er sich vergnügte.

Ich wusste es noch weniger. Im Augenblick kam ich mir fremd vor in dem Haus der Frau, die ich schon mein Leben lang kannte. Doch wie gut kannte ich sie wirklich? Ich wusste, sie war mein Cousine väterlicherseits. Ich hatte sie selbstverständlich bei allen größeren Familienereignissen gesehen, wohl auch ein paar Worte mit ihr gewechselt. Aber was sie wirklich dachte und fühlte,vor allem jetzt, nach dem Tod ihres Gatten und dem Verhör, konnte ich nicht einschätzen. Ich hatte bloß die Befürchtung, dass sie mich belog und viel mehr wusste, als sie bisher zugegeben hatte, Dinge, die sie auch wahrscheinlich niemals preisgeben würde.

Als ich am nächsten Morgen erwachte, lag ich immer noch in derselben Position, in der ich über meine Gedanken hinweg eingeschlafen war. Ich nahm mir als Vorsatz für den Tag vor, genauer auf Elisabeth zu achten, sie zu beobachten und sie selber ein bisschen in die Zange zu nehmen. Ich wollte, dass sie mit mir sprach und mir die Wahrheit erzählte. Schließlich war ich nur ihretwegen nach Soest gereist! Ich würde ihr natürlich auch weiterhin zur Seite stehen, selbst wenn das im schlimmsten Fall bedeuten würde, für sie lügen zu müssen. Aber Blut ist schließlich dicker als Wasser.

Elisabeth saß bereits im Esszimmer und frühstückte. Es duftete herrlich nach frisch aufgebrühtem Kaffee und frischem Brot. Ich setzte mich ihr gegenüber und versuchte ein belangloses Gespräch zu beginnen:

„Wie hast du geschlafen?"

Sie blinzelte mich über ihre Tasse hinweg an, die sie gerade zum Mund geführt hatte. Sie trank einen Schluck, um ihre Verwunderung über mein Interesse zu überbrücken.

„Angenehm."

„Tatsächlich? Ich hab mich etwas schwer mit dem Einschlafen getan."

Sie zeigte keine Regung, starrte mich fast an. Ihr Gesicht wirkte gespenstisch blass. Tiefe Ringe untermalten ihre fast schwarz wirkenden Augen. Ich ignorierte diesen Anblick.

„Ja, muss wohl immer noch daran liegen, dass ich hier zu Gast bin. In fremden Betten schläft es sich immer etwas unruhiger als daheim."

Sie nickte kurz und trank einen weiteren Schluck. Mir fiel auf, dass sie das besonders behutsam und langsam tat. Ihre Hand wirkte sogar etwas zittrig, fast als hätte sie schon zu viel dieses schwarzen Getränks getrunken. Schien wohl doch nicht die angenehmste Nacht für sie gewesen zu sein. Aber das war die Chance für mich. Wenn sie müde und erschöpft war, würde sie mir unter Umständen eher etwas erzählen und verraten, als wenn sie bei völlig klarem Verstand war. Also … Ich nahm meinen ganzen Mut zusammen:

„Elisabeth, sag, wusstest du wirklich nichts von dieser Anzeige?"

„Welche Anzeige?"

„Na, welche wohl? Die, die dieser Wachtmeister Müller gefunden hat."

Sie wusste genau, wovon ich sprach. Sie war mir wohl schon jetzt auf die Schliche gekommen. Mir war das egal, ich musste einfach weiter versuchen, irgendetwas in Erfahrung zu bringen.

„Ja, ja. Ich erinnere mich. Glaub mir, von dieser obszönen Anzeige wusste ich wirklich nichts."

„Aber glaubst du, dass Ernst sie für sich aufbewahrt hatte?"

„Ich hoffe nicht."

Sie schaute unentwegt auf ihre bereits leere Tasse, wich meinem Blick aus.

„Elisabeth. Ich bin hierher gekommen, um dir zur Seite zu stehen. Sprich bitte mit mir!"

„Das tue ich doch gerade! Doch aus welchem Grund redest du in diesem Ton mit mir?"

„Ich glaube, du verschweigst mir etwas … “

„Das da wäre?“

„Ich weiß nicht. Mir scheint, als wüsstest du mehr, als du preisgibst.“

„Und mir ist es ein Rätsel, wie du auf so einen Unsinn kommst.“

„Dein Verhalten neulich beim Verhör bringt mich auf solche Gedanken! Du hast durch dein Schweigen praktisch kundgetan, dass du etwas verheimlichst!“

Sie schaute abrupt zu mir. Ich war von meinem eigenen Mut überrascht. Aber jetzt hatte ich sie, ich konnte es schaffen, sie zum Reden zu bringen.

„Bitte sag mir, was du der Polizei nicht sagen wolltest!“

Sie antwortete nicht.

„Elisabeth, hat Ernst dich betrogen? Und wusstest du davon?“

Sie schwieg eisern weiter. Ich atmete geräuschvoll aus und bewegte mich unruhig auf meinem Stuhl. Es herrschte Stille. Mir fehlten die richtigen Worte, um sie dazu zu bringen den Mund aufzumachen. Doch die brauchte ich auch gar nicht. Meine Cousine räusperte sich leise. Setzte ein paar Mal an, bis sie zu wissen schien, was sie sagen wollte:

„Es … es ist nicht so, dass ich es nicht gewusst habe. Ich hatte schon am ersten Abend, an dem er bei dieser Frau gewesen sein musste, einen Verdacht, der sich von Mal zu Mal, von Abend zu Abend erhärtete. Ich bin fast sicher, dass er seinen Trieb woanders auslebte.“

Endlich rückte sie mit der Wahrheit heraus.

„Und warum hast du das verschwiegen?“

„Ich fand es irrelevant. Abgesehen davon: Hätte die Polizei locker gelassen, wenn ich meinen Verdacht geäußert hätte? Die hätten noch angenommen, ich hätte was mit dem Tod meines eigenen Mannes zu tun!“

„Was du selbstverständlich nicht hast …?“

„Natürlich nicht! Ernst war mein Ehemann, ich habe ihn schließlich respektiert und“, sie zögerte etwas, „geliebt!“

Gott sei Dank, ich war erleichtert. Das erklärte ihr Schweigen. Sie war verletzt und hatte Angst, durch die Polizei in Bedrängnis zu kommen. Diese Sorge war jedoch ganz und gar überflüssig, denn eine Frau wie meine Cousine hätte ihren Mann doch nicht umbringen können. Wie denn? Ich glaubte ihr. Sie sah mich mit so großen Augen an, das Gesicht immer noch blass.

„Entschuldige mich. Ich muss mich etwas hinlegen.“

Es war zu viel für sie. Sie stand auf und schaute zu mir herunter, als würde sie noch darauf warten, dass ich etwas sagte. Also tat ich es:

„Ich bin froh, dass du dich mir endlich ganz anvertraust. Glaub mir, ich stehe zu dir.“

Ich schenkte ihr ein kleines aufmunterndes Lächeln. Sie erwiderte es nicht, sondern ging stumm hinaus. Als sie sich umdrehte, konnte ich trotz des vielen Puders in ihrem Gesicht kleine Schweißperlen auf ihrer Stirn erkennen. Was kümmerte es mich? Es dauerte nicht lange, da hörte die Treppe auf zu knarren und ich wusste, dass Elisabeth in ihrem Schlafzimmer verschwunden war. Ich beendete das Frühstück alleine.

Später ging ich ab und an vor ihrer Zimmertür her, nur um zu lauschen, ob sie noch da war. Obwohl: Ich hätte es bemerken müssen, wenn sie das Haus verlassen hätte. Manchmal konnte man das Rascheln der Bettwäsche hören, als ob sie sich darin wälzen würde, oder ein Schniefen und Stöhnen, als wäre sie erkältet. Das war ja nicht auszuschließen. Nur hatte sie beim Frühstück keineswegs einen so kranken Eindruck gemacht, eher einen müden. Darum wunderte ich mich umso mehr, dass ich so viele Geräusche aus dem Zimmer hören konnte, die darauf hindeuteten, dass sie wach war.

Selbst zum Tee am Nachmittag und zum Abendessen erschien sie nicht, und auf mein Klopfen zeigte sie keine Reaktion. Wahrscheinlich hatte sie sich tatsächlich etwas zugezogen und schonte sich. Ich machte mir weiter keine Gedanken, sondern ging an diesem Abend sogar etwas beruhigter und glücklicher zu Bett, denn endlich vertraute Elisabeth sich mir an. Dass Ernst sie betrogen hatte, stand nunmehr so gut wie fest. Und ich konnte nachvollziehen, dass das nicht gerade das Thema war, über das sie nach Herzenslust den ganzen Tag und mit jedem plaudern wollte. Sie war verletzt und fühlte sich hintergangen. Kein Wunder, dass sie dann einen solchen Verdacht lieber für sich behielt. Für mich hatten sich damit aufgrund ihrer Ehrlichkeit am Frühstückstisch einige Fragen geklärt. Ein paar Sorgen weniger, um die ich mich kümmern musste!

In der Nacht wurde ich von einem leisen Knacken geweckt. Durch den Spalt unter der Tür drang ein flimmerndes Licht ins Zimmer. War es eins der Dienstmädchen, das hier umherschlich? Das kam mir sehr unwahrscheinlich vor, da sich deren Schlafkammern in der Mansarde befanden, und die Köchin schlief wie üblich in der Küche. Ich stand auf und schlich mit nackten Füßen über den Holzboden, wartete dort kurz, bis das Licht wieder schwächer wurde, und öffnete die Tür so weit, bis ich hinaussehen konnte. Ich folgte dem Lichtschimmer, blieb auf dem Treppenabsatz stehen und sah, wie sich jemand an der Haustür einen Mantel überzog. Die Lichtquelle war eine Kerze, die auf einem der Fensterbretter abgestellt worden war. Plötzlich sah sich diese Person um. Ich versteckte mich im Schatten der Dunkelheit.

Elisabeths richtete ihren Blick zwar in meine Richtung, doch schien sie mich nicht gesehen zu haben. Sie blies die Kerze aus und zog vorsichtig die Holztür hinter sich zu, als sie das Haus verließ.

Grundgütiger! Wo wollte sie denn zu dieser Nachtstunde noch hin? Es war doch gefährlich draußen, nachts, wenn keine gute Seele mehr unterwegs war! Schnell lief ich ins Zimmer zurück, um mir Schuhe an die Füße zu ziehen und ihr dann zu folgen.

Meine Neugier und auch meine Sorge um Elisabeth trieben mich in die kühle Nacht. Ich vergrub mein Gesicht, so gut es ging, im Kragen meines Mantels. Zu dieser Zeit verlockten die Temperaturen wirklich niemanden zu einem Spaziergang, umso verwunderlicher war es, dass meine Cousine genau jetzt ihre Nachtruhe unterbrach, um durch die Gassen zu streifen. Ich dachte auch, sie wäre krank, da war diese eisige Kälte bestimmt nicht das Richtige.

Ganz still stellte ich mich in die frostige Luft und lauschte in die Dunkelheit. Das Geräusch ihrer Schuhe kam von rechts. Also ging ich in dieselbe Richtung. Mein Atem stieg wie Rauch immer wieder vor mir auf. Mein Körper zitterte, und ich wünschte mir, dass die Gaslaternen wenigstens ein kleines bisschen Wärme spenden würden, doch mein Wunsch blieb unerfüllt. Das einzige, was sie spendeten, war schummriges Licht, das um diese Zeit weder die Nacht noch diese Straße schöner machte. Ich verlangsamte mein Tempo, als Elisabeth wieder in meinem Blickfeld auftauchte, immer bedacht darauf, dass ich leise einen Fuß vor den anderen setzte. Meine Befürchtung, dass hier ein Fall von Somnambulismus vorlag, hatte ich längst verworfen. Sie wirkte viel zu zielstrebig.

An der Brauerei Christ blieb ich einen Moment stehen, da Elisabeth in den Kohlbrink, einem von der Walburgerstraße abzweigenden Weg, einbog. In der Brauerei Christ konnte man nicht nur trinken, sondern auch im selbst eingerichteten Laden Dinge wie Brot oder Kümmel kaufen. Das Brot war wirklich gut, und ich genoss es jeden Morgen, seitdem ich hier angekommen war.

Im Kohlbrink schien es noch kälter zu sein. Zu allem Überfluss hatte ich Elisabeth aus den Augen verloren. Ich tastete mich langsam weiter in diese Gasse hinein, in der Hoffnung, dass mich meine Cousine nicht entdeckte und ich in Erfahrung bringen konnte, was sie hier draußen zu suchen hatte. Doch jeder Schritt, den ich machte, klang wie ein Hammerschlag auf dem holprigen Katzenkopfpflaster. Zum Teufel mit diesen modischen Stiefeletten und ihren Absätzen!

Vor mir war es schwarz, denn die Laternen funktionierten hier aus irgendeinem Grunde nicht. Nur der Anfang dieser Straße wurde etwas beleuchtet, jedoch nicht weit genug. Plötzlich hörte ich im tiefsten Dunkel ein Klappern, ein Rütteln und ein merkwürdig gequält klingendes Knarren. Als wenn jemand mit einem Holzkarren ein Wettrennen über dieses Pflaster veranstalten würde. Ich blieb augenblicklich stehen. Wurde Elisabeth überfallen? Ich musste ihr helfen! Doch ich war starr vor Angst. Das Knarren klang gequält. Die Nacht hatte mich in ihrer Dunkelheit gefangen genommen, wie blind lief ich weiter. Die Geräusche wurden lauter, ich wusste nicht, was hier passierte. Ich hatte Angst und wäre am liebsten wieder in die andere Richtung gelaufen, aber ich musste doch meiner Cousine helfen!

Auf einmal war dort ein Rascheln. Ich versuchte auszumachen, woher es kam. Und dann sah ich sie wieder. Einer strahlenden Erscheinung gleich stand sie vor einem marode wirkendem Gebäude und schien von mir noch keine Notiz genommen zu haben.

Ich versteckte mich in einem Hauseingang. Von Elisabeth kam ein leises Rascheln. Sie hielt einen Zettel in der Hand. Die knarrenden Geräusche, die ich gehört hatte, kamen von dem Gebäude, vor dem sie stand. Es sah aus wie eine Mühle. Das erklärte alles. Und eine winzig kleine Laterne, die an der Mauerfront befestigt war, schenkte gerade so viel Licht, dass man nur die Umrisse erkennen konnte, mit etwas Mühe auch mehr.

Elisabeth schaute sich kurz um, bevor sie den Zettel in ihre Manteltasche steckte und denselben Weg, den sie gekommen war, zurückeilte. Was hatte das nun zu bedeuten? Was stand auf diesem Stück Papier?

Wieder ließ ich ihr einen kleinen Vorsprung, passte aber dieses Mal auf, dass ich sie nicht wieder aus den Augen verlor. Die Gasse war mir unheimlich. Das Knarren ließ mich immer denken, dass von hinten jemand kam, und verursachte, dass ich mich alle paar Sekunden panisch umsah. Ich versuchte dieses Gefühl abzuschütteln.

Aus dem Kohlbrink heraus, weiter durch die Walburgerstraße, folgte ich Elisabeth bis auf den Markt, von dem sie aber keine Notiz nahm, und weiter durch die Rathausstraße. Hier wurde es wieder hell. Viele Gaslaternen schmückten die Straßenränder. Gegenüber dem Rathaus bog sie rechts in den Petrikirchhof ein. Das große Gemäuer aus dunkler Vorzeit, die Fachwerkhäuser darum herum, ja sogar das niedlich eingezäunte Kaiserdenkmal verliehen diesem Platz einen besonders romantischen Charme.

Elisabeth ließ sich heute Nacht wenig davon beeindrucken, sondern ging mit sicherem Schritt auf die Adler-Apotheke zu. Ich wartete unten an der Straßenecke. Ich fand, das war ein sicherer Ort zum Beobachten. Der Glockenturm verriet mit seinen Schlägen, dass es bereits halb Eins in der Nacht war. Was wollte sie jetzt in einer Apotheke?

Sie klopfte an die Eingangstür. Es dauerte einen Moment, bis sie sich öffnete. Ein hübscher junger Mann trat ihr entgegen. Auf einmal sah Elisabeth in meine Richtung. So schnell wie möglich zog ich den Kopf zurück und versuchte zu lauschen, ob sie die Straße zu mir herunter kam. Hatte sie mich womöglich längst entdeckt und wusste, dass ich sie verfolgte?

Nichts weiter geschah. Dann riskierte ich wieder einen neugierigen Blick.

Die beiden tauschten flüsternd ein paar Worte, dann gingen sie hinein. Sie hatten mich wohl doch nicht gesehen.

Vorsichtig näherte ich mich der Apotheke. Ins Innere konnte man nicht schauen. Das Schaufenster neben der Eingangstür gewährte auf den ersten Blick keinen Einblick: Die Vorhänge waren zugezogen. Jedoch nicht sehr ordentlich, denn unten fiel etwas Licht durch einen kleinen Spalt.

Was ich nun tat, war bestimmt alles andere als schicklich, aber ich hatte mir nun mal in den Kopf gesetzt, meiner Cousine eine hilfreiche Verwandte zu sein. Ich kniete mich also nieder, um durch den Spalt hindurchschauen zu können. Ich sah, wie der Mann gerade in diesem Augenblick Elisabeth ein kleines, typisch braunes Apothekerfläschchen überreichte. Sie unterhielten sich und lachten, während ich mich bemühte, von hier aus den Schriftzug auf der Flasche zu erkennen. Ihre Stimmen waren sehr gedämpft und vollkommen unverständlich durch das Glas. Ich musste neben den Stimmen noch darauf achten, dass ich nicht verpasste, wenn sich die beiden in Bewegung setzten, herauskamen und mich hier womöglich knien sahen.

Wenn mich nicht alles täuschte, stand auf dem Fläschchen *Laudanum* geschrieben. Was um Himmels Willen wollte Elisabeth mit Laudanum? Ich hatte jedoch keine

Zeit, mir diese Frage zu beantworten, denn ich sah nun etwas, was mich die Augen weit aufreißen ließ. Mir stockte schier der Atem. Elisabeth küsste diesen Mann auf den Mund, was jener mit den allerzärtlichsten Berührungen erwiderte!

Ich erschrak und stand augenblicklich auf. Was ging hier vor sich?! Man hörte ein Poltern, ich wagte einen letzten Blick und sah gerade noch, wie die beiden durch die hintere Tür im Laden verschwanden. Unglaublich! In was für eine Geschichte war ich hier hineingeraten?

Da ich Angst hatte, dass mich jemand anderes als Elisabeth aufgreifen könnte, lief ich, so schnell ich konnte, zum Haus zurück.

Tausend Gedanken schossen mir durch den Kopf und verursachten einen stechenden Schmerz. Nicht nur Ernst hatte sie betrogen, sondern sie auch ihn? Oder hatte diese Sache mit dem Apotheker erst nach seinem Tod begonnen? Das konnte nicht sein! Sie hatte kaum das Haus verlassen nach seinem Tod. Ich hatte sie gerade erst dazu gebracht, mit mir zu reden und ehrlich zu mir zu sein. Wobei ich mir nun eingestehen musste, dass das wohl nicht recht funktioniert hatte. Denn weder hatte sie je von einem jungen Apotheker noch von Laudanum gesprochen! Laudanum? Herrgott nochmal, was wollte sie mit diesem Zeug?

Am Abend dieses vierten Tages beschloss ich, mich noch einmal auf die Suche nach jenem Erwin Deppe zu begeben, der bei meinem ersten Besuch im Bahnhofsbureau nicht auffindbar gewesen war. Ich wollte dem Gerücht, er sei auf Rosenthals Stelle neidisch gewesen, genauer auf den Grund gehen. So nahm ich mir also eine Droschke zum Hauptbahnhof. In fast schon nächtlicher Dunkelheit preschten die Pferde durch die engen Straßen ihrem Ziel entgegen. Der Wind pfiff geräuschvoll um die Häuser und um die hölzerne Kutsche. Immer wieder hörte ich auch das Knallen der Peitsche, mit dem die Pferde angetrieben wurden. Schneller und schneller sollten sie laufen, dabei hatte ich es doch gar nicht so eilig. Vielleicht wollte man mir auch nur etwas imponieren.

Als wir am Bahnhof angekommen waren, stieg ich aus und gab dem Kutscher ein großzügiges Trinkgeld, doch er murrte sich nur ein leises „Danke“ in den Bart. Ich bat ihn, in der Nähe auf mich zu warten, und begab mich in Richtung des unübersehbaren Ringlokschuppens, in dem ich Erwin Deppe am ehesten vermutete.

Der besagte Lokschuppen mit innen liegender Drehscheibe stellte sich als eine riesige, rußige Höhle heraus, in der ein beißender Geruch von Kohle, Schweiß und Schwefel dominierte. Das laute Knattern der zentralen Bogenlampe übertönte sogar das Hämmern und Stampfen aus den einzelnen Bereichen, in denen gearbeitet wurde. Der Funkenüberschlag an den Graphitstäben war so hell, dass man kaum hineinblicken konnte. Ich hatte es schon einen Moment zu lange getan und musste nun kurzzeitig blind verharren, damit meine Augen sich wieder an die vorherrschende Dunkelheit im Schlagschatten gewöhnten, denn die Halle war, abgesehen von ihrem zentralen Licht, eher schlecht beleuchtet. Ich musste aufpassen nirgendwo anzustoßen, um meine Sachen nicht zu beschmutzen. Der Geruch, mit dem sich meine Kleidung gerade vollsog, war schon schlimm genug.

Die Arbeiter waren finstere, rußverschmiert Gestalten, die mich zunächst nicht bemerkten. Sie waren so mit ihrer lärmenden Arbeit beschäftigt, dass ich sie in Ruhe beobachten konnte.

Zwei von ihnen waren offenbar mit der gründlichen Reinigung einer der ungefähr vier oder fünf Loks beschäftigt. Dazu standen sie in der geöffneten Rauchkammertür, die die gewaltigen Ausmaße von mehr als zwei Metern hatte und nun den Blick auf die vielen Rohre im Bauch des Kessels freigab. Unwillkürlich wurde ich an die denkwürdige Obduktion des Direktors durch diesen Soester Pfiffikus von Arzt erinnert. Dass es hier genauso erbärmlich stank, machte die Sache nicht besser.

Einer der Männer wartete die Rohre, während der andere sie putzte. Zwischendurch redeten sie kurz miteinander. Faulige Zähne kamen zum Vorschein, aber vielleicht wirkten sie auch nur so, weil sie wie alles hier vom Ruß verschmiert waren. Ich konnte nicht verstehen, was die Männer sagten, da allerlei metallischer Lärm sie übertönte.

Gerade als ich weitergehen wollte, spürte ich, wie jemand hastig und mit einem kräftigen Ruck nach meinem Arm griff. Ein lautes „Achtung!“ – und er riss mich zur Seite.

Erschrocken blickte ich ihn an, blickte in ein weiteres rußverschmiertes, unfreundliches Gesicht. Noch ehe ich etwas sagen konnte, schnauzte der Kerl mich gleich an: Was ich hier zu suchen habe und dass das lebensgefährlich sei, was ich hier tue. Er habe gerade noch ein Loch in meinem Schädel verhindern können.

Ein Loch in meinem Kopf? Gab es einen Anschlag? Wurde auf mich geschossen, oder was? Was ging hier vor sich in diesem Vorhof der Hölle?

Wovon er redete, wurde mir erst klar, als ich den schweren Hammer auf dem Boden liegen sah, der auf die Stelle gefallen war, an der ich mich eben noch befunden hatte. Mein Blick richtete sich sofort nach oben, während der Kerl vor mir noch immer wütend vor sich hin schimpfte. Über mir arbeiteten mehrere Männer in luftiger Höhe an etwas, das ich nicht richtig erkennen konnte.

Irgendwie wurde mir alles zu bunt. Gereizt befahl ich dem Arbeiter, der vor mir stand, ruhig zu sein und stellte mich vor. Ich erklärte ihm, dass ich nach Herrn Erwin Deppe suchte und dass es sich um eine wichtige Angelegenheit handelte. Ich erzählte ihm auch, dass Deppe vor ein paar Tagen nicht aufzufinden gewesen war und fragte ihn, ob er davon etwas mitbekommen hatte.

Was es ihn kümmern sollte, entgegnete er. Und dass „hier ja schon lange nichts mehr rund“ lief. Insbesondere seit dem Tod des Bahndirektors. Mehr wolle er dazu nicht sagen. Er müsse auch wieder zurück an die Arbeit, denn fürs Reden werde niemand bezahlt.

Ich beschloss, die Fragen, die ich ihm noch hätte stellen können, einfach an Deppe zu richten, der ebenfalls da oben arbeitete, wie sich nach einigem Hin und Her ergab.

Ich ging die verdreckte Eisentreppe hinauf und wurde sofort von einem kräftigen Mann mittleren Alters mit hellen Haaren begrüßt. Er wischte seine ölverschmierte rechte Hand an seiner Hose ab und reichte sie mir.

„Tag. Deppe, mein Name. Ich habe Sie eben schon gesehen von hier oben aus, als Sie mit Herbert geredet haben. Sie sind der Herr Kommissar aus Münster, nicht wahr?"

„Woher wissen Sie denn das?", entgegnete ich forsch.

„Na, Sie waren doch schon mal hier ... "

„Da waren Sie aber nicht anzutreffen, wenn ich mich recht erinnere. Ich habe Sie doch rufen lassen. Wenn Sie nicht da waren, wieso haben Sie mich dann gesehen?"

„Ich hatte Wichtiges zu tun an diesem Tag. Der Bursche, der mich holen sollte, hat sich nicht deutlich ausgedrückt, wer mich da sprechen wollte. Ich kann meine Arbeit ja nicht für jeden Dahergelaufenen ... Sie verstehen schon. Na, jedenfalls hab' ich Sie gesehen, als Sie mit der Kutsche weggefahren sind, und erst da wurde mir richtig klar, um was es ging."

Ich blickte ihn verdutzt an. Über so eine Dreistigkeit war ich wirklich erstaunt. „Wieso, verdammt nochmal, haben Sie sich dann nicht auf der Wache gemeldet?", entfuhr es mir.

„Ich habe mir gedacht, dass Sie noch einmal auf mich zurückkommen, wenn es wirklich wichtig ist. Ich habe momentan viel zu tun nach Herrn Rosenthals Tod. Es tut

Der Kutscher war weggefahren. *Per pedes apostolorum* machte ich mich also auf den Weg zum Hotel.

Kaum hatte ich einen Fuß über die Schwelle gesetzt, da wurde mir ein großer Umschlag ausgehändigt – „Vertraulich!“ stand darauf und enthielt vermutlich den Obduktionsbericht. Das roch nach Arbeit.

⚜

Leiche des Herrn Eisenbahndirektors

Ernst Rosenthal, 52 Jahre alt

A. Äußere Besichtigung.

1. Die Leiche des 52jährigen Mannes ist 176 cm groß, von massivem Knochenbau und stark übergewichtig. Die Haut ist welk und schlaff, nur an den Füßen ist sie besonders dick, dass die Falten verstrichen sind; bei Druck mit dem Finger bleibt eine Delle bestehen. Beim Einschneiden sieht das Fettgewebe sulzig aus. Es fließt klare, helle Flüssigkeit über die Schnittflächen.

2. Die Hautfarbe ist im Großen und Ganzen grauweiß, auch über dem Bauche. An den abhängigen Partien auf dem Rücken finden sich zahlreiche blaue Flecke, die sich durch sehr starkes Drücken mit dem Finger wegdrücken lassen; beim Einschneiden tritt flüssiges Blut hervor, das sich durch Wasser abspülen lässt. Im Nacken und auf den Schultern sind feine Einritzungen und Abschürfungen zu sehen, die leicht verkrustet sind und nicht älter als 4 Tage alt sein können.

3. Die Augen sind beide offen, die Lidränder etwa 6 mm voneinander entfernt, die Augäpfel liegen tief zurückgesunken in den Augenhöhlen und sind schlaff, leicht beweglich, die Hornhäute leicht durchscheinend gelblich,

beide Pupillen gleich weit, und zwar 4 mm weit, die Farbe der Lederhäute weiß.

4. Die Öffnungen der Nase sind mit getrockneten, graubraunen Borken besetzt, einige Tropfen missfarbener Flüssigkeit, wie solche beim Umdrehen der Leiche austritt, liegen in der Nasenhöhle und bedecken die Oberlippe.

5. Der Mund ist geschlossen.

6. Die Öffnungen der Ohren sind leer.

7. Der Hals ist nicht widernatürlich beweglich, die Haut ist glatt, doch ragen die Wülste, der Mm. Sterno-cleidomastoidei und der Schildknorpel des Kehlkopfes leicht hervor.

8. Der Bauch ist stark gewölbt, die Decke straff gespannt und leicht behaart.

9. Die Haut am Rücken zeigt zwischen den beiden Schulterblättern 8 gelbliche, trockene, pergamentartige Stellen, welche sich lederartig anfühlen und von grauweißer Haut umgeben sind. Außerdem befinden sich mehrere hellrote Kratzer vom Halsansatz bis zum Schulterblatt. Die Haut im direkten Umfeld der Einritzungen ist schwach gelblich bis grünlich verfärbt. In ihnen befindet sich ein wenig Dreck vermischt mit Puderresten, daher ist die Annahme berechtigt, dass die Abschürfungen wahrscheinlich von den Fingernägeln einer Frau stammen.

10. Der After ist geschlossen und weist keine Absonderlichkeiten auf.

11. Das männliche Glied hängt herab. Die Vorhaut ist zurückgezogen, so dass die ganze Eichel frei zutage liegt;

die Harnröhrenöffnung ist geschlossen, ihre Lefzen sind mehr rot als die übrigen Teile.

12. Die Hodensäcke weisen keine Absonderlichkeiten auf.

13. Die Oberarme sind massig, die Haut ist schlaff und lässt sich leicht in große Falten legen. Die Handrücken sind leicht behaart und weisen keine besonderen Merkmale auf.

14. Die Oberschenkel sind von fettleibiger Haut umgeben, die sich leicht in große Falten legen lässt. Die Unterschenkel sind ebenfalls massig, an den Fußgelenken sind sie stark geschwollen, wohl wegen der großen Belastung des Gewichtes.

B. Innere Besichtigung.

I. Brust-und Bauchhöhle.

15. Auf dem Hauptschnitte tritt über der Brust und über dem Bauch dickes Fettgewebe auf. Über der Brust misst es 5, über dem Bauch 9 mm.

16. Bei der Eröffnung des Bauches entweicht keine Flüssigkeit, jedoch ein wenig schlecht riechendes Gas. Der durchschnittene, gerade Bauchmuskel zeigt ein trockenes, dunkelrotes Aussehen. Aus der Bauchhöhle lassen sich 250 ml klarer, gelblicher, leicht opaleszierender, wässriger Flüssigkeit ausschöpfen. Das Netz reicht schürzenförmig nach unten bis etwa 8 cm oberhalb der Schamfuge. Im oberen Winkel des Schnittes tritt die stark missgebildete Leber hervor, sie ragt 7 cm über den Schwertfortsatz hinab; nur ein kleiner Teil des übergroßen Magens ist sichtbar. Die Leber ist stark verkleinert und zurückgebildet, die fehlenden Teile wurden vom Körper durch funktionsun-

tüchtiges Bindegewebe ersetzt. Die vorliegenden Dünndarmschlingen sind im Schnitt etwa 5 cm dick, die Serosa ist grauweiß, feucht, glatt und glänzend.

a) Brusthöhle.

17. Die großen Brustmuskeln haben eine gleichmäßige, fleischrote Farbe.

18. Nach Herausnahme des Brustbeins sinkt die linke Lunge leicht zurück, die rechte nicht. Sonst keine Auffälligkeiten.

19. Die linke Lunge reicht weit über den Herzbeutel hinweg bis dicht an die Mittellinie heran. Nur ein kleines, dreieckiges Stück des Herzbeutels ist sichtbar, etwa 11cm hoch, 4 cm breit und von hellgelbem, mit Gas durchsetztem Fettgewebe überlagert.

20. Das Herz hat eine besondere Auffälligkeit: in der linken Kammer und Vorkammer liegt besonders viel dicklicher, weißlicher, leicht gelber Schleim vor. In der rechten hingegen befindet sich fast nichts.

21. Die Lunge, Kranzadern und Lungenschlagadern sind voll funktionsfähig gewesen und weisen keine besonderen Merkmale auf, außer dass die Lunge, vermutlich durch starken Tabakgenuss, verklebt und schwarz ist.

b) Bauchhöhle.

22. Das wandständige Bauchfell ist zart und spiegelnd. Das Netz enthält viel gelblich-rosa gefärbtes Fettgewebe. Die Blutadern sind fast leer.

23. Die Oberfläche der Milz ist glatt, die Kapsel blaurot, durchscheinend; die Milz ist 14 cm lang, 10,5 cm breit,

3,5 cm dick. Die Milz fühlt sich fest an, die Schnittfläche ist braunrot, die Lymphknötchen sehen glasig aus. Die Milzbälkchen sind deutlich zu erkennen. Aus den Blutadern tritt beim Durchschnitt dunkelschwarzrotes Blut aus. Milzmasse lässt sich nirgends abstreichen.

24. Die linke Niere ist leicht geschädigt, aber noch voll funktionsfähig. Sie ist von einer 1,5 cm dicken Lage von gelbem Fettgewebe umgeben. Die Niere ist 13 cm lang, 7,5 cm breit und 4,5 cm dick. Keine weiteren Auffälligkeiten.

25. Im Mastdarm liegen sehr viele geformte Kotmassen von bräunlicher Farbe. Die Farbe der Schleimhaut ist im Ganzen graurot, einzelne Falten sind stärker gerötet, bei genauem Zusehen erkennt man zahlreiche Blutpunkte.

26. Die Samenblasen sind beidseitig gleichgroß und die Schleimhaut ist glatt und gelblich weiß.

27. Der Samenleiter ist derb anzufühlen.

28. Die Scheidenhaut des l. Hodens ist leer. Die Hodensubstanz ist durchscheinend und graurotgelb. Die Konsistenz ist fest.

29. Die Nebenhoden sind ebenfalls fest und von gleichmäßigem Aussehen auf der Schnittfläche. Sie haben eine graugelbliche, fächerige, glatte Schnittfläche.

30. Der Zwölffingerdarm ist durch Gas stark ausgedehnt, ebenso der Magen, dessen Überzug grauweiß und glatt ist. Im Zwölffingerdarm wenige Kubikzentimeter gelben Schleims, aus dem Magen entweicht etwas Gas, es ist wenig Inhalt zum Ausschöpfen, der stark nach Methanol riecht. Bei Druck auf die Gallenblase entleert sich gallengangsmündig grünliche, dünnflüssige Galle.

31. Der Bauchfellüberzug des Magens ist überall glatt. Die Schleimhaut des Magens ist an der großen Krümmung in Längsfalten gelegt, die sich leicht verstreichen lassen. Die Schleimhaut ist graurot und glatt und ohne Substanzverlust.
32. Die Oberfläche der Leber ist gelblich und schrumpelig. Sie misst 16 cm in der Länge, 15 cm in der Breite und 7 cm in der Dicke. Die Farbe ist gelblichgrau und die Konsistenz weich. Aus der Schnittfläche dringt wenig hellrotes Blut. Sie ist stark zurückgebildet und von funktionsunfähigem Bindegewebe umgeben.
33. Das Gekröse weist keine Anomalitäten auf.

II. Kopfhöhle.
34. Auf dem Schnitt treten nur vereinzelte Blutpunkte auf. Keine Anomalitäten.
35. Die Oberfläche des Schädels ist symmetrisch geformt, die Farbe graurot. Der Schädel sägt sich schwer. Die Innenfläche ist glatt.
36. Die harte Hirnhaut ist gleichmäßig, straff gespannt, die Farbe im Ganzen graurot. Im Längsblutleiter findet sich nur feuchtes, teils speckiges Gerinnsel. Die Innenseite der Hirnhaut ist glatt, grauweiß und glänzend.
37. Die Schädelgruben sind leer.
38. Die an der Hirnbrücke liegenden Schlagadern sind mit dunkelkirschrotem Blut gefüllt, die Wandungen sind zart und elastisch.
39. Die linke und rechte Seitenkammer enthält jeweils wenige Tropfen rötlich gefärbter, wässriger Flüssigkeit,

ihre Wand ist überall gleichmäßig zart und grauweiß. Das Adergeflecht ist blaurot; einzelne Blutadern treten als dicke, blaurote Stränge hervor.

40. Die Gefäßplatte ist zart, graurot, die darin verlaufenden Blutadern sind fast vollständig gefüllt. Die dritte Kammer ist leer. Die Auskleidung fast überall zart.

41. Im Kleinhirn ist die graue Substanz graurot gefärbt und deutlich gegen die blendend weiße Marksubstanz abgesetzt.

42. Die Hirnhaut am Grunde und auf der Seitenwand ist glatt und glänzend. Der Querblutleiter auf der rechten Seite ist mit flüssigem, dunkelkirschrotem Blut gefüllt und zwar vollständig. Der linke Querblutleiter ist leer.

43. Die Knochen an dem Schädelgrunde und den Seitenwänden sind glatt und gleichmäßig graurot.

Hiernach schloss der Obduzent die Sektion und gab sein Gutachten dahingehend ab:

1) Dieser Mann litt an einer weit fortgeschrittenen Leberzirrhose, hervorgerufen durch starken Alkoholmissbrauch.

2) Er war schwer übergewichtig und hat dadurch seine Lebenserwartung stark eingeschränkt.

3) Die Kratzer und Schürfungen auf seinem Rücken wurden nicht mit der Todesursache in Verbindung gebracht. Sie wurden wahrscheinlich durch weibliche Fingernägel hervorgerufen, da sich in den Wunden Spuren von Dreck und Puder befinden. Sie mögen in heftiger Gegenwehr oder in bemerkenswert heftiger Wollust ihre Ursache haben.

4) Die offizielle Todesursache wird als Leberzirrhose eingetragen und genehmigt durch den Obduzenten.
5) Für die Schuld eines Dritten an dem Tode des Herrn Eisenbahndirektors Ernst Rosenthal hat die Obduktion keinen Hinweis ergeben.

Soest, 6. Februar im Jahre des Herrn 1890
Genehmigt durch den Ansässigen Obduzenten,
Doktor Conrad Krämer, Kreisphysikus

Tatsächlich dauerte die Obduktion nicht ganz so lange wie befürchtet. Schon im Morgengrauen war ich wieder zu Hause und wollte mich noch ein paar Stunden hinlegen. Ich schloss leise die Haustür auf und schlich müde nach oben. Nur schwaches Mondlicht fiel ins Schlafzimmer, und ich stieß mir bei dem Versuch, das Bett zu finden, den Zeh heftig am Bettpfosten. Ich fluchte und hüpfte wie Rumpelstilzchen auf einem Bein herum. Vom Bett kam ein ersticktes Lachen.

„Ich dachte, du schläfst", knurrte ich und rieb mir den geschädigten Zeh.

„Nein, ich habe gewartet. Aber es war sehr amüsant, dein Tänzchen anzusehen", kicherte sie.

„Ich habe wirklich keine Lust, mich jetzt von dir auslachen zu lassen. Ich habe gerade fast fünf Stunden lang mit einem mürrischen Kommissar den alten Bahndirektor ausgenommen. Das reicht erst mal an Humor."

Ich dachte mit Schrecken an die letzten Stunden. Die ganze Zeit stand dieser verbitterte Herr Kommissar hinter mir, gab mir Anweisungen und war dennoch nicht mit meiner Arbeit zufrieden. Ein sehr unangenehmer Geselle.

„War es nicht so erfolgreich, wie du gehofft hattest?", fragte Sophie.

Ich lachte.

„Erfolgreich? Dieser Kommissar erwartete mich schon auf der Wache. Er meinte, ich sei zu spät, dabei war es gerade mal zehn Minuten nach der vereinbarten Zeit! Was diese Münsteraner sich einbilden! Hier in Soest wird die Zeit jedenfalls noch menschlich gemessen und nicht nach Sekunden. Ich entschuldigte mich aber brav bei ihm und folgte ihm in sein Bureau. Auf dem Weg dahin traf ich noch Wachtmeister Müller und fragte ihn nach seiner Tante, die ja auch die Grippe hat, wie fast ganz Soest. Da wurde der Kerl unfreundlich, na gut, das war er schon die ganze Zeit, und hat mich regelrecht weitergezerrt.“

Ich schüttelte den Kopf.

„Und was hat er dir im Bureau gesagt?“, fragte Sophie, und ich hörte die Bettdecke rascheln.

„Er hat mich auf einen Stuhl gedrückt und mir genau gesagt, wie ich obduzieren soll. Das wäre alles überflüssig gewesen. Ich bin schließlich Arzt. Das ist zwar erst meine zweite hochrangige Obduktionsleiche, aber ich weiß doch wohl, wie das geht. Dann fragte ich ihn, wie er überhaupt heiße und wer er sei. Da guckte er etwas überrascht und knurrte dann unfreundlich: Carl Lavage, Kommissar aus Münster und mit dem Fall des toten Eisenbahndirektors beauftragt. Ich sagte also zu ihm: Freut mich Sie kennen zu lernen, Herr Oberhauptwachtmeister und Oberinspektor der Kaiserlichen Reichspolizei.

Das war mein Test, um herauszufinden, ob der Mensch überhaupt Humor hat. Aber das war wohl zu viel verlangt. Humor hat er wahrhaftig nicht. Er beugte sich bedrohlich über den Tisch und knurrte mich wie ein Hund an: Für Sie bin ich Kommissar Lavage, verstanden?“

„Und dann?“ Sophie war schrecklich neugierig.

„Nun, wir gingen ins Waisenhaus und ich begann mich umzuziehen. Als ich dem Leichnam die Hand schüttele und mich vorstelle, seh’ ich, dass der feine Kommissar die Augen verdreht, aber unser guter Wachtmeister Müller lachte. Der war nämlich auch dabei, obwohl ihm nachher ziemlich schlecht wurde und der Kommissar das Protokoll übernehmen musste. Ich diktierte also dem Müller, was ich sah, die Quetschungen und die Kratzer auf dem Rücken und alles andere, dann setzte ich zum ersten Schnitt an, als der Lavage bellte: ‚Halt!' Ich drehte mich zu ihm um, und er zeigte mir doch tatsächlich, wo ich anzusetzen hatte. Ich schnitt also, wie er es wollte, und wich entsetzt zurück. Aus dem Bauch, der ganz schön aufgebläht war, entwich ein so ekliger Gestank, dass Müller sich in den nächsten Mülleimer übergab."

Ich lachte bei der Erinnerung, wie der Wachtmeister seinen Kopf in die Tonne steckte, dass es aussah wie bei einem Pferd, das seine Nase in den Futtertrog steckt.

„Nach dreimaligem Übergeben schickte Lavage ihn hinaus und übernahm das Protokoll selbst. Wir redeten kaum miteinander. Immer wieder wies er mich zurecht, was ich falsch machte und wie ich es besser machen sollte. Er ging mir wirklich auf die Nerven. Irgendwann sagte ich dann zu ihm: ‚Bitte, hier ist das Skalpell, schneiden Sie selber!' Er sah mich mit zusammengekniffenen Augen an und brummelte einen Befehl. Ich seufzte und machte weiter. Die Zeit verstrich sehr, sehr langsam, kannst du dir vorstellen."

Lavages Blick hatte mich völlig enerviert, aber das erzählte ich meiner lieben Sophie natürlich nicht.

„Und? Ist dir irgendwas aufgefallen am Herrn Eisenbahndirektor?"

Ich nickte.

„Ja, er hatte eine missgebildete Leber, ein schwaches Herz und wog an die fünfzig Pfund zu viel. Kein Wunder, dass er starb. Ich gehe mal davon aus, dass das, was die meisten über ihn gesagt haben, stimmt. Er hat zu viel gegessen und zu viel dem Dämon Alkohol zugesprochen. Außerdem, was ich sehr interessant fand, waren die kleinen Kratzer auf seinem Rücken und in seinem Nacken."

Ich schwieg, um Sophie neugierig zu machen.

„Wieso? Was war daran ungewöhnlich?", schoss sie auch schon ihre nächste Frage ab.

Ich fuhr fort: „Na ja, sie erinnern mich irgendwie an Katzenkrallen. Hauchfein, aber tief genug im Fleisch, um weh zu tun. Der ganze Nacken war voll damit", übertrieb ich.

„Auch auf dem Rücken waren ein paar. Ich habe dem Lavage erst einmal die Schamesröte ins Gesicht getrieben, als ich sie ganz sachlich als Spuren von vermutlich weiblichen Fingernägeln abgetan habe. Meine Güte, war der rot im Gesicht. Wie ein Krebs. Der hat bestimmt keine Frau, sonst wäre ihm das nicht so peinlich gewesen."

„Conrad, bitte!"

„Was ist? Du bist mit einem Arzt verheiratet. Wir Ärzte sehen eben alles, auch die delikaten Dinge, mit rein wissenschaftlichen Augen."

„Und mit welchen Augen siehst du mich?"

Für weibliche Spitzfindigkeiten war ich wirklich zu müde, weshalb ich mich wortlos niederlegte, als Sophie doch noch die alles entscheidende Frage stellte:

„Und? Woran ist der Herr Direktor nun gestorben?"

„Leberzirrhose", murmelte ich fast schon schlafend.

„Bitte, woran? Conrad, ich bin kein Arzt. Was ist das, für einfache Leute gesagt?", quengelte sie.

Ich seufzte und drehte mich zu ihr herum, nun wieder ganz wach.

„Das ist, wenn man zu viel Alkohol trinkt, sich wenig bewegt und noch dazu zu fett isst. Bei ihm kam noch das Rauchen hinzu. Dann schrumpft die Leber und wird zäh und knotig und sieht gar nicht mehr so lecker glatt und glänzend aus wie zu Stampfkartoffeln und Sauerkraut. Das heißt also: Er wurde nicht umgebracht, sondern hat sich nach und nach selbst … ", ich suchte nach dem richtigen Wort, „vergiftet. Ein Tod auf Raten mit legalen Mitteln: Bier, Wein, Pfeifentabak, Kautabak und so weiter. War das deutlich genug?"

Fast enttäuscht klang es nun herüber: „Da wird Fanny sich aber ärgern, dass sie mit ihrer Vermutung falsch lag. Sie meinte ja, dass der Herr Direktor umgebracht wurde. Dasselbe meinte auch der Hans, aber das stimmt ja dann gar nicht. Ich hoffe, dass du Recht hast. Aber ich denke auch, wenn er doch umgebracht wurde, dann bestimmt aus einem guten Grund."

„Sag Fanny bloß nichts davon. Ich will nicht, dass es heute Mittag ganz Soest weiß. Denn dann kann es nur von mir oder den Wachtmeistern kommen, und du weißt: Normalerweise habe ich Schweigepflicht."

„Ach, dann sage ich einfach, du hast im Schlaf geredet. Das wäre doch gar nicht so abwegig. Du schwatzt andauernd im Schlaf und knirschst mit den Zähnen."

Ich seufzte und murmelte noch etwas, dann hörte ich nichts mehr.

Morgens rüttelte Sophie mich an der Schulter. Ich erwachte und setzte mich. Draußen ging gerade die Sonne auf.

„Guten Morgen. Ich dachte, du würdest mir böse, wenn ich dich nicht rechtzeitig wecken würde“, sagte sie, und ich lächelte.

„Niemals, niemals wäre ich böse auf dich. Wie spät ist es denn?“

Ich warf einen Blick auf meine Taschenuhr. Noch früh genug. Ich stand auf und erschauerte vor Kälte. In dem Krug unter der Waschschüssel war nicht mehr viel Wasser, aber es würde reichen. Ich wusch mich und trocknete mich mit dem weichen Tuch neben dem Holzgestell ab. Dann zog ich mich an und ging hinunter in die Stube.

Ich platzte in den Raum und suchte ihn mit den Augen ab.

„Was gibt es denn zum Frühstück? Ich habe einen pyramidalen Hunger.“

Auf dem Tisch standen schon dampfender Kaffee, frisches Brot und reichlich Aufschnitt. Wir frühstückten, und ich merkte gar nicht, wie die Zeit verflog. Plötzlich dröhnten schon die Kirchenglocken los, und ich stand hastig auf.

„Ich muss gehen. Ich wünsche dir einen schönen Tag“, sagte ich zu Sophie und gab ihr einen flüchtigen Abschiedskuss, der irgendwo zwischen Nase und Auge landete. Dann zerrte ich mir meine Weste über und ging zur Tür. Als ich sie fast erreicht hatte, rief sie:

„Conrad?“

Ich drehte mich ohne anzuhalten um.

„Ja?“, fragte ich und hielt schon die Klinke in der Hand.

„Du solltest deine Weste richtig herum anziehen.“

Die Tür fiel hinter mir ins Schloss, und Sophies Lachen verhallte hinter mir im Flur. Ich nahm meine Sachen vom Haken der Garderobe und ließ Caspar vom Stalljungen einspannen. Dann machte ich mich auf den Weg in einen langen Arbeitstag.

Immer wieder drehte Marie den kleinen Zettel, den Anna ihr so unvermittelt in die Hand gedrückt hatte, zwischen den Fingern. Vom Auf- und Zuklappen, Hin- und Herwenden sichtlich angegriffen, war aus dem kleinen Stück weißen Papiers innerhalb eines Monats ein zerfledderter Fetzen geworden, den Marie nur weglegte, wenn sie gerade beide Hände benötigte. Und das war nicht häufig der Fall.

Es war Freitag, 12.46 Uhr. Sie ging nervös in ihrer Wohnung umher, warf jedes Mal, wenn sie daran vorbeikam, einen Blick in den Spiegel und rückte ihre Frisur zurecht, obwohl diese schon seit dem Morgen makellos saß.

Penelope lag entspannt neben der Kommode in der Diele und schaute skeptisch mit an, wie ihre Besitzerin alle zwei Minuten hastig an ihr vorbeilief, als hätte diese eine Kerze umgeworfen und müsse nun so schnell wie möglich den entstandenen Brand löschen. Nur dass das Feuer sich nicht an den Gardinen hoch fraß oder ein gesticktes Deckchen einäscherte – um das es kaum schade gewesen wäre! – , sondern offensichtlich in dem kleinen Papier loderte, das Marie in der Hand hielt und sie ganz verrückt machte.

Gerade wollte sie wieder in den Salon einbiegen, da legte sich die große Katze direkt vor ihre Füße.

„Miau“, machte sie auffordernd, aber Marie ließ sich nicht beruhigen und stieg flink über das Tier hinweg.

„Penelope, ich glaube, du weißt nicht, wie brenzlig die Situation ist.“

„Miau“, erwiderte die Katze resigniert, erhob sich und tapste dann langsam zum Sofa, auf das sie sich schließlich niederließ.

Marie seufzte unschlüssig und warf einen Blick auf die große Standuhr: 12.49 Uhr. Noch eine Stunde!

Das Gebäude No. 1099 in der Jakobistraße stellte sich als stattliche Villa mit langem Zufahrtsweg heraus. Marie hielt inne.

Obwohl das imposante Wohnhaus von einem nicht geringen Vermögen der Besitzer zeugte, war es in einem auffällig heruntergekommenen Zustand. Die Fassade, die einst strahlend weiß gewesen sein mochte, hatte mit der Zeit ein grünliches Grau angenommen, und auch die goldenen Türknäufe konnten mal wieder poliert werden. Rechts und links der großen, rundbogigen Eingangstür rankten grüne Pflanzen zwischen den Fenstern empor, von denen eines offen stand.

Marie ging langsam den gepflasterten Weg hinauf, bis sie vor dem kleinen Absatz halt machte und nach oben sah. Aus dem geöffneten Fenster aber drang kein noch so leises Geräusch, das darauf hingewiesen hätte, dass sich überhaupt jemand im Haus befand.

Mit zitternden Fingern betätigte Marie den angelaufenen Türklopfer und wartete ab.

Eine ganze Weile verging, und sie fragte sich, ob sie wohl nicht laut genug geklopft hatte oder ob Frau Vogt vielleicht gar nicht zu Hause war. Gerade wollte Marie die Hand erheben, um erneut an die Tür zu klopfen, da öffnete sich diese schon knarrend.

„Guten Tag."

Noch bevor Marie sehen konnte, wer ihr die Tür aufmachte, hatte sie erkannt, wessen Stimme sie begrüßte.

Mit zweifachem Erstaunen musterte sie die Gestalt vor sich, die ein weites, türkisfarbenes Kleid trug, das Marie stark an ein Nachtgewand erinnerte. Es war auf den Schultern zusammengerafft, sodass der Stoff unter Annas Hals in die Form eines ‚V' fiel und zudem Taille und Hüften nur erahnbar machte. Die dunklen Haare trug sie in einem lockeren, geflochtenen Zopf, der ihr lang über den Rücken fiel.

Marie wusste nicht genau, was sie in diesem Moment mehr erstaunte: die Tatsache, dass Anna ihre Gäste höchstpersönlich an der Tür in Empfang zu nehmen pflegte, oder ihr Äußeres, das Marie stark an sich selbst erinnerte, wenn sie kurz davor war, sich schlafen zu legen. Sie war sich nicht sicher, ob sie dieses Auftreten als unhöflich und unangebracht empfinden sollte. Alles, was sie über Etiquette und das Verhalten in der Öffentlichkeit zu wissen meinte, sträubte sich gegen das blaugrüne Kleid und den langen Zopf, aber andererseits musste sie sich eingestehen, dass Anna Vogt sehr gut damit aussah, keineswegs unordentlich oder anmaßend. Außerdem befanden sie sich ja nicht in der Öffentlichkeit, sondern bei dieser Frau zu Hause.

„Guten Tag", erwiderte auch Marie und trat zögerlich an Anna Vogt vorbei in den Flur.

Links war ein großer Kamin in die Wand eingelassen, rechts führten zwei Treppenläufe ins Obergeschoss. Direkt gegenüber dem Eingang, wenn man dem schwarz und weiß gefliesten Boden bis zum Ende folgte, kam man zu einer großen Rundbogentür, die aus einem eisernen Sprossenskelett bestand, das mit Glasscheiben ausgefüllt war. Nur wenige Sonnenstrahlen gelangten durch das dichte Grün dahinter auf den Fußboden der Diele.

Wie angewurzelt stand Marie da und bestaunte die großblättrigen, exotischen Pflanzen, die sich hinter der Glastür befanden.

„Kommen Sie mit nach oben, Alfred hat bereits Kaffee aufgesetzt."

Anna schritt in ihrem weiten Gewand an Marie vorbei und die Stufen hinauf. Noch einmal huschten Maries Augen zum Wintergarten, den sie sich gerne aus der Nähe angeschaut hätte, folgte dann aber ihrer Gastgeberin in die erste Etage.

„Bonjour, Madame", begrüßte sie der Diener, der mit seinem Tablett auf dem Arm etwas krumm dastand und – so grau, wie er war – schon ein ansehnliches Alter haben musste.

Marie nickte ihm zu.

„Ich nehme das schon, Danke vielmals", sagte Anna Vogt wie zu einem guten Freund und nahm Alfred salopp das Tablett aus der Hand. Maries Kinnlade klappte herunter.

„Hier entlang", sagte die Gastgeberin, die den Kaffee auf einer Hand balancierte und auf ihren ledernen Pantoffeln durch die Türrahmen spazierte.

Hastig zog Marie die Nadeln aus dem Hut, streifte die Jacke ab und legte sie Alfred in die Hände, der daraufhin eine kleine Verbeugung machte.

Marie war sich nicht mehr ganz sicher, ob sie hier tatsächlich im richtigen Haus war. Anna Vogt, der kühle und verschlossene Mensch, den Marie kennen gelernt hatte, hatte sich in eine offene und freundliche Person verwandelt, in deren Haus sie von jeglichen Konventionen Abstand und die Dinge anscheinend lieber selbst in die Hand nahm. Schnell bemerkte Marie, dass man hier keinen Wert auf Prunk und Protz legte, denn das Haus machte größtenteils einen unbewohnten Eindruck. Möbel waren mit weißen Laken überhängt, Kommoden eingestaubt.

Das Zimmer, in das Marie geführt wurde, war jedoch eines der wenigen, das bewohnter nicht hätte aussehen können.

Unzählige Bücher lagen, auf kleinen Stapeln verteilt, im Raum herum. Vor dem Fenster stand schräg eine Recamiere, auf dem Tisch daneben ein Strauch exotischer Blumen. Der Raum war hell und freundlich eingerichtet, alles passte auf eine gewisse Weise zueinander. Anna Vogt hatte durchaus ein Auge für Ästhetik, nicht dass es Marie erst jetzt aufgefallen wäre. Wie in ein Gemälde fügte sie sich in ihrer ungewöhnlichen Kleidung in diesen ungewöhnlichen Raum, der ganz anders war als Maries Wohnung. In ihrem engen Kleid, das sie immer für das Schönste ihrer Garderobe gehalten hatte, fühlte sie sich unwohl und wusste, dass es durch Spitzen und Volants unglaublich überladen erscheinen musste.

Die Dunkelhaarige stellte das Tablett auf dem Beistelltisch ab und setzte sich auf die Recamiere. Erst jetzt bemerkte Marie, dass das Fenster offen stand. Dünne Vorhänge wehten leicht im Wind.

„Setzen Sie sich“, kam es aus Anna Vogts Richtung, die gerade dabei war, eine Zigarette aus der Schachtel auf dem Tisch zu angeln und sie in eine kurze, schwarze Spitze zu stecken.

Marie setzte sich ans andere Ende der Recamiere und lauschte dem unverwechselbaren Geräusch eines Sicherheitszündholzes, das über die dafür vorgesehene Reibfläche gezogen wurde und sich daraufhin entzündete.

Eine kleine Rauchwolke stieg auf.

„Sie interessieren sich für meinen Wintergarten?“, fragte Anna Vogt und reichte ihrer Besucherin eine kleine weiße Tasse.

„Ja. Also, ich wusste nicht, dass Sie einen Wintergarten hinter dem Haus haben.“

Marie nahm einen kleinen Schluck, das Getränk schmeckte bitterer als sonst. Sie verzog das Gesicht und platzierte den Kaffee bedächtig auf einem Stapel Bücher neben ihrem Fuß. Anna lächelte und legte den Kopf in den Nacken.

„Wo, dachtest du, kommen die Orchidee und der Hibiskus her, die ich dir geschenkt habe?“

Sie legte den Kopf auf die Schulter und sah Marie an. Keine Maske, kein eiserner Blick. Es hätte eigentlich nicht mehr viel gefehlt, um sich durch diesen Kommentar abermals in die Enge getrieben zu fühlen. Doch auch Marie musste nun schmunzeln und zuckte unbeholfen mit den Schultern.

„Oh, Entschuldigung. Ich darf doch ‚du‘ sagen?“

„Ähm … ja, natürlich“, sagte Marie, die an dieser Stelle ein ‚Sie‘ auch deplatziert gefunden hätte. Überhaupt sah sie ihre Gastgeberin mittlerweile weniger als eine zu siezende als eine zu duzende Person an.

„Ich denke, das ist meine Passion … “

Mit dem Fuß stieß Anna sachte gegen ein Buch, das vor ihr aufgeschlagen auf dem Boden lag. Marie bemerkte, dass sich alle Bücher im Raum mit botanischem Fachwissen beschäftigten und empfand zum ersten Mal eine Art konkrete Bewunderung für Anna, die eine Beschäftigung gefunden hatte, die sie erfüllte und gleichzeitig andere begeisterte.

„Ich habe damit angefangen, als ich gerade einmal zwölf Jahre alt war." Sie führte die Zigarettenspitze an den Mund. „Und jetzt ist es wie eine Sucht für mich."

Sie blickte zur Decke hoch.

„Pflanzen können süchtig machen?"

Anna schloss kurz die Augen und lachte stumm.

„Das ist wohl allgemein bekannt … “

Marie wurde sich der Zweideutigkeit ihrer Frage bewusst und musste ebenfalls kurz lachen.

„Ich würde mir den Wintergarten gerne ansehen."

„Ich weiß."

„Ist das möglich?"

Marie fühlte sich beschwingt.

„Vielleicht"

Wie eine Sphynx, halb liegend, halb sitzend, funkelte Anna sie an.

„Vielleicht ein anderes Mal."

„Warum nicht jetzt?"

„Warum gerade jetzt?"

„Das weiß ich nicht."

„Und ich sitze gerade so bequem."

„Na gut. Dann ein anderes Mal."

„Sitzt du bequem?“

Unbewusst legte Marie die Hand auf den Bauch. Wie konnte sie in dieser Bekleidung bequem sitzen? Das war unmöglich.

„Ja. Danke der Nachfrage.“

„Darin könnte ich auch nicht bequem sitzen“, sagte Anna und deutete mit der Zigarette auf Maries Bauch, bevor sie sie ausdrückte.

„Wer kann das schon?“

„Niemand. Und deshalb gehören sie abgeschafft.“

„Das sagt sich so leicht.“

„Da hast du Recht.“

Anna fuhr sich mit den Fingern durchs Haar.

„Wie geht es dir?“

Die Ernsthaftigkeit dieser Frage zog die lockere Atmosphäre durch das offene Fenster aus dem Raum und nahm ihrer beider Lächeln gleich mit.

Marie betrachtete ihre Hände.

„Was erwartest du für eine Antwort?“

„Ich erhoffe mir eine Gute und erwarte eine Schlechte.“

„Das tue ich ebenso.“

„Bedrängt er dich?“

Anna hatte sich aufgerichtet. Die Frage hallte in Maries Ohren wider. Sie schloss die Augen, als könne sie sich selbst vor der Wahrheit noch entziehen.

„Marie, ich habe es dir schon einmal gesagt. Beende es, solange es noch möglich ist.“

„Und du denkst, das ist es?“ Marie hob den Kopf.

„Ich sage dir was. Ich lebe schon länger in Soest als du, und ich weiß, was für einer er ist. Er erzählt dir das Blaue vom Himmel, macht sich klein und hängt sich an Dich. Du denkst, du hast die Zügel in der Hand, aber wenn du es ernst meinst und dich von ihm distanzieren willst, erkennst du ihn nicht wieder. Ich will nur wissen, ob du noch die Möglichkeit hast, dich zu entfernen oder ob du es schon zu weit getrieben hast!"

„Ich bin bereits dabei, mich von ihm abzuwenden", sagte Marie gefasst. „Dass ich in dieser Situation stecke, ist allein meine Schuld, und ich werde auch allein einen Weg finden müssen, damit umzugehen."

Überrascht von ihrer Selbstsicherheit, schaute sie Anna direkt in die dunklen Augen.

„Ich mache mir Sorgen um dich."

„Das verwundert mich."

„Tatsächlich?"

„Nein."

„Schon beim Sommerball habe ich mir Sorgen um dich gemacht."

„Warum nur?"

„Vielleicht wusste ich, was passieren würde."

„Du meinst, als ich mit ihm gesprochen habe?"

„Nein." Sie legte eine Hand auf Maries Knie.

„Als ich mit dir gesprochen habe."

Von einer plötzlichen Vertrautheit umgeben, lehnte Marie sich gegen Annas Schulter.

„Danke", sagte Marie leise.

„Wofür?"

„Dafür, dass du dich an jenem Abend zu mir gesetzt hast."

„Ich hätte sitzen bleiben sollen."

„Damit Rosenthal nicht deinen Platz einnehmen konnte?“

„Ja. Das bereue ich.“

„Du bereust?“

„Wer tut das nicht?“

„Ich habe immer gedacht, du bereust nichts.“

„Weil ich so aussehe, als ob ich mir bei allem sicher bin?“

„Das bist du.“

„Sicherlich nicht.“

„Wie machst du es dann?“

„Das kann ich dir nicht sagen.“

„Ich beneide dich darum.“

„Das solltest du nicht.“

Marie spürte, wie Anna ihr Kinn auf Maries Kopf sinken ließ.

„Warum kennen wir uns kaum?“, fragte Marie unvermittelt.

„Möchtest du mich denn kennen?“

„Ja.“

Marie richtete sich auf und drehte Anna den Kopf zu.

„Gut“, sagte diese. „Was möchtest du wissen?“

Marie überlegte kurz und ließ den Blick durch den Raum schweifen.

„Sag mir, wie alt du bist.“

Anna lachte kurz.

„Das ist es also, was dich beschäftigt?“

„Ja, unter anderem.“

„Na, wenn es dich so sehr bedrückt, sage ich es dir. Ich bin 31 Jahre alt.“

„Das dachte ich mir."
„Warum fragst du dann?"
„Weil ich mir sicher sein wollte."
„Und du bist 23."
„Woher weißt du das?"
„Ich habe es bloß geraten", schmunzelte Anna.
„Ich dachte, ich sehe jünger aus."
„Das tust du auch. Ich hatte Glück beim Raten."
„Wohnst du alleine hier?"
„Das Fragen macht dir Spaß, oder?"
„Ein bisschen schon."
Anna lehnte sich zurück und betrachtete ihr Gegenüber.
„Was ist?"
„Nichts. Ich schaue dich nur gerne an."
„Du weichst meiner Frage aus."
„Das stimmt."
Sie lächelte.
„Ich möchte dir meine Freunde vorstellen. Samstagabend in drei Wochen. Hast du da Zeit?"
Marie fühlte sich für einen kurzen Moment überrumpelt.
„Bin ich nun auch einer deiner Freunde?"
„Wenn du möchtest."
„Na gut, dann werde ich kommen."
„Soll ich es dir aufschreiben?", fragte Anna unbefangen.
„Ja, bitte."
Die Sphynx erhob sich, öffnete eine Kommodenschublade und nahm einen Notizblock heraus, auf dem sie zu schreiben begann.

„Bitte sehr."
Sie reichte Marie den Zettel.
„Ich freue mich schon darauf."

Nachdem ich gestern Nacht Elisabeth verfolgt hatte und ihr kleines Geheimnis nun auch mir bekannt war, wusste ich nicht recht, wie ich mit ihr umgehen sollte. Sie wirkte an diesem Morgen erstaunlich ruhig und entspannt, ganz im Gegensatz zu gestern.

Sie hatte also offensichtlich eine Affäre mit dem Apotheker. Doch seit wann? In der kurzen Zeit, in der ich hier war, konnte sie auf gar keinen Fall eine so intime Beziehung zu jemandem aufgebaut haben, was demzufolge bedeutete, dass sie schon ein Verhältnis begonnen haben musste, als Ernst, ihr Mann, noch lebte. Unglaublich! Was sagte das nun über meine Cousine? War sie deshalb immer so gefasst gewesen? Und die kleinen Unstimmigkeiten in ihrem Auftreten waren nur Reaktionen, die sie zeigte, weil sie befürchtete, man käme ihr auf die Schliche? Oder besser: ihnen beiden … ?

Und das Laudanum? Was wollte sie mit diesem Mittel? Eigentlich sollte es für mich noch offensichtlicher sein als diese Affäre, aber aus irgendeinem Grund hoffte ich, dass Elisabeth nichts mit dem Fläschchen zu tun hatte, auch wenn sie es von dem Apotheker in die Hand gedrückt bekommen hatte. Vielleicht wollte er ihr in dieser besonders schweren Lebenssituation auf seine Art helfen. Ich wusste im Moment selber nicht, was ich darüber denken sollte. Weder über meine Cousine noch über die kleine braune Flasche. Was ging hier vor sich?

„Reichst du mir das Kännchen?“, riss mich Elisabeths Stimme aus meinen Gedanken. Ich schaute sie verwirrt an:

„Wie bitte?“

„Das Kännchen mit der Milch?“ Ihre Augenbrauen zogen sich zusammen.

„Ach, so ... ja, natürlich.“

Ich reichte es ihr. Sie goss sich ein wenig Milch in ihren Tee, rührte ihn um und nahm einen kleinen Schluck, um daraufhin noch etwas mehr hineinzugeben.

„Du wirkst heute, nun, wie formuliere ich es mal angemessen, ... sehr ... abwesend“, stellte sie fest, während sie auf ihre Tasse sah und langsam ihr Getränk mit dem Löffel rührte.

„Ich vermisse wohl meine Familie“, log ich, auch wenn das nicht nur eine Lüge war, sondern auch meinen tatsächlichen Gefühlen entsprach.

„Mhm, dann ... “, doch weiter kam sie nicht. Ein lautes Klopfen unterbrach unser Frühstück.

Jemand war gekommen, die Tür wurde geöffnet und im Rahmen stand der Münsteraner Kommissar Carl Lavage.

„Frau Rosenthal, ich möchte mich hier gerne noch einmal umsehen!“

Zum ersten Mal seit ich hier war, freute ich mich über die Polizei. Ich hoffte, der Kommissar würde Elisabeth noch ein paar Fragen stellen, durch die auch ich mir Klarheit verschaffen konnte, doch er war nur daran interessiert, sich im Arbeitszimmer von Ernst umzusehen.

Zunächst blieb er einfach in der Mitte des Raumes stehen und ließ seinen Blick langsam über die Möbel wandern. Er blieb dabei vollkommen still und rührte sich keinen Zentimeter. Dann zog er kurz Luft durch die Zähne und trat einen Schritt an das Bücherregal heran, aus dem damals der Zeitungsausschnitt stammte. Elisabeth machte einen kleinen Satz zurück. Vielleicht hatte sie Angst, er würde wieder etwas finden, das sie in die Enge trieb. Ich hoffte still darauf. Irgendetwas stimmte hier ganz und gar nicht, und ich war mir absolut sicher, dass es entweder sehr viel oder sogar ausschließlich mit der guten Cousine zu tun hatte.

„Sagen Sie, was suchen Sie überhaupt?“, fragte Elisabeth in die Stille hinein.

Der Kommissar reagierte mit einer Gegenfrage: „Ihr Mann war sehr an Eisenbahnen interessiert, ja?“

„Bitte?“ Nun war *sie* irritiert.

„Er hat sehr viele Fachbücher.“

„Er war ja auch der Eisenbahndirektor.“

„Ja, ja, das weiß ich ja. Einer mit Leidenschaft, wie es scheint.“

Sie war über diese banale Feststellung erstaunt, versuchte sich aber dadurch nicht aus der Ruhe bringen zu lassen.

„Sie haben meine Frage noch nicht beantwortet, Herr Lavage.“

Er wandte ihr kurz den Blick zu und lächelte:

„Ich suche nach dem, was sie oder ihr Mann vor mir zu verstecken versuchen.“

Dieser Kommissar war wirklich geschickt, er lockte sie so leicht aus der Reserve, ohne große Anstrengung. Ich stand daneben und muss gestehen, ich genoss die Vorstellung, die sich hier bot.

Aber anstatt sich weiter darauf weiter einzulassen, lächelte Elisabeth ebenfalls.

„Na dann, das kann ja nicht lange dauern. Wir haben nichts zu verstecken."

„Dann brauchen Sie sich auch nicht unnötig aufzuregen. Ich schau mich nur noch mal kurz um, und dann bin ich weg. Ich hatte Ihnen schon erklärt, warum wir diesen Fall mit äußerster Sorgfalt bearbeiten müssen."

„Ja, ich weiß. Mein Mann war ein Privatmensch *und* ein Mann der Öffentlichkeit", leierte sie seine Ansprache vom letzten Besuch herunter. „Danke, das weiß ich. Ich war mit ihm verheiratet."

„Na dann", kommentierte er mit einem weiteren kurzen Lächeln. Dann ließ er vom Regal ab und widmete sich dem Schreibtisch. Mit einem leisen Knarren zog er den Stuhl zurück und setzte sich an Ernsts Arbeitsplatz.

„Sehr bequem. Darum arbeitete Ihr Mann wohl viel", lachte er.

Seine heitere Stimmung und seine langsame, aber effektive Vorgehensweise machten Elisabeth zunehmend nervös. Ich vermutete, dass sie genau wusste, dass es etwas gab, das er nicht finden durfte. Sie nestelte nervös an ihren Fingernägeln und biss sich auf der Unterlippe herum. Sie bemerkte, dass ich sie beobachtete, und warf mir einen finsteren Blick zu, ehe sie sich wieder an den Kommissar wandte:

„Behalten sie diese unnötigen Kommentare für sich und machen Sie endlich Ihre Arbeit! Ich habe Besseres zu tun, als hier herumzustehen!"

Er schloss laut die Schublade, in der er gerade zaghaft gewühlt hatte und machte sich direkt an die nächste, die er mit der gleichen Vorsicht durchsah: „Frau Rosenthal, es wird so lange dauern, wie es dauert. Ich verspreche Ihnen, dass ich nicht eher gehe, bis ich etwas gefunden habe, und ich bin mir sicher, dass ich hier etwas finden werde."

„Wir verstecken nichts vor Ihnen!", rief sie aufgebracht.

„Wir?", meldete ich mich zu Wort und kassierte einen weiteren finsteren Blick. Das war mir inzwischen gleichgültig, denn Elisabeth hatte mein Vertrauen verspielt.

„Ja, Frau Rosenthal, wen meinen Sie mit *wir*?"

Sie antwortete nicht, sondern sah wütend zu Boden.

„Dachte ich mir fast." Der Kommissar schloss die letzte Schublade. „So leicht macht Ihr Herr Gemahl es mir nicht."

„Das sage ich doch die ganze Zeit", kam es zähneknirschend von meiner Cousine.

Lavage beachtete sie nicht weiter, ließ stattdessen seinen Blick noch einmal über die Tischplatte schweifen, sah kurz in die Papiere, die vor ihm lagen. Dann blickte er auf und sah genau auf eine alte Truhe, über der ein Regalbrett angebracht war, auf dem ein großes Modell einer Lok stand. Der Blick des Kommissars blieb an dem Modell haften. Er ließ es auch nicht aus den Augen, als er langsam den Stuhl zurückschob und sich erhob.

„Statt Löcher in den Boden zu starren, Frau Rosenthal", sagte er, während er Schritt für Schritt auf die Eisenbahn zuging und Elisabeth den Kopf wieder hob, „verraten Sie mir lieber, woher dieses Lok stammt. Von wem hat Ihr Mann dieses fantastische Modell erhalten?"

„Das weiß ich nicht mehr … ", antwortete meine Cousine. Langsam näherte auch ich mich der Lok, ich wollte ebenfalls sehen, was den Kommissar so anzog.

Die Dampflok war recht groß und füllte allein das ganze Regalbrett.

„Warten Sie kurz“, sagte Herr Lavage zu mir und ging zurück zu den Büchern. Ich war überrascht und gespannt, was er jetzt vorhatte. Er fuhr mit dem Finger über die Buchreihen: „Hier habe ich es doch eben noch gesehen … ach, da ist es ja!“

Dann zog er ein ganz bestimmtes Buch heraus, blätterte kurz darin herum und kam wieder zu mir, als er fand, wonach er gesucht hatte.

„Sehen Sie, die gleiche Baureihe wie das Modell des Herrn Direktors hier vor uns!“

Er hielt mir das Buch hin, damit ich einen Blick hineinwerfen konnte. Auf den aufgeschlagenen Seiten befand sich ein Abbild derselben Lok, die mit diversen Ziffern versehen war, zu denen direkt darunter eine Legende zu finden war.

„Ich hatte schon gestern nähere Bekanntschaft mit diesen schwarzen Ungetümen gemacht.“ Er hielt theatralisch einen schlecht verbundenen Finger hoch. „Dem Direktor sei Dank, haben wir hier noch ein passendes Buch zum Thema!“

Er freute sich. Aber warum machte ihn dieses Modell so glücklich? Es kam mir vor wie Weihnachten, an dem der kleine Junge endlich die Blecheisenbahn bekommt, die er sich schon seit langem im Schaufenster angesehen hat. Genau dieselben leuchtenden Augen und dieselbe Begeisterung für etwas, das einem Toten gehörte und, zumindest für mich, keine Rolle zu spielen schien. Für den Kommissar offensichtlich schon.

„Sehen Sie, das hier hinten ist der Bereich für die Vorräte von Kohle, da diese Dampfloks durch Wasserdampf angetrieben werden. Wenn Sie mal hineinschauen, sehen Sie im Tender sogar kleine schwarze Kugeln liegen."

Tatsächlich lagen kleine Kugeln zur Veranschaulichung darin.

„Und direkt davor befindet sich selbstverständlich und klar erkennbar der Führerstand." Er deutete mit dem Finger auf den kleinen Raum, der mit Fenstern versehen war.

„Dann hier die Dampfpfeife."

Ich erkannte das kleine silberne Rohr rechts über dem Führerstand. „Und darunter, im vorderen Teil des Rohrkessels, ist die Feuerbüchse, die als Verbrennungsraum dient." Er sah kurz noch einmal ins Buch, um nichts Falsches zu erzählen, bevor er es dann doch zuschlug und beiseite legte. Er schaute wieder zu mir, um seine Erklärungen weiter zu führen:

„Jetzt wird es spannend: Hier, an der – ich nenne es mal – Nase der Lokomotive, ist die Rauchkammer, in der der für die Verbrennungsluft notwendige Unterdruck erzeugt wird."

Ich verstand kein Wort, aber der Kommissar schien gerade von diesem Bauteil der Lok besonders fasziniert zu sein. Er strich mit seinem Finger über das Material des Modells.

„Mal sehen … " Er ging näher an das Ende des Regalbrettes und fummelte angestrengt an der Vorderseite der so genannten Rauchkammer herum. Es dauerte etwas, bis sich seine Miene von der Anstrengung wieder befreite und er verschmitzt seinen Mund zu einem zufriedenen Lächeln verzog: „Aha, wusste ich's doch. Kein Versteck ist besser als das naheliegende. Und bei einem Eisenbahndirektor … "

Ich wollte gerade fragen, was er denn gewusst habe, da meldete sich Elisabeth wieder lautstark zu Wort:

„So, das reicht jetzt aber! Sie haben genug in unseren Privatsachen geschnüffelt. Das dürfen Sie bestimmt gar nicht ohne irgendeine Erlaubnis!"

Sie kam schnell auf ihn zu, packte ihn am Arm und wollte ihn von dem Modell wegzerren, doch er war eindeutig stärker und schüttelte ihren Griff ohne große Mühe ab.

Was hatte sie denn auf einmal? Was sollte der ganze Zirkus mit der Lok?

Der Kommissar zog die Augenbrauen hoch und schaute meine Cousine leicht herausfordernd an:

„Frau Rosenthal, Frau Rosenthal, Sie lügen die Polizei an? Das kann ich aber nicht gutheißen. Was soll ich denn nun von Ihnen denken?"

Wovon sprach er? Ich sah Elisabeth an, die nur wieder mit den Zähnen knirschte und sowohl wütend als auch irgendwie ängstlich wirkte. Ein merkwürdiger Gesichtsausdruck, den ich bei ihr noch nie gesehen hatte. Der Kommissar fuhr fort:

„Sie sagten mir doch eben noch in einer sehr hohen Lautstärke, Sie hätten nichts zu verstecken. Und was muss ich jetzt hier sehen?"

Er klappte vorne an dem Lokmodell eine Art runder Tür zur Seite und zog eine Rolle Papier heraus. Erst als er die Rolle auseinander drehte, erkannte ich, dass es Briefe waren.

„Damit habe ich nichts zu tun!“, warf Elisabeth ein.

Ich hatte auf einmal das Gefühl, hier in Soest erlebte man jeden Tag eine neue Überraschung. Gestern entdeckte ich Elisabeths kleines schmutziges Geheimnis und heute zog der Kommissar einfach mal so ein paar Briefe aus einem Versteck, auf das ich niemals gekommen wäre. Keine schlechte Leistung. Aber was stand in diesen Briefen? Wenn sie an Ernst adressiert waren und in seinem Arbeitszimmer versteckt lagen, warum sollte seine Frau etwas damit zu tun haben?

„Wissen Sie, dass Sie von diesen Briefen hier keine Kenntnis hatten, glaube ich Ihnen nicht!“, sagte der Münsteraner streng.

Er befreite die Rolle von den Schnüren, bog die Umschläge gerade, nahm den obersten Brief und öffnete ihn. Wir hielten die Luft an, alle drei. Es war totenstill. Der Kommissar faltete den Brief auseinander und las ihn mit gleichgültigem Gesichtsausdruck. Wir atmeten wieder aus.

Wir erwarteten jetzt eine aufschlussreiche Reaktion von ihm. Die kam aber nicht. Ohne eine Miene zu verziehen legte er den ersten Brief zurück, nahm den nächsten und las auch diesen. Nachdem er den zweiten Brief ebenfalls zurückgelegt hatte, schnürte er die Briefe, weiterhin wortlos, wieder zusammen.

Er nahm sie und ging in Richtung Tür, um wieder aufzubrechen. Zum Schluss sagte er noch in ruhigem, aber doch drohendem Ton:

„Ich denke, wenn Sie, Frau Rosenthal, von Anfang an ehrlich gewesen wären, dann hätten Sie sich nicht so verdächtig gemacht wie jetzt. Dass Sie von diesen Briefen wussten, ist wohl für alle hier Anwesenden offensichtlich geworden, so wie Sie sich aufgeführt haben. Die Briefe werde ich erst einmal genauer studieren und vielleicht später wieder auf Sie zurückkommen. Ich gebe Ihnen noch einen letzten Rat: Stellen Sie jetzt nichts Dummes an!"

Damit verschwand der Kommissar.

Ich schaute zu Elisabeth, deren Mund bloß noch ein Strich war. Was für Dummheiten waren gemeint, und was stand in den Briefen?

Soest, 8. Febr. 1890

Oh, liebste Nora,

wie geht es dir? Mir selbst schlägt das Herz viel zu schnell. Die Gedanken an das, was passiert ist, lassen es mir unwohl werden.

Ich nenne nur eines: die Polizeiwache. Du weißt, ich habe mein Äußerstes gegeben, um Dich aus der Sache herauszuhalten, aber der Münsteraner Kommissar weiß mehr über uns, als uns lieb sein kann.

Was soll nur aus uns werden? Wo können wir uns noch treffen, wenn nicht in der Passe? Nirgends anders können wir hin. Und was wird aus mir? Das Mindeste ist der Karzer, in den sie mich stecken können! Du weißt, unsereins vom Archigymnasium kommt schon in den Karzer, wenn man mal in einer Bierkneipe erwischt wird. Ach, lassen wir das!

Vergangene Nacht träumte ich von Dir, von Dir und mir. Ob der Traum schön war? Was für eine Frage, von Dir zu träumen ist das Schönste, was es gibt.

In meinem Traum waren wir ein Brautpaar – ein wundervoller Gedanke! An einem sonnigen Tag standest Du vor mir, in Deinem schönen blauen Kleid, Deine Augen leuchteten und Du sagtest: Julius, als Du mich fragtest, ob ich wohl einwilligen würde, Dein Weib zu werden, da war ich namenlos selig in dem Gedanken, denn ich liebte Dich, liebte Dich mit der ganzen Kraft meines Denkens. Mit zaghafter Sehnsucht sah ich dann dem Augenblick entgegen, in welchem Du selbst mir sagen solltest, dass Du meine heimliche Liebe genauso heiß erwidertest, dass

Du mich zu Deinem geliebten Weibe erheben wolltest. Dann, beim Turnfest im vorigen Sommer kamst DU, aber wie ganz anders wurde es, als ich geträumt. Statt mich an Dein Herz zu nehmen, küsstest Du mir mit formeller Höflichkeit den Handschuh und fragtest nicht einmal, ob ich Dir gut sei. Vor deiner Höflichkeit versteckte sich meine heiße, schüchterne Liebe in den geheimsten Winkel meines Herzens. So erschien auch ich Dir kalt und gleichgültig. Und doch, wie gern hätte ich, wenn Du zum Willkommen oder zum Lebewohl meine Hand leicht mit den Lippen berührtest, beide Arme um Deinen Hals geschlungen und gefragt: Julius, liebst Du mich denn gar nicht? Ich weiß wohl, ich bin nicht schön, aber ich bin Dir so gut, hab Dich so unendlich lieb. Wohl sagte ich mir, dass diese offene Frage das Richtige sei, aber ich konnte den Mut dazu nicht finden. So versuchte ich auf alle nur erdenkliche Weise Dir zu gefallen. Ich verwandte die höchste Sorgfalt auf meine Toilette, und habe meine Umgebung damit oft bitter gequält. Ich versuchte in meinem Benehmen jene Nonchalance zu legen, die ich einmal als vornehm hatte rühmen hören. Endlich suchte ich an allen jungen Mädchen, denen ich begegnete, irgendeinen Fehler heraus, um mir sagen zu können, dass auch sie Deiner nicht würdig seien. Wie oft habe ich des Abends stundenlang vor dem Spiegel gesessen und darüber geweint, dass ich so hässlich bin und Dir nie gefallen würde.

Ach, Nora, wie gut, dass dies nur ein Traum war! Ein Traum, der mich zutiefst erschüttert hat! Dass Du so sehr

an Dir zweifelst, dass Du nicht mehr an die Liebe Deines Julius glaubst! Nie hätte ich das träumen können, wäre da nicht die Angst, dass unser Verhältnis entdeckt wird. Was, wenn dieser Traum Wirklichkeit war? Bitte sag mir, dass Du mich liebst und dass Du weißt, dass ich genauso für Dich fühle.
Ach, Nora, wann sehe ich Dich wieder? Und wo? Warum darf sich ein Eisenbahndirektor heimlich in engen Gassen mit irgendwelchen Weibern treffen, aber wir nicht? Was ist besser an so einem feinen Herrn? Was hat er uns voraus, außer erwachsen zu sein? Ich begreife das alles nicht. Seit dem Verhör ist mir das Leben selbst zu einem gequälten Traum geworden.

Dein Julius

PS: Wir müssen uns einige Zeit ruhig verhalten. Unterlass es also, mir zu schreiben oder mich persönlich oder durch Eure Magd in der Stadt abzufangen! Möglich, dass hinter Allem Dein Alter Herr steckt!

Mit den Briefen in meiner Manteltasche ging ich langsam die Treppe zu meinem Hotelzimmer hinauf. Ich fühlte mich wie ein Schuljunge, der die Zettelchen, die er von den Mädchen zugesteckt bekommen hatte, jetzt heimlich auf seinem Zimmer lesen wollte, um sie anschließend unter das Kopfkissen zu legen. Aber so war es nicht. Ich war kein Schuljunge mehr und die Briefe – die hatte ich entwendet. Entdeckt. Ohne Müller.

Es war der Schatz, den die kleine Modelllokomotive preisgegeben hatte und der mir einen bedeutenden Hinweis versprach.

Neben den Briefen gab es noch mehrere kleine Billetts, die ganz hinten in dem Modell verborgen waren. Eines hatte ich bereits im Hause der Rosenthals gelesen:

Weil ich nicht kommen kann, soll, was ich sende,
Mein ungeteiltes Herz hinübertragen
Mit Wonnen, Hoffnungen, Entzücken, Plagen:
Das alles hat nicht Anfang, hat nicht Ende.

M.

Dies war in ordentlicher, runder Frauenhandschrift notiert worden. Datiert war das Billett auf den 13. Oktober 1889. „M.“ – Wer konnte das sein?

Als ich die Zimmertür aufschloss, hoffte ich, dass die restlichen Briefe mit mehr als nur einem Kürzel unterzeichnet waren. Ich betrat den Raum, legte meinen Mantel ab und holte dann die Flasche Münsteraner Altbier aus meinem Koffer, die ich vorsichtshalber von zuhause mitgenommen hatte. Dieses weibische Geflüster war für mich nur schwer erträglich. Ein wenig Anregung des Gedankenflusses konnte also nicht schaden.

Als ich die Briefrollen und Billetts aus meiner Manteltasche nahm und zunächst einmal oberflächlich durchsah, bemerkte ich zunächst, dass sie größtenteils chronologisch geordnet waren. Die ersten Briefe waren stets mit „Fine“ unterschrieben, während die letzteren mit „M.“ gekennzeichnet waren. Auffallend war ferner, dass kein großer zeitlicher Abstand zwischen beiden Affären lag.

Da hatte der alte Rosenthal also eine Bujackerei nach der anderen, und seine Frau sollte davon nichts mitbekommen haben? Das war äußerst unwahrscheinlich.

Ich überflog die ersten vier Briefe, die besagte Fine ihrem Geliebten geschrieben hatte. Das Verhältnis der beiden lag etwa zwei Jahre zurück und hatte, wie ich las, nach dem Tod von Fines Mann begonnen. In ihren Briefen an Rosenthal beschrieb sie ihn als ihren „einzigen Trost“.

Ich nahm einen tiefen Schluck aus der Flasche. Sollte ich nicht doch lieber in die Stadt oder nach unten in die Schenke gehen, um etwas zu essen? Diese Liebesschwüre ähnelten sich doch stets und gaben nicht viel her. Ich konnte sie mir schließlich auch morgen noch zu Gemüte führen. Andererseits hatte ich es mir jetzt gemütlich gemacht und würde beim Essen sowieso nicht damit aufhören können, an den Fall zu denken.

Ich öffnete also den nächsten Brief. Wieder „Fine“, diesmal pikanter. Sie ereiferte sich über die verachtenden Blicke, die ihr in der Öffentlichkeit zugeworfen wurden. Rosenthal habe es zu weit getrieben. Diesmal sei es zu viel gewesen, sie könne damit nicht mehr umgehen.

Was sollte das? Wovon sprach diese Frau?

Ich las weiter: Sie verbitte sich jeden weiteren Kontakt und weigere sich, sein Verhalten so hinzunehmen. Ihr Ton gewann in diesem Schreiben deutlich an Schärfe. Dennoch verstand ich nicht ganz, wovon die Rede war. Dass es ein Abschiedsbrief war, wurde zwar in jeder Zeile deutlich, aber was hatte Rosenthal getan, das sie so verärgerte? Ich las den Brief ein zweites Mal, konnte mir aber trotzdem keinen Reim darauf machen. So nahm ich schließlich den nächsten Brief zur Hand.

Der blütenweiße Umschlag gab dieses Mal die ordentliche Handschrift preis, in der schon das von mir zuerst geöffnete Billett verfasst war. Es handelte sich also um einen Brief von „M."

Die Art des Schreibens war sehr viel verspielter als es bei „Fine" der Fall gewesen war. Aber auch hier handelte es sich offensichtlich um die schriftlichen Beweise einer unmoralischen Affäre

Nachdem ich alle Briefe und Billetts genauestens gelesen hatte, konnte ich mir ein verschwommenes Bild von „M." machen. Es musste eine junge Frau sein, die in Rosenthal eine Abwechslung gesehen hatte. Aus den Briefen ging hervor, dass sich Rosenthal öfter mit ihr getroffen hatte. Wo? Das blieb jedoch unklar. Auf einem grünlichen Billett, das „M." etwa drei Wochen vor Rosenthals Tod abgeschickt hatte, stand nur: „Donnerstag, 5 Uhr an bekannter Stelle. M."

Es war das letzte Schriftstück, das ich von „M." in Rosenthals Versteck gefunden hatte. Mehr hatte die Lok nicht preisgegeben. Was sollte ich nun mit diesen Fetzen anfangen?

Gedankenverloren begann ich, den Porzellankopf der braunen Bierflasche auf seinem Bügelverschluss hin und her zu schieben. Insgeheim stellte ich mir „M." als eine schwarzhaarige, hochgewachsene, dünne Frau vor, aber dieses Bild durfte sich in mir nicht festigen, denn es entsprang allein meiner Fantasie und unterlag keiner Rationalität. In meinem Beruf war es nur sehr selten ein Vorteil, sich von seinen Eindrücken leiten zu lassen. Sie durften einem nicht den Blick auf das Wesentliche versperren. Manchmal hingegen konnte es hilfreich sein, die gewohnten Wege zu verlassen.

So beschlich mich das Gefühl, dass die Briefe, die Rosenthal bekommen hatte, mehr waren als nur Zeugnisse sittlichen Fehlverhaltens. Sie konnten mich auf eine völlig neue Spur bringen. Da war einerseits das Eifersuchtsmotiv, das die Witwe Rosenthal sehr verdächtig machte. Andererseits waren die Liebschaften des Direktors ein weiterer Hinweis darauf, dass hinter der gutbürgerlichen Fassade der Rosenthals nicht alles Gold war, was glänzte. Und warum sollte es in Soest so ganz anders zugehen? Hinter den pittoresken Fachwerkfassaden verbargen sich dunkle Seiten. Und beim ehrenwerten Direktor Rosenthal erst recht.

Ich nahm mir vor, den Schüler Julius Kappelhoff noch einmal zur Wache zu bestellen. Vielleicht hatte er doch mehr gesehen, als er im ersten Moment zugeben wollte, und konnte eine der Frauen, die er mit Rosenthal gesehen hatte, beschreiben.

Auch dieses Original von Amtsarzt war wohl vor einer weiteren unangenehmen Begegnung mit mir nicht gefeit. Ich musste aus ihm herauskitzeln, ob als Todesursache nicht doch ein Schlag mit einem stumpfen Gegenstand wie jener Blumenkübel, der zerschmettert neben der Leiche gefunden worden war, in Frage kam.

Soest, 10. Februar 1890

Liebste Nora,
oh, wie vermisse ich Dich. Dein Gesicht, Deine weichen Lippen, Deinen Duft … Aber, ach, mit der anfänglichen Freude, mit der ich Dir schreibe, wächst meine Verzweiflung.
Ich wurde wieder einmal zum Kommissar gerufen, dem aus Münster, Du weißt schon. Ich würde meinen Lieblingshut dafür verwetten, dass er über uns Bescheid weiß. Ich würde aber auch den Hut meines Vaters dafür verwetten, dass es ihn gar nicht interessiert!
Du fragst Dich, wie das sein kann? Ich glaube inzwischen, dass da was Größeres im Busche ist.
Lass Dir erzählen:
Der Kommissar stand vornübergebeugt hinter seinem Schreibtisch. Seine Augen starrten mich an, als könnte ihnen nichts entgehen. Er fragte mich, wer bei mir gewesen sei an jenem Abend, drei Tage bevor der Bahndirektor gestorben war und ich ihn mit einer rotblonden Frau gesehen hatte. Es tut mir Leid, dass ich dem Druck nicht weiter standgehalten habe, dass ich eingeknickt bin und uns in Gefahr gebracht habe. Es war töricht von mir, aber ich hatte solche Angst vor dem Münsteraner. Ich konnte Deine Anwesenheit nicht länger verleugnen und schämte mich abgrundtief über meine Schwäche.
Doch wie erstaunt war ich, dass er nicht weiter darauf einging. Ich sagte ihm noch, du habest nichts gesehen, da ließ er bereits davon ab und stellte mir eine neue Frage, die den Bahndirektor betraf.

Siehst Du nun, warum ich den wertvollen Hut meines Vaters verwetten würde? Es geht nicht um uns! Ich glaube eher, dass an dem Tod des Bahndirektors mehr ist, als wir normalen Bürger glauben sollen.
Es ist schon mehr als verdächtig, wenn so ein hoher Kommissar aus Münster anreisen muss – aber so viel besser als unsere Leute finde ich ihn gar nicht – um sich dann Hilfe bei einem einfachen, aber doch schlauen Schüler wie mir zu holen. Findest Du nicht auch, liebste Nora?
Nein, habe keine Angst mehr! Ich habe mit jedem Satz meine Unschuld beteuert, und kein Kommissar der Welt kann mir etwas anhängen – falls das sein Plan war. Der Kommissar kannte weiterhin nur ein Thema: der Bahndirektor und verdächtige oder unbekannte Frauenzimmer!
„Julius", sagte er und zwang mich, ihm in die Augen zu sehen. „Du sagtest, du hättest den Bahndirektor in der Passe gesehen … "
Mein Herz stockte.
Worauf wollte er nun hinaus?
„Hast du ihn dort noch mit anderen Frauen gesehen? Und wenn ja, kennst Du eine von ihnen?"
Mein Herz pochte weiter, schlug aber doppelt so schnell wie vorher. Angestrengt dachte ich nach.
Ich schluckte schwer und spürte, wie sich erneut Schweiß auf meiner Stirn bildete. Ich durfte nichts Falsches sagen, sonst würde er wohl noch auf die Idee kommen, ich hätte dem Bahndirektor nachgestellt und hätte womöglich etwas mit dessen Tod zu tun!
„Denk nach, Junge!"

Er kam um den Tisch herum und setzte sich direkt vor mir auf die Tischkante.
„Das ist jetzt wichtig. Streng dich an!"
„Mmh … ", machte ich, um Zeit zu gewinnen. Ich versuchte, die verschiedenen Erinnerungsfetzen in meinem Kopf zu entwirren. Der Kommissar beugte sich nach vorne, bis sich unsere Nasenspitzen fast berührten.
„Einmal … ", begann ich, aber da erwischte ich noch andere Erinnerungen, „oder mehrmals sogar, sah ich ihn, glaube ich, mit der ‚Dackel-Fine'."
Der Kommissar schien über irgendetwas überrascht zu sein, aber er ließ sich nicht anmerken worüber. Er befragte mich weiter nach Tag und Stunde, doch daran konnte ich mich nicht erinnern.
Danach wollte er noch mehr über die „Dackel-Fine" wissen, die Du ja auch kennst, und was sie und der Bahndirektor gemacht haben.
„Die ‚Dackel-Fine'? Das ist die Kommandeurswitwe Frau Josephine Wiemann aus der Paulistraße, die kennt jeder hier. Sie geht immer mit ihrem Dackel spazieren, man kennt sie nur mit Hund. Das heißt, beim Bahndirektor damals, da war sie ohne Dackel."
Der Kommissar stellte mir noch ein paar Fragen, die ich mit Mühe und Not beantwortete, aber ich hatte das Gefühl, dass er nicht mehr im Raum war, sondern in seinen Gedanken.
Kurze Zeit später ließ er mich gehen.
Oh Nora, mein Herz sehnt sich nach dir!

Ich hoffe, die gefährliche Zeit ist bald für uns vorbei und wir können uns endlich, endlich wiedersehen!

In ewiger Liebe,
Dein Julius

Elisabeth trat nach vorne an den schmucklosen Sarg. In der Hand hielt sie ein kleines graues Säckchen. Sie öffnete es und streute Erde über den in Weiß gekleideten Leichnam ihres Mannes. Kaum dass sie der Trauergemeinde den Rücken zugewandt hatte, war ihr Ritual schon beendet, und sie stand wieder neben mir.

Der Deckel des Sarges wurde geschlossen, Ernsts Gesicht verschwand für immer in einer einfachen Holzkiste.

Die letzte Nacht hatte es unaufhörlich geschneit. Die Stadt genoss an diesem Tage den Schutz eines weißen Mantels, und als ob Ernst uns einen letzten Gruß schicken wollte, glitzerte es wunderschön in den Strahlen der Sonne, die den Tag heller und klarer machten, doch gegen die Kälte machtlos waren.

Vier Männer mit kleinen schwarzen Käppchen, die wie kreisförmige Stücke Stoff auf ihren Hinterköpfen lagen, trugen den Sarg. Wir folgten ihnen und dem Priester von der Osthofenstraße durch das Osthofentor hindurch. Es war ein großes Bauwerk, das rechts und links mit dem Wall, der die Stadt größtenteils umgab, verbunden war. Allerdings waren die Arbeiten zum Abriss dieser Verbindungen schon eingeleitet worden, als wir mit unserer Trauergemeinde hindurchgingen. Das Knirschen des Schnees unter unseren Schuhen war das einzige Geräusch, das zu hören war. Niemand sprach auch nur ein Wort.

Als ich mich nach hinten umsah, bemerkte ich, wie alle bloß ausdruckslos nach vorn starrten, außer einer jungen Frau, die sich an den Arm ihres Mannes geklammert hatte. Ich kannte sie nicht. Allem Anschein nach war sie viel jünger sein als ich oder auch Elisabeth. Ihre kleine und schmale Figur und die blonden Locken ließen sie noch fast jugendlich wirken. Ihre Wangen waren von der kalten Luft gerötet, und ihre Augen, die bei diesem Wetter unglaublich hell zu sein schienen, blickten schüchtern zu Boden. Ihr Mann war einen guten Kopf größer als sie und machte in seinem Anzug und den dunklen Haaren einen sehr vornehmen Eindruck. Er war etwas älter als sie. Auch ihn kannte ich noch nicht. Er hatte, ebenso wie seine Frau, diese unglaublich hellen Augen, die mich einen winzigen Augenblick lang ansahen, bevor ich mich wieder nach vorne wandte.

Unser Marsch endete wenige Minuten hinter dem wuchtigen Stadttor, wo wir auf einen schon mit zahlreichen Grabsteinen versehenen Friedhof einbogen. Die Wege zwischen den Gräbern waren vom Schnee befreit. Wir gingen geradeaus auf eine Grabstelle zu.

Die vier Männer ließen langsam den Sarg in die Grube hinab. Neben dem Grab war Erde aufgehäuft, in der eine Schaufel steckte.

Die Trauergemeinde stellte sich in einem großen Halbkreis um das Grab herum. Es waren erstaunlich viele Menschen zu Ernsts Beerdigung gekommen. Eigentlich sollte ich nicht erstaunt sein, denn schließlich war er der Bahndirektor und damit einer der größten Arbeitgeber hier in Soest. Auch einige aus dem Bahnvorstand waren darum hier anwesend. Elisabeth hatte mir vor der Predigt ein paar Dinge zu dem einen oder anderen Trauergast erzählt. Sie sprach auch von der „Soester Oberschicht", die Ernst ihre letzte Ehre erweisen wollte, was man aber nicht zu wörtlich nehmen sollte. Sogar ihr Arzt, der direkt neben Elisabeth und mir stand, war in Begleitung seiner Frau gekommen.

Während der Priester ein weiteres Gebet begann, sah ich mich auf dem Friedhof um. Auf mehreren Grabsteinen lagen kleine Steine, auf einem anderen sogar ein Spielzeug. Wahrscheinlich ein Kindergrab. Bei diesem Anblick musste ich traurig lächeln. Dem eigenen Kinde das liebste Spielzeug noch mit aufs Grab zu legen, kam mir als eine sehr menschliche Geste vor, die doch bewies, dass dieses Kind auch nach dem Tode noch sehr vermisst wurde. Ich dankte dem Herrgott, dass ich noch nicht erfahren musste, was es hieß, das eigene Kind zu Grabe zu tragen, und hoffentlich würde ich das auch nie tun müssen!

Der Priester sprach noch immer das Gebet, während die Trauergemeinde andächtig schwieg. Die junge Frau, die ich nicht kannte, klammerte sich immer noch an den Arm ihres Mannes, der nun seine freie Hand tröstend auf ihren gelegt hatte. Die Frau sah auf. Ich folgte ihrem Blick. Er endete bei einer anderen Dame mit sehr blasser, fast weißer Haut, die mir ebenso unbekannt war. Der Kontrast zwischen der Haut und ihren dunklen Haaren war auffallend. Mit einem geradezu ausdruckslosen Gesicht machte sie einen wirklich kühlen Eindruck, der mich fast wie das heutige Wetter frösteln ließ. Bei ihrem Anblick erging es mir wie mit Elisabeth, in deren Gegenwart man nicht recht wusste, wie man sich zu verhalten hatte oder was man sagen sollte. Dieser Faktor wurde noch dadurch verstärkt, dass sie eine wirklich große Frau war.

Zu ihr gehörte ein Mann, der noch größer und schlanker war als sie selbst. Sein lockiges, braunes Haar fiel ihm verwegen ins Gesicht. Die beiden passten durchaus zusammen, beide wirkten auf eine Art und Weise einschüchternd. Als die Dame den Blick der zierlichen Frau bemerkte, sah es für einen Moment so aus, als würde sie die Mundwinkel nach oben ziehen, wie bei einem Lächeln, jedoch blieb ihr Gesichtsausdruck derselbe. Die junge Frau blickte einfach wieder zu Boden, wie sie es schon die ganzen Weg hierher getan hatte.

Der Priester beendete seine Ansprache und gab den Trauernden die Gelegenheit, selbst an das Grab heranzutreten und sich, indem sie ein paar Schaufeln Erde auf den Sarg warfen, zu verabschieden und dem Toten die letzte Ehre zu erweisen.

Elisabeth musste als Witwe den Anfang machen. Niemand sah zu ihr hin, alle blickten nur auf die offene Grube, in der Ernst in seinem Sarg verborgen lag, – niemand außer dem Kommissar und mir. Ich beobachtete sie sehr genau, aber auch der Münsteraner ließ sie nicht aus den Augen. Er stand inmitten der Reihen der Soester Polizeiwache, die eine einheitliche dunkle Uniform trug. Er dagegen war so gekleidet wie bei all den Besuchen, die er meiner Cousine abgestattet hatte. Es war fast schon respektlos, wenn man die Tatsache betrachtete, dass wir hier einen Menschen beerdigten. Doch ihm schien sein Auftreten hier nicht so wichtig zu sein.

Elisabeths Augenbrauen waren zusammengezogen, als wollte sie sich hier und jetzt ein letztes Mal über ihren Ehemann beklagen. Schnell fasste ich sie am Arm und ging mit ihr gemeinsam zum Grab, um drei Schaufelspitzen voll Erde hineinzuwerfen. Ich wollte auch ihr die Schaufel reichen, doch erkannte ich den Abscheu in ihrem Gesicht, der ganz ihrem Manne galt. Dann sah sie mich an und gab mir zu verstehen, dass sie keine Sekunde zu lange an diesem Grabe stehen wollte. Wieder fasste ich sie am Arm und führte sie unter dem wissenden Blick des Kommissars dorthin zurück, wo wir gestanden hatten.

Ich selber hatte auch nicht das Bedürfnis verspürt, große Grabreden zu halten. Nach all dem, was ich hier in Soest über Ernst und meine Cousine erfahren hatte, wollte ich erst recht nicht. Es wäre, als würde ich über einen völlig Fremden sprechen.

Das Paar neben uns näherte sich dem Grab: der Arzt und seine Frau. Auch sie war eine zierliche Erscheinung, wirkte etwas schüchterner als ihr Mann, der die Erde ins Grab warf. Zumindest orientierte sie sich an ihm. Sie wartete, bis er ihr die Schaufel reichte, damit auch sie das Beerdigungsritual durchführen konnte.

Kaum traten die beiden zurück an ihren Platz, gingen die nächsten zu der Grabstelle. Ich erkannte den Mann, der nun dort stand, sofort: Es war der Apotheker! Derselbe, mit dem ich meine Cousine neulich nachts gesehen hatte. An seiner Seite wohl seine Frau. Warum ging er denn auf die Beerdigung des Mannes, mit dessen Gattin er eine Affäre hatte? Und warum nahm er seine betrogene Ehefrau mit? Wahrscheinlich um den Schein zu wahren. Und vielleicht war er sogar mit Ernst befreundet gewesen. Irgendeine Verbindung mussten die beiden ja haben. Eine merkwürdige Situation. Das alles wirkte auf mich ziemlich lachhaft, allerdings wusste außer mir auch niemand von der Affäre. Aber wenn er sich unauffällig verhielt, würde er auch in keinen Verdacht geraten.

Der Apotheker wandte seinen Kopf in Elisabeths Richtung, bis er sich ganz umdrehte, um zu seinem Platz zurückzukehren. Ich sah, wie er meiner Cousine, während sein Blick kurz den ihren streifte, leicht zunickte. Nur für einen winzigen Augenblick, sodass es keiner bemerkte. Und selbst wenn, in dieser Situation hätte dies jeder als völlig normale Aufmunterung, als Trost oder etwas Ähnliches verstanden, nicht als ein zustimmendes Nicken unter Liebenden. Wie leicht wir uns von unseren Vorurteilen beeinflussen lassen!

Für die Polizeiwache trat lediglich der Polizeihauptwachtmeister nach vorne. Es war der rothaarige, schlaksige Mann, der damals den Kommissar begleitet hatte. Er blieb, nachdem er die Schaufel wieder in den Haufen Erde gesteckt hatte, noch etwas am Grabe stehen. Ich hätte meinen können, dass er noch etwas gemurmelt hat, konnte es allerdings nicht mit Sicherheit behaupten. Er sprach sicherlich im Namen der Soester Polizei seine Betroffenheit aus.

Der Bahnvorstand war im Gegensatz zum Hauptwachtmeister absolut still, sogar das Erdeschaufeln verursachte bei ihnen keinen Laut. Vielleicht witterten sie schon die Chance, die Direktion von ihrem ehemaligen Vorgesetzten einnehmen zu können. Bei diesen ganzen gehobenen Leuten kam mir das nicht gerade abwegig vor, sie glaubten, so perfekt und überlegen zu sein. Ich mochte diese Art von Menschen nicht, die ihre ganz eigenen Spielregeln und Maßstäbe hatten, von denen ich nichts verstand. Nach meiner Meinung waren sie keinen Deut besser oder mehr wert als jeder andere auch.

Und jetzt, wo es an der „Soester Oberschicht“ war, sich dazu herabzulassen, einem Toten aus ihren Reihen etwas Erde mit ins Grab zu werfen, sah ich besonders gespannt hin.

Die meisten kannte ich nicht. Außer den Herrn Coester, den Bürgermeister der Stadt. Tatsächlich war er nicht schwer zu erkennen mit seinem schwarz-grauen Bart und seiner hohen Stirn, die seine Augenbrauen ebenso betonte wie seine Augen. Wenn er einen ansah, überkam einen ein angenehm warmes Gefühl. Hinzu kam, dass er einen makellosen dunklen Anzug trug, dem Anlass entsprechend. Er machte einen recht sympathischen Eindruck, da er sich seiner Verpflichtungen und Aufgaben sehr wohl bewusst war und versuchte, diese so gewissenhaft wie möglich zu erfüllen. Er drückte sein Beileid durch eine kleine Grabrede aus.

Ich war davon überrascht, das hatte bis zu diesem Zeitpunkt noch kein anderer getan. Sehr aufmerksam von ihm. Als er zu seinem Platz zurückkehren wollte, ging er kurz auf Elisabeth zu, legte seine Hand auf ihre gefalteten und sprach noch einmal seine Anteilnahme aus. Ein wirklich charismatischer Mann, von dem ich den Eindruck hatte, dass er alles das, was er sagte, wirklich ernst meinte.

Elisabeth erwiderte nichts auf seine Worte, darum legte ich einen Arm um sie und bedankte mich an ihrer Stelle, um bei ihm hoffentlich nicht den Verdacht zu erregen, dass sie vom Verlust ihres Mannes nur halb so betroffen war, wie es sich eigentlich geziemte.

Die restliche Trauergemeinde konnte sich für solche Gesten nicht erwärmen, sie machten die Stimmung sogar eher noch frostiger, als sie es, bedingt durch das Wetter und den Anlass, ohnehin schon war. Einige, wie die Dame mit der sehr blassen Haut und ihr Mann, gingen überhaupt gar nicht näher an das Grab. Sie beobachteten die Zeremonie lediglich aus sicherer Entfernung.

Das unbekannte, junge Pärchen, das mir aufgefallen war, machte sich allerdings die Mühe, etwas Erde in Ernsts Grab zu schaufeln. Die hellen Augen der Frau waren immer noch auf den Boden gerichtet. Ihr Mann löste sich von ihr und tat das, was auch alle zuvor an der Grabstelle getan hatten. Sie hingegen machte den Eindruck, als wollte sie sich, sogar während er die Erde ins Grab schaufelte, an seinem Arm festhalten. Völlig hilflos stand sie nun da ohne den stützenden Arm. Mir kam es so vor, als werde sie ohne dieses Mittel bald zusammenbrechen.

Er hatte kaum die zweite Ladung Erde auf den Sarg geworfen, da taumelte sie, ihre Beine schienen ihren Körper nicht mehr tragen zu wollen. Auch die anderen Trauergäste bemerkten es sofort.

Die Dame mit den dunklen Haaren und der blassen Haut zuckte so, als ob sie zu der jungen Frau eilen und ihr helfen wollte, doch tat sie es nicht. Stattdessen fing der Ehemann seine Frau auf, stütze sie und redete besorgt und beruhigend auf sie ein.

Ich sah von der Szene, die sich am Grab abspielte, zu der Dame, die ungewollt reflexartig reagiert hatte. Ihr kühler Gesichtsausdruck, der mich eben noch so eingeschüchtert hatte, war nun sehr verbissen. Ihre dunklen Augen waren ganz und gar fixiert auf die junge Frau, die sich wieder fing. Sie sah ihren Mann an und versicherte ihm, dass alles wieder in Ordnung sei.

Der junge Mann brachte seine Frau langsam zurück an ihren Platz. Während sie alle ansahen, blieb mein Blick immer noch bei der Dame haften, deren Gesichtsausdruck ich nicht einordnen konnte. Sie mochte wohl bemerken, dass ich sie anstarrte, und ihre Züge glätteten sich sofort wieder zu dem ausdruckslosen Gesicht, das sie bis vorhin noch gezeigt hatte. Sie schaute mich dabei so durchdringend an, dass ich eine Gänsehaut bekam. Aus irgendeinem Grund wirkte sie auf einmal beängstigend auf mich. Ich konnte ihrem Blick nicht standhalten und wandte mich ab, spürte allerdings, dass nun sie diejenige war, die starrte, und auch, dass sie mich bei meinen Gedanken erwischt hatte.

Wer war diese Frau?

Die Liebesbriefe an Direktor Rosenthal hatten mich zu Josephine Wiemann geführt. Ich stand vor dem großen Haus in der Paulistraße, in dem sie wohnte. Julius hatte nach einem weiteren langen Gespräch doch zugegeben, eine der Frauen, mit denen sich Rosenthal in der Passe getroffen hatte, erkannt zu haben. Es sei die „Dackel-Fine" gewesen. Anscheinend eine stadtbekannte Soesterin, die stets mit ihrem Dackel anzutreffen war.

Ich klopfte an der Tür und hoffte darauf, dass Frau Wiemann gerade nicht mit ihrem Hund spazieren ging oder sich in zwielichtigen Gassen herumtrieb. Was mochte mich wohl für eine Person erwarten?

Eine ordentlich gekleidetes Hausmädchen öffnete mir, und ich stellte mich ihr vor. Das Mädchen fragte freundlich, aus welchem Grund ich zu Frau Wiemann wolle und bat mich herein. Als ich ihr sagte, dass es sich um polizeiliche Angelegenheiten handele, wirkte sie etwas erschrocken. Nach kurzem Zögern, so als wisse sie nicht, was zu tun war, bat sie mich, kurz im Flur zu warten.

Das Foyer erwies sich als großzügiger Raum, der etwas kalt wirkte. Seine Wände waren mit altdeutschen Fliesen gekachelt, die verschiedenste blaue Muster auf weißem Grund zeigten. Die Fenster waren gerahmt von gestärkten, weißen Vorhängen, die mich an die Einrichtung meines Hotelzimmers erinnerten. Es schien mir, als würde das Haus die Art seiner Bewohner widerspiegeln, wenn ich bedachte, dass Frau Wiemann eine Kommandeurswitwe war. Soviel hatte mir Müller vor meinem Besuch erzählt. Ihr Mann sei vor ein paar Jahren plötzlich verstorben; seitdem sehe man sie außer Haus stets mit ihrem Dackel.

Das besagte Tier befand sich jedoch nicht an ihrer Seite, als sie nun durch die breite Eichentür schritt und mich mit einem kräftigen Handschlag begrüßte. Wie erwartet, hatte sie eine gerade, steife Haltung und wirkte sehr kontrolliert – bloß keine Aufruhr, weil die Polizei im Hause war!

„Guten Tag, Herr Lavage. Kommen Sie doch mit mir in den Salon. Um was geht es denn, wenn ich fragen darf?" Mit einer bestimmenden Handgeste deutete sie auf das geräumige Zimmer, aus dem sie gekommen war.

„Guten Tag. Ich denke, wir sollten uns erst einmal setzen, Frau Wiemann." Ich versuchte, das Gespräch etwas in die Länge zu ziehen. Vielleicht gab sie doch noch ein Zeichen von Unsicherheit preis.

„Setzen Sie sich doch, Herr Kommissar."

Wir nahmen beide an einer langen Tafel Platz, auf der silberne Leuchter mit weißen Kerzen standen. Dass es sich eine einfache Kommandeurswitwe leisten konnte, alleine in diesem Haus, das schon fast einer Stadtvilla glich, zu leben, konnte ich mir schlecht vorstellen.

„Frau Wiemann, leben sie wirklich alleine hier in diesem großen Haus?"

„Seit dem Tod meines Mannes vermiete ich den Raum, den er als Arbeitszimmer nutzte."

Mit ruhiger Stimme legte sie ihre Hände in den Schoß. Sie trug einen dunkelblauen Überrock und eine weiße

Bluse. Um ihren Hals baumelte eine kleine goldene Kreuzkette. In ihren Haaren war schon die ein oder andere graue Strähne zu entdecken.

„Wann ist denn Ihr Mann verstorben, wenn ich einmal fragen darf?"

„Helmut segnete vor etwa zwei Jahren das Zeitliche. Gott hab ihn selig!"

„Das tut mir Leid, Frau Wiemann. Doch ich bin wegen eines anderen Toten hier. Wie Sie sicherlich gehört haben, ist der Herr Eisenbahndirektor Rosenthal vor einigen Tagen tot aufgefunden worden."

Ich meinte, einen kurzen Moment lang ein nervöses Zucken in ihrem Gesicht gesehen zu haben, doch ich mochte mich vielleicht getäuscht haben.

„Kannten Sie Herrn Rosenthal?" fragte ich sie so neutral wie möglich.

„Ich verstehe nicht, wie Sie darauf kommen, mich aufzusuchen und nach Herrn Rosenthal zu fragen." Frau Wiemanns Stimme blieb erstaunlich ruhig.

„Also kannten Sie ihn?"

„Ja, ich kannte Herrn Rosenthal von einigen Bällen und sonstigen gesellschaftlichen Anlässen."

„Sie standen nicht etwa in einem engeren Verhältnis zu ihm?"

„Wie kommen Sie dazu, mir eine derartig impertinente Frage zu stellen? Sagen Sie mir endlich, worauf Sie hinaus wollen, Herr Lavage! Andernfalls sehe ich keine Notwendigkeit für eine Fortführung dieses Gesprächs und würde Sie bitten, zu gehen."

Sie versuchte angestrengt, Contenance zu bewahren, was ihr aber offensichtlich schwer fiel. Langsam griff ich in meine linke Manteltasche, zog einen der Liebesbriefe von „Fine“ hervor und faltete ihn auf. Ich schaute Frau Wiemann herausfordernd an, während ich den Brief auf den Tisch legte.

Sie stutzte, als sie ihn wiedererkannte.

„Woher haben Sie diesen Brief?“

„Ich habe ihn in der Wohnung von Herrn Rosenthal gefunden, und es besteht wenig Zweifel daran, dass er von Ihnen verfasst wurde.“

„Das ist korrekt.“ Sie verzog keine Miene.

„Also gehe ich recht in der Annahme, dass sie eine Liebschaft mit Herrn Rosenthal hatten und bis kurz vor seinem Tod mit ihm in Kontakt standen?“

Frau Wiemann blickte aus dem Fenster und schwieg. Dabei knetete sie vollkommen abwesend ihre Hände.

„Frau Wiemann?“

„Ich hatte ihn schon seit längerem nicht mehr gesehen. Das mit uns war vorbei.“

Nun blickte sie mich wieder direkt an, aber ihre Stimme klang leicht zittrig. Es schien mir, als hatte ich ihre anfängliche Distanz durchbrochen.

„Wann haben sie Rosenthal zum letzten Mal gesehen?“

„Ich weiß es nicht genau. Ich schätze, das war auf der Kirmes Anfang November. Wissen Sie, auf der Soester Allerheiligenkirmes trifft man die verschiedensten Leute. Manchmal sind auch unliebsame Begegnungen dabei.“

„Und Herr Rosenthal stellte eine von diesen unliebsamen Begegnungen dar?“

„Ich hatte den Kontakt zu ihm bereits einige Monate vorher abgebrochen. Als ich ihn auf der Kirmes sah, war er von einigen Damen umgeben und gab offenbar eine seiner vielen kleinen Anekdoten zum Besten. Wissen Sie, darin war er immer gut gewesen. Er verstand es zu unterhalten."

„Warum haben Sie den Kontakt zu Rosenthal abgebrochen? Er schien Ihnen doch nach dem Tod Ihres Mannes eine gute Stütze zu sein."

„Ja, das war Ernst zu Beginn wirklich." Ihre Stimme und ihr Blick verrieten, dass sie dieser Zeit immer noch ein wenig nachtrauerte.

„Und dann? Was hat er getan, dass Sie einen so verärgerten Brief schrieben? Sie erwähnten, dass er zu weit gegangen sei. Was war vorgefallen, Frau Wiemann?", fragte ich noch einmal mit Nachdruck.

„Darüber möchte ich mit Ihnen nicht sprechen, Herr Lavage, und ich denke auch nicht, dass es Ihnen weiterhelfen würde in Ihrem Fall. Falls man überhaupt von einem *Fall* sprechen kann. Wie ich hörte, sei Ernst vom Schlag getroffen auf der Treppe seines Haus tot aufgefunden worden. Bei einem Mann, der so ungesund gelebt hat und stets in Aufregung um die eine oder andere Frau war, da wundert's mich nicht."

„Hatte er neben Ihnen noch eine andere – wie soll ich sagen? – Bekanntschaft, und haben Sie das Verhältnis deshalb beendet?"

„So genau weiß ich das nicht. Fest steht, dass Ernst kein Kind von Traurigkeit war."

„Einige der Briefe, die ich gefunden habe, waren mit ‚M.' unterschrieben. Wissen Sie, um wen es sich dabei handeln könnte?"

„Nein. Ich denke, dass Ernst nach der Geschichte mit uns beiden vorsichtiger geworden ist."

„Wie meinen Sie das genau?"

„Nun ja, ich bin mir ziemlich sicher, dass seine Frau und einige andere Personen damals von unserer Liebschaft wussten." Frau Wiemann spielte mit ihren Fingern an der kleinen, goldenen Kreuzkette, die um ihren Hals baumelte.

„Und da wurde Ihnen der öffentliche Druck zu hoch? Frau Wiemann, das kann doch nicht alles gewesen sein. Sie behindern meine Ermittlungen, wenn Sie mir wichtige Tatsachen verschweigen."

Eine unangenehme Stille erfüllte den Raum. Ich überlegte, wie ich sie dazu bringen konnte, mir die Wahrheit zu sagen. Was hatte Rosenthal ihr getan? Oder war vielleicht Frau Rosenthal doch mit im Spiel gewesen?

Sollte ich damit drohen, sie auf die Wache mitzunehmen, oder war das zu unglaubwürdig? Langsam verlor ich die Geduld. „Hat Herr Rosenthal Sie bedrängt? Hat seine Frau Ihnen gedroht?"

Frau Wiemann ließ ein kurzes, spitzes Lachen hören.

„Seine Frau? Die hat sich nie für ihn interessiert, höchstens für ihr Ansehen und sein Geld."

„Also ist Ihnen Rosenthal zu nahe gekommen. Er hat etwas getan, das Sie nicht wollten. Sie kamen aus der ganzen Geschichte, die ganz harmlos begonnen hatte, nicht mehr raus, habe ich Recht?"

Ich sah ihre wässrigen Augen und wie sie weiterhin damit kämpfte, ihre Haltung zu bewahren.

Mit lautem Tonfall setzte ich noch einmal nach: „Habe ich Recht, Frau Wiemann?"

Ich schlug mit der Faust auf den Tisch. Tränen brachen aus ihren Augen. Sie wandte sich ab und blickte auf ihren Schoß. Sie schämte sich.

„Ja, das haben Sie. Aber verstehen Sie, ich habe nichts mit Ernsts Tod zu tun, falls Sie das glauben. Nach diesem einen Vorfall habe ich die Sache beendet und versucht, ihn zu vergessen. Wenn überhaupt, so wollte ich mich an das Gute erinnern."

„Frau Wiemann, ich denke, ich sollte jetzt gehen. Ich wünsche Ihnen noch einen schönen Tag."

Ich stand auf und reichte ihr zum Abschied die Hand. Irgendwie hatte ich das Gefühl, dass mich das Gespräch mit ihr nicht mehr weiterbringen würde.

Vor der Esszimmertür hörte ich ein leises Scharren. Wahrscheinlich hatte das Dienstmädchen gelauscht. Nun rief Frau Wiemann nach ihr. Das Mädchen erschien verdächtig schnell und lächelte leicht verlegen, so als fühlte sie sich ertappt. Dabei war ich mir sicher, dass Frau Wiemann nichts bemerkt hatte, da sie gerade viel zu sehr mit sich selber beschäftigt war.

„Erna, geleite den Herrn Kommissar doch bitte hinaus."

„Ja, Frau Wiemann", sagte das Mädchen mit piepsiger Stimme.

„Danke, aber ich finde schon allein hinaus", entgegnete ich, doch das Mädchen folgte mir trotzdem und schloss die Tür zum Salon hinter uns.

An der Haustür wandte sie sich mit flüsternder Stimme an mich: „Herr Inspektor, Frau Wiemann hat nichts mit dem Tod des Direktors zu tun, das müssen Sie mir glauben! Seitdem sie sich von ihm getrennt hat, geht sie kaum noch aus dem Haus. Nur am Nachmittag, um mit dem Hund spazieren zu gehen, aber meistens soll ich das erledigen."

„Mischen Sie sich nicht in Angelegenheiten ein, die Sie nichts angehen. Haben Sie nicht Besseres zu tun, als anderer Leute Gespräche zu belauschen?" zischte ich.

Ich konnte Rumschnüffler nicht leiden, das war schließlich *meine* Aufgabe, und so trat ich aus dem Haus, ohne das Dienstmädchen eines weiteren Blickes zu würdigen.

Als ich die schmalen Kopfsteinpflasterstraßen entlangging, auf dem Weg zurück ins Hotel, dachte ich über das Gespräch mit Frau Wiemann nach. Alles deutete irgendwie darauf hin, dass ich mich auf die dubiose Geliebte mit dem Kürzel „M." konzentrieren musste. Sie schien der Schlüssel zu allem zu sein, war sie doch die Person, über die ich bis zum jetzigen Zeitpunkt am wenigsten wusste.

Aber vielleicht war es am klügsten, zuerst einen Arzt aufzusuchen. In der eiskalten Luft pochte die kleine Entzündung an meinem Finger wie verrückt.

„Wo willst du hin?“, fragte Theodor, ohne von seinem *Anzeiger* aufzusehen.

Marie, die mit dem Hut in der Hand bereits im Flur stand, drehte sich noch einmal um.

„Ich wurde zu einer Leserunde eingeladen. Von Anna Vogt, mit der wir auch beim Ball gesprochen haben. Erinnerst du dich noch an sie?“

Theo hob nun doch den Blick und runzelte angestrengt die Stirn.

„Nicht dass ich wüsste … Aber du willst doch nicht etwa zu Fuß gehen, oder?“

Marie ging nun doch noch zurück ins Wohnzimmer, setzte sich neben ihren Mann und legte eine Hand auf seine.

„Es ist in der Wiesenstraße, nicht weit also. Und Martha wird mich begleiten.“

Es war der zwölfte November, der Tag des ominösen Treffens, zu dem Anna sie eingeladen hatte. Auf dem kleinen Zettel stand etwas von ‚Damenlesekränzchen‘, aber Marie war sich nicht sicher, was sich tatsächlich hinter diesem Begriff verbarg.

Sie war gespannt auf das, was sie heute Abend erwarten würde und gespannt auf Annas Freundinnen, die sie sich nur schwer vorstellen konnte. Umgab sie sich mit Frauen wie sie selbst? Frauen, die mehr beobachteten als redeten? Oder schätzte sie jene, die ganz und gar anders waren?

Maries Gefühle der neugierigen Unsicherheit mischten sich mit denen der Vorfreude auf das Wiedersehen. Sie empfand es wie eine persönliche Ehre, dass Anna sie bei diesem Treffen dabeihaben wollte und somit in den Kreis ihrer Freundinnen aufnahm.

„Du kannst mich ab hier allein gehen lassen“, sagte Marie, als sie und Martha etwa den halben Weg zurückgelegt hatten.

„Aber gnädige Frau … “

„Es ist nicht mehr weit. Geh zurück und sag meinem Mann nichts davon“, unterbrach sie sie.

Es war ihr unangenehm, dass das fünfzehnjährige Mädchen sie bis zur Haustür begleiten sollte. Überhaupt empfand sie dieses ewige Eskortiertwerden als überflüssig, sie würde schon auf sich selbst Acht geben können.

„Sehr wohl“, nuschelte Martha kleinlaut, knickste und drehte sich auf dem Absatz um.

Marie blieb stehen und wartete, bis sie außer Sichtweite war. Sie wollte sich auf keinen Fall die Blöße geben, mit einem Dienstmädchen an der Pforte zu erscheinen, vielleicht bog Anna ja genau im selben Moment um die Ecke. Was würde sie denken? Dass Marie sich wie ein Schulmädchen von ihrer Gouvernante überall hinbringen ließ?

Und außerdem konnte man nicht wissen, wie vertrauenswürdig jemand wie Martha war. Vielleicht würde sie durchs Fenster spähen, anschließend nach Hause eilen und Theodor erzählen, dass es sich womöglich gar nicht um ein „Damenlesekränzchen“ handelte!

Überrascht blieb Marie stehen: Warum sollte es denn keines sein? So stand es schließlich auf der Einladung. Warum, Marie, gehst du davon aus, dass hier etwas nicht stimmt? Nein, warum *weißt* du, dass hier etwas nicht stimmt?

Sie schaute sich um, doch niemand war zu sehen. Kurz überlegte sie, einfach nach Hause zurückzukehren und den Abend mit Theo zu verbringen. Doch dazu war es jetzt zu spät. Viel zu neugierig war sie auf das, was sie hier erwarten würde. Sie atmete tief durch und schaute um die Ecke. Auch diese Straße war wie leergefegt.

Zügig ging Marie im spärlichen Schein der Straßenlaternen auf das Haus zu, das Anna ihr beschrieben hatte, durch einen Torbogen hindurch und den kurzen Weg zum Eingang hinauf.

Ein livrierter Dienstbote öffnete ihr die Tür.

Marie trat in einen weiten Flur, dessen Boden aus feinem Marmor bestand. Beeindruckt ließ sie sich an aufwendigen Holzvertäfelungen und gedrehten Säulen vorbei in einen kleinen Saal führen. An dessen Stirnseite befand sich ein großer Kamin, oben an der Wand prangte ein lockiger Männerkopf als Stuckrelief in einem Medaillon. Wie eine steinerne Figur stand sie da, während der Diener den Raum wieder verließ. Vielleicht wäre es doch besser gewesen, wieder umzukehren, aber nun war es endgültig zu spät.

Sieben weibliche Augenpaare schauten ihr vom Kamin aus neugierig entgegen. Nach einem Moment peinlicher Stille, der ihr wie eine Ewigkeit vorkam, lösten sich zwei vertraute, dunkle Augen von den anderen und kamen auf Marie zu. Erleichtert atmete sie auf.

„Da bist du ja endlich“, sagte Anna leise, fasste sie leicht am Arm und zog sie sanft in Richtung Kamin, wo die anderen Frauen in lockerer Runde saßen.

„Wie ich schon erwähnte, dürfen wir heute ein neues Gesicht bei uns begrüßen."

Die Frauen musterten Marie interessiert.

„Marie, das sind Louise, Katharina, Walburga, Hedda, Ida und … ", sie machte eine kleine Pause, „Josephine."

Marie nickte ihnen zu und setzte sich auf den freien Platz zwischen Louise und Josephine.

„Sie dürfen mich ruhig ‚Fine' nennen", sagte diese prompt und begrüßte sie mit einem sehr kräftigen Händedruck. Marie lächelte schief und rieb sich verlegen die Handfläche, nachdem Fine diese wieder freigegeben hatte. Louise, eine zierliche Frau, die etwa in Maries Alter sein musste, lächelte nur stumm.

Marie betrachtete die Runde, die aus Frauen bestand, die verschiedener nicht hätten sein können: helle, dunkle, große, kleine, schmale, kräftige. Alle waren sie sehr unterschiedlich, doch eins hatten sie gemein. Aufrecht und aufmerksam saßen sie beisammen und ließen für keinen Moment den Eindruck entstehen, sich bei irgendeiner Sache unsicher zu sein. Selbstbewusst sprachen sie wie Männer über die Gesellschaft, und Marie bemerkte sehr schnell, dass die Beschreibung „Damenlesekränzchen" tatsächlich etwas unpassend war, selbst als Walburga einen Zettel zückte, von dem sie ihren Sitznachbarinnen enthusiastisch ein Gedicht vortrug. Marie hörte sie durch die anderen Stimmen immer wieder „Stich! Stich! Stich!" rufen; später fielen die Namen Thomas Hood und Freiligrath.

Sie sah zu Anna hinüber, die zurückgelehnt auf ihrem Stuhl saß und ab und an langsam an ihrer Zigarettenspitze sog. Während sich Hedda und Katharina neben ihr immer aufgebrachter über einen gewissen Karl Ludwig Schemann aufregten, blieb Anna ruhig, obwohl an ihrem Gesicht abzulesen war, dass auch sie die Ansichten dieses Mannes nicht gerade teilte.

Das passte zu ihr. Zwar besaß sie immer eine klare Meinung, nahm sich aber niemals heraus, diese lautstark zu äußern oder sie gar jemandem aufzudrängen.

„Wie haben Sie sich eigentlich kennen gelernt?", hörte Marie eine Stimme von der Seite sagen.

Es war Louise, die sich ihr zugedreht hatte und sie mit demselben steinernen Lächeln wie zuvor ansah.

Überrascht schaute Marie ihr in die mehrfarbigen Augen.

„Anna Vogt meine ich."

„Ach so, ja natürlich", lachte Marie. „Entschuldigen Sie. Ich war gerade etwas … abwesend."

„Ja, das kann ich verstehen. Sie ist schon eine interessante Person", sagte Louise langsam und wandte den Kopf. „So anders."

„Anders" traf es allerdings auf den Punkt.

„Wissen Sie, Marie", Louise hatte sich ihr wieder zugewandt, „Anna hat uns alle zusammengeführt."

„Aha?", machte Marie überrascht.

Louises Augen hatten einen nachdenklichen und zugleich traurigen Ausdruck angenommen, den Marie, zusammen mit dem seltsamen Unterton in ihrer Stimme, nicht so recht zuordnen konnte.

Dass Anna in dieser Gruppe eine leitende Rolle innehatte, hätte Marie nicht angezweifelt, doch dass sie diejenige war, die diese Treffen initiiert hatte, verblüffte sie schon etwas.

„Ja, deshalb bin ich umso mehr überrascht, dass sie *Sie* mit hierhin gebracht hat." Das schmale Gesicht hatte sich plötzlich verfinstert und ließ einen eisigen Schauer über Maries Rücken hinunterlaufen. Was sollte das heißen? Louise kannte sie doch überhaupt nicht!

„Was wollen Sie damit ausdrücken? Ich meine, es ist doch bloß, na ja, wie sagen Sie so schön, ein ‚Damenlesekränzchen'?", sagte Marie locker und mit vorgetäuschter Naivität.

Die Andere verzog keine Miene. Marie wäre am liebsten im Erdboden versunken. Wo war sie hier gelandet? Und was wollte diese Louise plötzlich von ihr?

Sie schaute verzweifelt zu Anna hinüber, die ihren Blick bemerkte und ihr aufmunternd zunickte, als wolle sie sagen: „Alles halb so schlimm, die Louise ist eigentlich ganz nett."

Marie wandte das Gesicht wieder ihrer Gesprächspartnerin zu, von der sie immer noch kühn angelächelt wurde.

„Haben Sie nicht schon selbst bemerkt, dass wir keine schnatternden Weiber sind, die sich bloß für den neuesten Klatsch und Tratsch interessieren?"

Marie senkte den Kopf.

„Doch, natürlich … "

„Aber? Aber was? Das ist hier doch kein Kaffeeklatsch!"

Eindringlich begann Louise auf sie einzureden. Ein ganzer Wasserfall von sich überschlagenden Worten drang aus ihrem kleinen Mund. Sie sprach von Konventionen, von Freiheit, vor allem aber von Männern und von der Unterdrückung, die von ihnen ausgehe. Sie wurde immer lauter, und die anderen Frauen begannen, sich zu ihnen umzudrehen. Aber nicht, wie man erwarten konnte, um Louise dabei zu beobachten, wie sie sich in Ekstase redete, sondern vielmehr, um auf eine Reaktion Maries zu warten.

Die Frau wurde ihr zunehmend unangenehm, doch wusste sie keinen Ausweg aus dem eigenartigen Gespräch. Durch den aggressiven Wortschwall fühlte sie sich beschuldigt, ohne recht zu wissen, wo genau das Problem lag. Louise schien ihr all das in die Schuhe schieben zu wollen, was sie selbst an der Gesellschaft so hasste.

Langsam beschlich sie das Gefühl, dass die Frauen, die hier saßen, mehr über sie wussten, als ihr lieb war.

„Louise", hörte Marie plötzlich Annas Stimme über sich. „Lass es gut sein."

Mit kämpferischem Blick verabschiedete diese sich sogleich von Marie, stand auf und ging zu Walburga hinüber. Anna setzte sich nun auf Louises Stuhl.

„Es tut mir Leid, wenn sie dich überfallen hat", sagte sie ruhig. Ihre Stimme klang ehrlich, und Marie wusste, dass sie es wirklich bedauerte, was gerade passiert war.

„Ist schon in Ordnung", sagte Marie zögerlich und richtete sich auf. Die anderen hatten sich zwar abgewandt, schienen Marie aber aus den Augenwinkeln immer noch zu beobachten.

„Komm mal mit", sagte Anna leise und erhob sich.

Marie folgte ihr aus dem Saal zurück in den Flur und in einen kleinen Nebenraum, der anscheinend als Bureau genutzt wurde.

„Was wollte sie von mir?“, fragte Marie gereizt.

Anna lehnte sich mit verschränkten Armen an eine Wand und suchte mit ihren dunklen Augen den Boden nach einer adäquaten Antwort ab.

„Kann sie mich nicht leiden? Denkt sie, ich unterstütze all diese Dinge, über die ihr euch aufregt?“ Verständnislos ging Marie im Raum umher.

„Das ist es nicht. Ich hätte dich auch nicht eingeladen, wenn ich nicht wüsste, dass du unsere Ansicht in diesem Punkt teilst.“

„So ist es auch!“, sagte Marie energisch und trat dabei mit ihrem Stiefel fest aufs Parkett, sodass zwei Tintenfässchen auf dem Schreibtisch neben ihr klackend aneinander schlugen.

„Weißt du, Gerüchte machen in Soest sehr schnell die Runde“, hörte sie Anna zögerlich sagen.

Erstaunt schaute Marie hoch.

„Wie bitte? Du meinst … .“ Sie schluckte. „Du meinst, sie wissen es?“

„Natürlich.“

Fassungslos blickte sie Anna an.

„Warum zum Teufel hast du es ihnen gesagt? Was fällt dir ein?“, brach es aus ihr heraus.

Sie war enttäuscht und wütend. Was sollte das? Wenn sie jemandem etwas anvertraute, erwartete sie, dass es mit Vorsicht und Diskretion behandelt wurde. Nun kam sie hierher, an diesen Ort, an dem es für die Frauen nichts

Schlimmeres als die Unterdrückung durch das andere Geschlecht gab, und jede von ihnen schien bereits zu wissen, dass sie, Marie, sich leichtfertig auf eine Affäre mit jemandem eingelassen hatte, der die Frauen wechselte wie seine Strümpfe!

„Marie!" Anna kam auf sie zu, doch Marie drehte sich weg. „Nichts liegt mir ferner, als deine Angelegenheiten Leuten zu erzählen, die es in keiner Weise etwas angeht. Sie kennen dich nicht mal!" Sie machte eine kurze Pause. Marie ließ die Schultern sinken.

„In einer Stadt wie Soest erfährt man solche Dinge über Cousinen und Vettern, über Nachbarn und Marktfrauen. Dachtest du wirklich, dass *er* diese Sache für sich behalten oder dass euch niemand zusammen sehen würde?" Sie kam noch einen Schritt näher. „Und dachtest du tatsächlich, dass *ich* so etwas ausplaudern würde.?"

Marie stand einfach nur da, während ihre Augen feucht wurden. Sie spürte, wie Anna ihre Arme um sie legte.

„Nein", sagte sie mit zittriger Stimme und drückte den Kopf gegen Annas Schulter.

Die Anspannung der letzten Wochen brach aus ihr heraus. Während Rosenthal immer aufdringlicher und Theodor immer gefühlloser geworden war, hatte sie mit ansehen müssen, wie ihr Leben in nur einem halben Jahr vollständig umgekrempelt worden war. Machtlos hatte sie dagesessen und auf ein Wunder gehofft, das ihre Probleme beseitigen würde.

In diesem Moment sah Marie ein, dass es vergeblich war, nur zu warten und zu hoffen. Sie konnte dieses Schicksal nicht einfach hinnehmen und versuchen, damit zu leben. Sie musste etwas tun.

Anna reichte ihr ein Taschentuch.

„Du bekommst das hin“, sagte sie leise, als hätte sie ihre Gedanken gehört. „Wenn du möchtest, helfe ich dir dabei.“

Mit nassen Wangen und geröteten Augen blickte Marie zu Anna hoch.

„Gut“, sagte sie unsicher und wischte sich mit dem Tuch über das Gesicht.

„Vielleicht ist es besser, wenn wir jetzt gehen.“

Nichts wäre Marie lieber gewesen, als schnell von hier zu verschwinden, aber es war noch früh und Theodor bestimmt noch wach. Was würde er denken, wenn sie nun mit verweintem Gesicht zurückkehrte?

„Das geht nicht. Ich kann *so* nicht nach Hause“, sagte sie schließlich und rieb sich die Augen, die wieder feucht wurden.

„Komm mit zu mir.“

Noch bevor Marie eine Antwort formulieren konnte, hatte Anna ihre Hand genommen und sich umgedreht. Sie ging zielstrebig gen Ausgang. Ohne in den Saal zurückzukehren und sich von den anderen zu verabschieden, zog sie sich ihren Mantel über und steckte den Hut fest. Marie nahm dem Diener stumm ihre Sachen ab, und beide verließen das Haus.

Als sie durch den Torbogen getreten waren, machte Anna unvermittelt Halt und drehte sich zu Marie um. Ein leichter Wind wehte, und die Haare des Pelzkragens auf

Annas Schultern wiegten sich gleichmäßig mit dem Luftzug. Die Straße war schlecht beleuchtet, und so lag ihr Gesicht bis zur Nase im Schatten. Maries Blick blieb an den roten Lippen hängen, die einen Spalt weit offen standen, als wollten sie ihr etwas mitteilen. Doch das taten sie nicht. Sie glänzten nur feucht und stumm im Laternenschein.

Marie zögerte kurz, streckte dann aber ihre Hand aus und umschloss Annas Finger vorsichtig. Es war keine Berührung, die vertrauensvollen Schutz forderte, die um Hilfe und Unterstützung bat, sondern eine Berührung, die ein seltsames Ziehen in ihrem Bauch auslöste, eine Berührung, die sie dazu zwang, ihren zitternden Atem zu unterdrücken und ihr Herz zu ignorieren, das ihr nun heftig in der Brust schlug.

Annas Mundwinkel zuckten kurz, bevor sie sich wieder umdrehte und sie beide den Weg fortsetzten.

Marie hielt die bleichen Finger sanft umklammert, während sie Anna durch die Straßen und Gassen folgte. Weder sie noch Anna sprachen ein einziges Wort. Sie konzentrierten sich vielmehr auf die Berührung, die sie zusammenhielt.

Marie kam der Weg durch die Stadt wie ein großes Labyrinth vor, in dem sie sich bald nicht mehr zu orientieren wusste und nur noch blind der Hand folgte, die sie führte. Fassaden, Kirchtürme, Plätze – alles zog verschwommen an ihr vorbei.

Sie mussten schon eine halbe Ewigkeit gegangen sein, als sie die Straße, in der sie sich nun befanden, wiedererkannte. Schon führte Anna sie den breiten Pflasterpfad hinauf und um das große graue Haus herum, in dem sie wohnte.

„Vorsicht“, sagte sie leise, als sie mit der freien Hand einen Strauch zur Seite drückte, damit sie und Marie daneben her huschen konnten, um schließlich vor dem imposanten Wintergarten zu stehen, den Marie im Mondschein noch beeindruckender als bei Tageslicht fand.

Ohne die Finger zu lösen, zog Anna die eiserne Glastür auf und schob Marie zuerst hindurch. Von der schwülen Hitze im Innern und ihrem plötzlichen Verlangen getrieben, drängte Marie sich dann hinter Anna an großblättrigen Pflanzen vorbei einem ausladenden Diwan entgegen, der zwischen all dem Grün wie eine kleine, orientalische Insel emporragte. Kaum hatten sie ihn erreicht, schob Anna die Bücher, die darauf verteilt lagen, achtlos herunter und zog Marie leicht am Arm, die sich willenlos zwischen die Kissen fallen ließ.

Marie schaute hoch in ein Gesicht, das ausdrucksstärker nicht hätte sein können, dessen Sprache keine ihrer Fragen offen ließ und es Marie unmöglich machte, sich von eben jener Frau abzuwenden, von der sie seit dem ersten Tag, da sie sich kennen gelernt hatten, fasziniert war. Hastig entledigten sie sich von allem überflüssigen Stoff, bevor Marie den fremden und doch so eigenartig bekannten Körper an sich heranzog, um seine wohltuende Schwere zu spüren.

Erst jetzt bemerkte sie den großen Spiegel, der dem Diwan gegenüber stand und sie beide in ihrer vollkommenen Natürlichkeit zurückwarf. Und zum ersten Mal in ihrem Leben genoss Marie den Anblick ihrer Beine, die sich lang und schön um Anna wanden, liebte die Hüften, die Brüste, ihren ganzen Körper, wie er auf dem Polster lag und seine Weiblichkeit präsentierte, derer sie sich noch niemals zuvor so bewusst geworden war.

Sophie und ich saßen in unserer Stube bei einer Tasse guten Soester Kaffees und spielten Schach, als es energisch an der Haustür klopfte. Unser Mädchen eilte zur Tür und öffnete, während ich versuchte, anhand der Stimme zu erkennen, wer dort war.

„Kommen Sie herein, ich hole den Herrn Doktor sofort. Wenn Sie eben einen Moment hier warten würden", sagte sie und schloss die Tür.

„Das scheint für mich zu sein", sagte ich zu Sophie, stand schon mal auf und ging auf die Tür zu, die auch schon nach kurzem Klopfen geöffnet wurde.

„Herr Krämer, ein Herr Lavage möchte Sie gerne sprechen. Er sagt, er sei von der Polizei." Bei den letzten Worten senkte sie die Stimme und sah sich unbehaglich um. Ich lächelte.

„Bitte ihn herein, und bring zwei Gläser Rotwein auf mein Arbeitszimmer", sagte ich. Sie nickte.

„Gerne." Dann führte sie Herrn Lavage ins Zimmer.

„Guten Abend, Herr Kommissar. Darf ich Ihnen meine Gattin vorstellen?" Ich machte eine Bewegung in Sophies Richtung.

„Guten Abend, Herr Krämer, guten Abend, Frau Krämer. Carl Lavage, mein Name", sagte er und reichte meiner Frau die Hand.

„Willkommen in unserem Haus. Es freut mich Sie kennen zu lernen. Man hat doch schon recht viel von ihnen gehört", lächelte sie ihn an.

Bevor die Gute noch mehr aus dem Nähkästchen plauderte, fügte ich hinzu: „Lassen Sie uns in mein Arbeitszimmer gehen, Herr Kommissar."

Er nickte, und ich drehte mich, kurz bevor ich die Tür hinter uns schloss, noch einmal um.

„Ich weiß genau, wo meine Figuren standen, Sophie!" Sie nickte.

Im Arbeitszimmer standen bereits zwei Gläser Wein auf dem Tisch. Ich wies auf den Besucherstuhl.

„Bitte, nehmen Sie doch Platz. Was kann ich für Sie tun? Lassen Sie mich raten. Ich nehme an, Sie kommen nicht wegen körperlicher Beschwerden, sondern wegen des toten Eisenbahndirektors. Liege ich da richtig?"

Lavage setzte sich auf den Stuhl und lehnte sich zurück. Seine Augen huschten neugierig durch das Zimmer und nahmen einzelne Gegenstände in Augenschein, bis er sich wieder auf mich besann.

„Nein, da muss ich Sie enttäuschen. Mit Ihrer Vermutung liegen Sie leider falsch. Sehen sie hier."

Er deutete auf seine Hand. Am Zeigefinger befand sich ein Kratzer, der an den Wundrändern schon gerötet und leicht vereitert war.

„Ich habe mich irgendwo verletzt, und jetzt hat sich die an sich lächerliche Wunde entzündet und tut ziemlich weh. Ich hoffte, Sie könnten mir helfen, deshalb bin ich hier."

Ich begutachtete den Finger, nachdem ich meine Brille aufgesetzt hatte, und nickte wissend.

„Kein Problem", sagte ich, nahm eine Jodtinktur aus der Vitrine und behandelte mit routinierten Griffen seine Verletzung. Danach verband ich seine Hand noch sorgfältig und sah ihn an.

„Das war's, damit müsste die Entzündung in spätestens drei Tagen auskuriert sein."

Er zog seine Hand zurück und griff noch in derselben Bewegung nach seinem Glas.

Dann herrschte ein unbehagliches Schweigen in meinem Arbeitszimmer. Ich fragte mich, was der Kommissar noch von mir wollte, denn dass er etwas wollte, das schien offensichtlich. Nur was? Ich beobachtete, wie er anscheinend versuchte, sich jeden Gegenstand und jeden Ort des Gegenstandes in meinem Zimmer zu merken, so als fotografiere er mit den Augen. Ich nahm an, dass er diese für seinen Beruf bedeutsame Fähigkeit auch in seinem privaten Leben nicht ablegen konnte. So wie ich versuchte bei jedem Menschen, der mir krank erschien, zu erkennen, was er hatte. Schließlich fragte ich ihn:

„Wie gehen die Ermittlungen voran?"

Er seufzte und schlug seine Beine übereinander. „Nicht so gut. Wir laufen von einer Sackgasse in die nächste. Meine Kollegen hier scheinen mir einfach etwas zu simpel gestrickt."

Ich zog eine Augenbraue hoch. „Aber Hauptwachtmeister Müller ist doch sehr kompetent."

Lavage lachte trocken und humorlos. Vielleicht erinnerte er sich an Müllers Versagen während der Obduktion.

„Ja, beim Kartenspielen in der Kneipe vielleicht. Mir jedenfalls ist er keine sonderlich große Hilfe. Aber wo wir grade davon sprechen, Herr Doktor. Nehmen wir einmal an, Sie hätten ein Motiv gehabt – Sehen Sie: Mit einem Motiv kann ich bereits aufwarten –, Sie hätten also irgend einen Beweggrund gehabt, den Herrn Eisenbahndirektor möglichst unauffällig aus der Welt zu schaffen. Was wäre in diesem Fall das Mittel Ihrer Wahl gewesen?"

„Diese Frage meinen Sie doch nicht ernst?"

Lavage beantwortete meine Gegenfrage nicht. Sein Gesichtsausdruck verriet jedoch, *wie* ernst er es meinte. Für einen Moment wurde mir etwas unwohl in der Magengegend. So absurd es mir erschien, aber ich musste die Frage stellen:

„Herr Kommissar, stehe denn ich oder irgendjemand aus meinem Hause unter Verdacht, etwas mit dem Tod Rosenthals zu tun zu haben?"

Er schüttelte langsam den Kopf. „Nein, kein Grund zur Beunruhigung. Ich benötige lediglich die Einschätzung, die Meinung und das Fachwissen eines Arztes."

Das hörte sich schon anders an und ging mir natürlich runter wie Honig, und ich fühlte mich gebauchpinselt.

„Gerne, da sind sie bei mir an der richtigen Adresse."

Lavage lächelte nur dünn und nickte.

„Nun ja, ich hätte ihn vermutlich vor einen Zug gestoßen. Das ist bei einem Bahndirektor naheliegend, unauffällig und am effektivsten, oder? Ich verstehe nicht viel von Kriminalfällen, aber eventuell hätte ich auch Gift genommen."

Ich zuckte ratlos mit den Schultern. Was beabsichtigte er mit diesen Fragen?

„Gift? Das ist doch eher Weibersache, nicht wahr?"

Ich zuckte erneut mit den Schultern.

„Und was ist mit dem Blumentopf? Sie wissen doch, dass neben der Leiche ein zerbrochener Blumentopf gefunden wurde. Im Obduktionsbericht wird er nicht erwähnt, aber können Sie wirklich zu *einhundert Prozent* ausschließen, dass der Blumentopf in einem kausalen Zusammenhang mit dem Todesfall steht?“

„Ach, Herr Kommissar, wie sollte ich? *Errare humanum est*, und ich bin ein Mensch, also …“

„Herr Doktor Krämer, ich bin nicht hier, um mit Ihnen zu philosophieren“, unterbrach er mich. „Ich möchte von Ihnen wissen, ob Sie es zu *einhundert Prozent* ausschließen können, ja oder nein?“

„Wenn Sie mich so fragen: Natürlich kann ich es nicht ausschließen. Ich darf Sie aber daran erinnern, dass Sie bei der Obduktion selbst zugegen waren. Wenn nicht mir, dann hätte doch zumindest Ihnen eine dementsprechende Verletzung des Schädels auffallen müssen. Zumal Sie, im Gegensatz zu mir, etwas von einem Blumentopf gewusst haben.“

Seine Miene verfinsterte sich. Er war es wohl nicht gewohnt, dass es jemand wagte, an seinen Fähigkeiten zu zweifeln.

„Denkbar wäre“, fuhr ich fort, „dass der fallende und berstende Topf ihn zum Stolpern brachte. Oder dass er über den Knall des zerbrechenden Topfes zu Tode erschrak. Denkbar ist vieles, dagegen sprechen die Tatsachen der Obduktion unter Ihrer Aufsicht, wenn ich so sagen darf.“

Lavage ging nicht weiter auf meine kleinen Sticheleien ein. Wie beim Schach schien er einen neuen Zug im Geiste durchzuspielen.

„Übrigens eine schöne Ansammlung von Apothekerfläschchen haben Sie da. Ist da was drin?“, schweifte er plötzlich vom Thema ab.

Ich nickte, während mir auffiel, dass sein Blick anscheinend auf eine bestimmte Flasche geheftet war.

„Selbstverständlich ist alles ordnungsgemäß gelagert. Allerdings gibt es in keinem der Fläschchen Mittel, die irgendwie gefährlich sind. Es sind meist harmlose Kräutertinkturen und leichte Schlafmittel aus Mohnsaft“, sagte ich.

„Arsen? Würden Sie das nicht als Gift bezeichnen?“, wandte der Kommissar ein und deutete auf eine der Flaschen, die alphabetisch geordnet in einer Vitrine standen.

„Nun ja, Arsen *kann* als Gift eingesetzt werden. Bei meinen Verwendungszwecken allerdings ist Arsen ein Asthmamittel. Diese Verwendung des Giftes wurde erst vor einigen Jahren bekannt. Es hilft ungemein bei asthmatischen Anfällen und einigen Lungenkrankheiten. Selbstverständlich nur in geringen Dosen. Eine falsche Dosierung kann tödlich enden, deswegen habe ich, wie Sie dort sehen, einige Bücher über die Kunst der richtigen Dosierung. Arsen kann man in Muskeln, Nieren, Knochen und der Lunge sowie in den Haaren nachweisen. Auch noch lange nach dem Tod beziehungsweise nach dem Konsum von Arsen“, endete ich meinen Bericht und wartete auf eine Reaktion seinerseits.

„Man kann es also nachweisen? *Wie* lange?“

War Lavage zu Anfang seines Besuchs noch der Patient beim Arzt gewesen, so hatte sich seine Rolle völlig gewandelt. Nun war er ganz der Kommissar. Ich musste ihn sogar ein klein wenig bewundern, wie zielgerichtet er seine

Umgebung observierte und seine Gedanken immer wieder neu formierte, um bei der Lösung seines Falles voranzukommen. Ich gab ihm also die gewünschten Fakten.

„Lange, sogar noch mehrere Wochen nach der Exposition kann man es durch die Marsh'sche Probe nachweisen, wenn es denn hoch genug dosiert wurde. Nebenbei bemerkt fällte ein Gericht erstmalig im Jahre 1840 ein Urteil gegen eine gewisse Marie Lafarge, die mit Hilfe dieser Methode überführt werden konnte."

Ich musste mir ein Grinsen wirklich verkneifen, als er mich etwas irritiert ansah.

„Lafarge, so so. Nun, und was würden Sie sagen? Wurde unser Herr Direktor mit Arsen vergiftet?"

Ich lehnte mich zurück und nahm einen Schluck von meinem Wein. In aller Ruhe stellte ich mein Glas wieder ab und bemerkte, wie der Kommissar jeder meiner Bewegungen mit den Augen folgte.

„Nun, aufgrund der Tatsache, dass ich keinerlei Anhaltspunkte für eine Arsenvergiftung gefunden habe und auch keine Rückstände dieses Giftes, kann ich diese Möglichkeit ausschließen."

Der Kommissar lehnte sich enttäuscht zurück. Langsam drehte er das Glas in seiner Hand und beobachtete, wie die dunkelrote Flüssigkeit an den geschliffenen Wänden des Gefäßes rauf- und runterschwappte. Ich stützte meine Ellbogen auf die Armlehne, legte die Hände zusammen und ließ die Finger einer nach dem andern aufeinanderprallen. Immer wieder, bis schließlich die Stimme des Kommissars die Stille zerschnitt. Ich sah auf und begegnete seinem Blick.

„Gäbe es noch ein anderes mögliches Gift?“ Er wirkte irgendwie enttäuscht, was ich gut verstehen konnte. Ich überlegte, doch er unterbrach meinen Gedankengang und warf einen Namen in den Raum.

„Fingerhut?“

Der Name schwebte zwischen uns, und ich nickte.

„*Digitalis purpurea*, natürlich. Alles an dieser Pflanze ist giftig, wirklich alles. Es ist noch nicht lange bekannt, aber in der richtigen Dosierung, Sie sehen es, kommt alles auf die Dosierung an, wirkt der Rote Fingerhut auch gegen Herzinsuffizienz und Ödeme. Schon der Verzehr von zwei bis drei Blättern *Digitalis purpurea* ist meist tödlich. Allerdings schmecken die Bestandteile der Pflanze wohl recht bitter, weswegen man es kaum unmerklich verabreichen kann. Außerdem muss man, wenn man es doch hinuntergewürgt hat, den aufkommenden Brechreiz unterdrücken, damit es wirklich seine volle Wirkung entfalten kann. Die normalen Symptome sind Erbrechen, Schwindel und das Sinken der Herzfrequenz auf unter 50 Schläge pro Minute. Man kann es noch bis zu drei Wochen nach Beendigung der Einnahme nachweisen.“

Ich ärgerte mich, dass ich nicht so viel über Fingerhut wusste, wie über Arsen, Ricin, Hanf und andere schwere bis leichte Gifte. Lavage sah auf die Behälter in der Vitrine.

„Fingerhut werden sie nicht unter *F* finden, Herr Lavage. Sehen Sie hier, *Digitalis*, das ist der Fingerhut.“

Er nickte, als ich auf das entsprechende Töpfchen wies. Dann sah er mich erwartungsvoll an. Ich schüttelte den Kopf.

„Es ist so gut wie unmöglich, dass er *Digitalis* zu sich genommen hat, denn wie gesagt, es schmeckt wohl äußerst bitter. Außerdem passen die Symptome nicht ganz zusammen. Das Erbrechen und das hohe Fieber schon, allerdings hatte der Herr Rosenthal eine stark missgebildete Leber, was nicht recht in den Zusammenhang mit dem Fingerhut passt", nahm ich ihm auch die nächste Hoffnung. Aber er war ja nicht dumm.

„Auf welches Gift würde es denn passen? Gäbe es da eines?"

Ich überlegte, ging die Gifte durch, die ich kannte, und nickte dann langsam.

„Ja, da gäbe es eines, welches passen würde."

Er sah mich an und rutschte in seinem Stuhl hin und her.

„Nun welches denn?", fragte er schnell. Sein Eifer amüsierte mich.

„Diese Symptome, das Erbrechen, das hohe Fieber und die Schädigung der Leber. Ich kann mich natürlich auch irren, aber es passt alles auf ein bestimmtes Gift."

Wir sahen uns an.

„Ricin. Es wäre möglich, dass es Ricin war. Eines der gefährlichsten Pflanzengifte. Nur die Samen sind giftig, allerdings nur unterhalb der Schale. Wenn man dieses Gift nur irgendwie in den Körper bekommt, tötet es ziemlich qualvoll innerhalb der nächsten drei bis vier Tage. Dem Betroffenen geht es immer schlechter, bis er meist am Ende an einem Herzstillstand … "

Ich beendete den Satz nicht mehr. Ich merkte, wie sich kalter Schweiß auf meiner Stirn bildete, denn es passten hier ein paar Dinge zusammen, auf die ein wirklich guter Obduzent schon früher hätte kommen müssen.

„Und wie, meinen Sie, hätte man es in den Körper bekommen können?“

Ich zuckte mit den Schultern und drehte gleichzeitig sinnlos das Weinglas in der Hand herum.

„Durch die orale Einnahme, also Essen, Trinken oder auch durch eine Injektion. Es wäre sogar denkbar, dass das Gift nur durch leichte Oberflächenwunden in den Körper gelangt.“

Ich bemerkte, wie Lavage seine Hand ansah und schluckte. Ich schwieg.

„Nun gut, Ricin also. Und Sie wissen nicht zufällig, wo man das hier in Soest herbekommt? Soest ist ja nicht gerade, mit Verlaub, eine Weltstadt.“

Ich schob ziellos ein paar Sachen auf meinem Schreibtisch herum.

„Na ja, also das Öl, welches unter dem Namen Ricinusöl bekannt ist, bekommt man sicherlich in jeder Apotheke in Soest. Allerdings ist das Öl vollkommen ungefährlich. Es wirkt nur abführend. Eine Überdosierung kann höchstens zu starkem, nun ja … Stuhlgang führen.“

„Und diese giftigen Samen?“

Ich überlegte.

„Tut mir Leid, das weiß ich nicht. Bei der Pflanze handelt es sich um ein Tropengewächs, das in unseren Breiten nicht gedeiht. Aber ich habe eine Patientin, sie wohnt ganz in der Nähe und kennt sich sehr gut mit Pflanzen aus, denn sie ist Botanikerin. In ihrem Wintergarten stehen viele exotische Pflanzen. Sie ist zwar eine Frau, aber sie weiß wirkliche eine Menge über grünes Gestrüpp."

Ich war froh, dass mir Frau Vogt noch eingefallen war.

„Wie heißt denn diese Frau?" Ich sah ihn an und beugte mich vor.

„Anna Vogt, im Haus ‚Zum Spiegel', nur zwei Minuten von hier, gleich neben dem Hotel. Es liegt etwas zurück."

Der Name der Botanikerin wog schwer in der kühlen Luft meines Arbeitszimmers, und dies unbehagliche Gefühl verschwand erst, als Lavage sich zurücklehnte und bedächtig den letzten Schluck seines Weins trank.

„Gibt es noch etwas, was ich wissen sollte?", fragte er.

„Nein, eigentlich ist das alles, was ich Ihnen dazu sagen kann. Außer vielleicht: Die Pflanze hat Ähnlichkeit mit einer Hanfpflanze, und die Samen sind bräunlich mit auffälligem Muster."

„Gut, damit bin ich erst mal zufrieden. Ich danke Ihnen, dass Sie sich so viel Zeit genommen haben. Was bin ich Ihnen schuldig?"

Er stand auf, und ich tat es ihm nach.

„Darüber reden wir nicht, Herr Kommissar. Ich hoffe doch, dass ich Ihnen helfen konnte, und falls der Obduktionsbericht, wie soll ich sagen … Sie wissen schon … "

Er nickte, und wir gingen im besten Einvernehmen zur Haustür, als sich plötzlich die Stube öffnete und Sophie herauskam.

„Sie gehen schon? Bleiben Sie doch noch auf eine Tasse Tee", schlug sie vor.

Er lächelte sie mild an. Das erste Mal, dass ich ihn so freundlich lächeln sah!

„Vielen Dank, Frau Doktor Krämer, aber ich habe es etwas eilig. Auf dem Weg ins Hotel habe ich noch einen dringenden Ausflug in den Botanischen Garten zu machen."

Mit diesen Worten streckte er der Verdutzten, die von einem solchen Garten in Soest noch nie gehört hatte, die Hand entgegen. Sie ergriff sie lebhaft und sagte:

„Dann kommen Sie gut in Ihr Hotel, Herr Kommissar."

Er öffnete die Haustür. Ohne ein weiteres Wort tippte er an die Hutkrempe und zog eine Pfeife aus der Manteltasche. Dann verschwand er in der Dunkelheit.

„Was für ein gut aussehender Mann! Allerdings ist er tatsächlich etwas … " Sophie suchte nach dem passenden Ausdruck. Ich sah sie fragend an. „Ja, es hat mich erstaunt, dass er so umgänglich und nett war, ganz anders, als du ihn geschildert hast", murmelte sie.

Ich schob sie wortlos aus dem kalten Flur in die Stube.

„Du hast meinen Springer umgestellt, du Betrügerin", sagte ich dann und deutete auf eine Figur.

„Das ist ein Turm, aber ich habe weder den Springer noch den Turm noch irgendeine andere deiner Figuren umgestellt, liebster Conrad", widersprach sie. Doch ich rief:

„Betrügerin! Ich gehe und hole die Polizei."

„Tu, was du nicht lassen kannst. Aber was sollen die Nachbarn denken, wenn gleich zwei Mal am Abend die Polizei ins Haus kommt?"

„Jetzt leugnest du auch noch, das gibt aber Ärger mit der Oberen Schachbehörde … gesteh' es doch einfach!"

Wir setzten uns.

„Lass uns weiterspielen, du Verleumder!"

„Nein, mit dir spiele ich nicht mehr. Du hast mich betrogen."

„Habe ich nicht!"

„Na, gut, dann eben nicht. Wer war dran?"

„Du!"

Ich zog meinen Turm zwei Felder vor und verlor am Ende haushoch.

Er war wieder da, der Herr Kommissar! Seltsam, wie sich hier in unserem Kirchenraum in letzter Zeit das Profane breit macht. Nicht nur dass es eine Mode geworden zu sein scheint, dass die Weiber hier ihr Schwätzchen halten, nun kommt auch noch die staatliche Gewalt daher und geht auf die sogenannte Spurensuche. Doch beide, Weiber wie Kommissar, beugen ihre Knie nicht mehr. Sie kennen kein Erschauern vor dem sakralen Raum, sie zeigen keine Demut mehr, sie haben die jahrtausendealte Kraft des symbolischen Denkens preisgegeben. Statt dessen kommen sie hochgereckten Hauptes hier hereinstolziert und präsentieren, was in ihren Köpfen geblieben ist: Mode und Kinkerlitzchen auf der einen, Rationalität und wissenschaftlichen Dünkel auf der anderen Seite. Ach, man möchte sie manchmal verfluchen, diese modernen Menschen. Sie wähnen sich immer am Ende und an der Spitze eines Menschheitsfortschritts und blicken mit Verachtung auf die Generationen vor ihnen. Sie schießen heimatverloren mit Schnellzügen über das Land dahin und spotten der gemächlichen Karren der Bördebauern. Doch diese sind es, die sie nähren. Sie zeigen mit feisten Fingern auf das mittelalterliche Bild, das die Zentralperspektive nicht kennt. Doch sie selbst schmieren die Farben konturenlos auf die Leinwand, so dass die dargestellte Wirklichkeit, Gottes Schöpfung, wenn sie denn überhaupt erkennbar ist, verhöhnt wird.

Man verzeihe mir diese weitschweifigen Überlegungen. Ich weiß, ich soll mich an die Tatsachen und nichts als die Tatsachen halten. Der Kommissar hatte mir die strenge Instruktion gegeben, mich bei meinen Beobachtungen allein von der aufrichtigen Suche nach der Wahrheit leiten zu lassen. Wahrheit! Objektive Wahrheit! Die Wahrheit des Naturwissenschaftlers und Materialisten! Was aber soll ich, Sakristan des hiesigen, dem heiligen Patroklus gewidmeten Stiftes, ein dem Dienst Gottes verpflichteter und um die himmlische Liebe ringender Mensch, mit einer Wahrheit, die in der Konsequenz darauf abzielt, die göttliche Heilslehre als unzulänglich und falsch darzustellen? Was soll ich also mit so einer Wahrheit? Es wäre ein Fehler des gesamten geistlichen Standes, wollte er sich auf die materialistischen Strömungen am Ende dieses Jahrhunderts herabziehen lassen und in seinen Brüdern und Schwestern nur noch aufrecht laufende Affen und im Mitmenschen nur den allen Verlockungen des freien Warenverkehrs ergebenen Bürger sehen. *Vanitas vanitatum, et omnia vanitas*: In der industriellen Warenwelt wird der Mensch seine Bestimmung nicht finden, denn die ist eine göttliche und lässt sich in Rosenbaums Warenhaus für kein Geld der Welt erwerben, noch wird man mit der schnellsten aller Eisenbahnen je zu ihr gelangen. Die elementaren Fragen unseres Seins – Wo komme ich her? Was ist der Sinn meines Lebens? Und: Was darf ich hoffen? – lassen sich durch die alberne Beobachtung spielender Primaten im zoologischen Garten oder durch kleinliche Zählerei von Atomen nicht mal andeutungsweise beantworten. Wer erst tötet, um anschließend sezieren zu können, wer erst das herrliche Tafelbild unseres Meisters Conrad in St. Nikolaus in tausend Stücke schneidet, um sodann die blauen, roten und goldenen Teile zu zählen, der wird niemals etwas von der Schönheit und der transzendenten Wahrheit dieses Kunstwerks begreifen. Nein, Herr Kommissar, für Ihre Art von Wahrheit werde ich kaum der rechte Zeuge sein.

Diese Überlegungen habe ich im Gespräch mit dem Herrn Lavage aus Münster, wie man sich denken kann, nicht laut vorgebracht. Zwar hat ein Geistlicher im Irdischen nichts zu fürchten, dennoch geziemt es sich wohl, das Nebeneinander von geistlicher und weltlicher Autorität zu akzeptieren, und sei letztere die protestantisch-preußische, die wir in Soest im Jahr des Herrn 1890 nun mal haben. Ich will also meinen inneren Frieden mit dem Herrn Kommissar schließen und ihm geflissentlich davon berichten, was dem Kirchendiener zugetragen wird oder was dieser Kraft eigener Beobachtung und Schlussfolgerung zur causa „Direktor Rosenthal" beisteuern kann. Doch eines habe ich dem feinen Kommissar aus Münster noch mit auf den Weg gegeben: Wer meint, man könne auf die biederen, bodenständigen Bewohner unserer Ackerbürgerstadt hochnäsig herabsehen, statt die Vorzüge ihres Charakters wie Treue, Güte und tiefe Frömmigkeit anzuerkennen, der wird sich hier die Zähne ausbeißen.

Doch zu den Tatsachen! Erst im Nachhinein stellt es sich für mich so dar, dass mir zunächst nicht die Frauen aufgefallen waren, sondern ein Korb, beziehungsweise Körbe oder Taschen. Immer, wenn ich am Nebenchor unserer Jungfrau Maria vorbeikam, sei es zur Leerung des dortigen Opferstockes, sei es zu einigen Minuten der Ruhe und innigster Sammlung, gewahrte ich dort unten zu Füßen der Madonna einen Korb oder eine Tasche. Daran ist nichts

Ungewöhnliches, dass nach Messfeiern Gegenstände des Alltags wie beispielsweise Regenschirme und insbesondere Kleidungsstücke wie Hüte oder Handschuhe in den Bänken liegen bleiben. Diese werden von uns jeden Abend getreulich eingesammelt und können jeder Zeit wieder bei uns abgeholt werden. Doch mit den besagten Körben musste es eine besondere Bewandtnis haben, denn jedes Mal, wenn ich tagsüber einen solchen Gegenstand entdeckt hatte und abends kam, ihn als Fundsache einzubehalten, war er verschwunden. *Wäre nicht das Auge sonnenhaft, es könnt' die Sonne nicht entdecken*: Gemäß dieser Einsicht sah mein dem irdischen Getriebe entwöhntes Auge im Korb nichts als einen stehengelassenen Korb, in der Tasche nichts als eine Tasche. Irgendein frommes Weib wird das entsprechende Behältnis nach ihrer Andacht vergessen haben, dachte ich. Und ich wäre nicht, der ich bin, wenn ich aus dem simplen Vorhandensein oder der Abwesenheit von Gegenständen *Zusammenhänge* induzieren würde, wie es ein Kommissar vielleicht gerne hätte.

Aber dennoch: Ich erinnere mich sehr wohl daran, wie, um ein *datum post quem* zu nennen, bereits seit dem Sommer des vorigen Jahres die heilige Ruhe und Stille des Kirchenschiffs zwischen den Messfeiern gestört wurde, wenn Gewänder raschelten und Weibermode über den Boden schleifte.

Einmal aufmerksam geworden, bekam ich nach einigen Wochen genaueren Beobachtens heraus, dass immer wieder, in den Vormittagsstunden zumeist, zwei bis vier mir unbekannte Weiber wie verabredet am Marienchor zusammentrafen. Sie selbst schienen miteinander sehr wohl bekannt zu sein, denn kaum waren sie einander ansichtig geworden, setzte sogleich heftiges Flüstern und Tuscheln ein.

Ich gebe viel auf die Frömmigkeit der Weiber, die, um es nur ehrlich einzugestehen, diejenigen sind, welche den spirituellen Gehalt und die uralten Traditionen unserer Heiligen Römisch-Katholischen Kirche noch verstehen, aufrecht erhalten und an ihre Kinder weitergeben. Ohne sie stünde es schlecht um das geistliche Leben unserer modernen Welt, die, von ihren alten Bindungen gelöst, besinnungslos immer neuen, vor allem technischen Errungenschaften, entgegentaumelt. Es ist gut, dass die Weiber mit ihrem natürlichen Beharrungsvermögen sich die Frage stellen: wozu das alles?

Umso ärgerlicher erscheinen mir dann solche Weiber wie die genannten, die den Kirchenraum zu anderen Zwecken missbrauchen. Sie geben vor zu beten, stattdessen werden die neuesten Soester Gerüchte oder gar die heimlichsten Dinge aus ihrem Eheleben ausgetauscht. Und das im Angesicht der Mutter Gottes!

Diesen Weibern entströmt, da mögen sie sich parfümieren, wie sie wollen, der Moderhauch der Hölle!

⚜

Das Gespräch mit Doktor Krämer hatte mich neugierig gemacht. War es möglich, dass Rosenthal mit Ricin vergiftet worden war? Ich musste einfach mehr über diese Pflanze herausfinden. Etwas seltsam kam es mir jedoch vor, dass eine Frau, dazu noch eine kleinstädtische Soesterin, sich mit Botanik auskannte.

Ich blickte noch einmal kurz und sehnsüchtig zu meinem Hotel hinüber, bevor ich in die Zufahrt zu dem von Krämer beschriebenen Haus einbog. Es lag gut zwanzig Meter von der Straße zurück.

Ich betätigte den schweren Türklopfer an der Pforte und musste eine Weile warten, bis mir ein älterer Herr, ein wahres Faktotum von Diener, die Tür öffnete. Irgendwie fühlte ich mich bei dieser Szene an meinen Besuch bei Frau Wiemann erinnert. Ich klopfte völlig unvermittelt an die Tür anderer Leute Häuser und wirkte wahrscheinlich wenig glaubhaft ohne Dienstkleidung oder einen weiteren Polizisten an meiner Seite. Dass der Staat ansonsten Geld damit verprasste, stets zwei von uns loszuschicken, war dem Bürger eigentlich gut bekannt.

Doch der alte Hausangestellte wirkte wenig verblüfft, als ich mich vorstellte. Mit fast flüsternder Stimme bat er mich herein, nahm mir meinen Mantel ab und bat mich an, ihm zu folgen. Ich dachte daran, dass meine Frau immer sagte, dass man ab einem gewissen Alter wohl wieder die Unbeschwertheit eines Kindes besaß.

Ich beobachtete, wie der Herr mit zittriger Hand meinen Mantel an die Garderobe hängte, die sich rechts neben der Tür befand. Dann schritten wir durch die schwach ausgeleuchtete Diele, die bedrückend wirkte, aber dennoch elegant durch die diagonal verlegten schwarzen und weißen Fliesen. Das meiste Licht spendete das knisternde Feuer im Kamin auf der linken Seite.

Der alte Diener in dunkler Livree steuerte auf eine große Rundbogentür am Ende des Raumes zu. Dabei handelte es sich um eine gusseiserne Sprossentür, hinter der sich anscheinend ein wahrer Urwald verbarg – der von mir gesuchte „Botanische Garten“.

Nach einem kurzen Klopfen legte Frau Vogts Hausangestellter seine weiß behandschuhte Rechte auf die Klinke und bedeutete mir mit seinem Blick, erst einmal vor der Tür zu warten.

Als er sie öffnete, strömte mir ein Schwall warmer Luft entgegen, die neben einem leichten Geruch nach Erde noch andere, eher süßliche Duftnuancen mit sich brachte. Ich hörte, wie er meinen Besuch ankündigte, konnte die knappe Antwort, die ich von einer sanften Frauenstimme vernahm, jedoch nicht ganz verstehen.

Schließlich kam der Alte zurück und nickte mir nur stumm zu, bevor er sich entfernte. Ich drehte mich noch einmal kurz nach diesem Relikt vergangener Zeiten um.

Als ich die Tür nun gänzlich öffnete und einen Schritt in den Wintergarten machte, wurde mir klar, dass Frau Vogt hier mehr als nur ein paar einheimische Kräuter züchtete. Der ganze Raum war mit Pflanzen verschiedenster Arten voll gestellt, von denen ich die wenigsten schon einmal gesehen hatte. In ihrem Repertoire befand sich anscheinend von der Palme bis zur keimenden Knolle so ziemlich alles.

Etwas weiter hinten im Raum befand sich ein großzügiger Diwan mit vielen bunten, orientalisch anmutenden Kissen, auf dem eine Dame in einem wallenden, orangefarbenen Reformkleid saß. Sie lächelte mir sanft zu. In ihren Augen lag ein gewisser freundlich-ironischer Ausdruck, den ich mir nicht erklären konnte. Eher hätte sie mich wie einen ungebetenen Gast ansehen müssen.

Ihre langen, dunklen Haare waren kunstvoll zu einem Zopf gebunden, und in der linken Hand hielt sie eine Zigarettenspitze, von der Rauchschwaden langsam aufstiegen.

Überrascht stellte ich fest, dass ich die Frau bereits kannte. Ich hatte sie auf der Beerdigung des Direktors mit ihrem Mann gesehen. Es war das Weib gewesen, das den Zusammenbruch der zierlichen Dame besonders besorgt beobachtet hatte.

„Setzen Sie sich doch, Herr Lavage."

Mehr sagte sie nicht, doch es kam mir keinesfalls unhöflich vor, dass sie mir keinen „Guten Abend" gewünscht hatte. Irgendwie passte es nicht zur Atmosphäre dieses Raumes. Es herrschte eine außerordentliche Hitze gepaart mit Feuchtigkeit, was sich auch darin zeigte, dass die Glasscheiben zum Garten hin vollständig beschlagen waren. Überall rannen kleine Kondenstropfen herab, und auch bei mir lief augenblicklich der Schweiß die Stirn hinunter. Ich war mir nicht ganz sicher, ob ich dem Klima gewachsen sein würde und mich setzen sollte. Allerlei Bücher lagen sowohl auf dem Diwan als auch auf dem kleinen Mahagonitischchen mit Perlmutt-Intarsien, der davor stand.

„Ich mache Ihnen ein wenig Platz", sagte sie, als sie meinen Blick bemerkte, der über ihre Sachen wanderte. Sie legte die Zigarette in einem gläsernen Aschenbehälter ab und begann, alles ordentlich auf dem Beistelltischchen zu stapeln. Als sie sich nach vorne beugte, gewahrte ich, dass sie kein Korsett, ja nicht mal ein Leibchen unter ihrem an sich schon unkonventionellen Kleid trug. Von ihrem Körper ging ein schwerer Lavendelduft aus.

Was für eine ungewöhnliche Frau!

Ihr Anblick beschämte mich, und ich senkte schnell den Blick. Dann setzte ich mich auf die äußere Kante des Diwans und betrachtete die Pflanze, die neben mir stand. Es war eine riesige Staude mit großen, länglichen, hellgrünen Blättern, die an langen Stielen wuchsen.

„Diese Form der Blätter kommt mir bekannt vor. Ich habe sie schon einmal auf einer Zeichnung gesehen. Ist das eine Bananenstaude?"

„Ganz recht. Wie ich sehe, interessieren Sie sich auch für exotische Pflanzen?"

„Nun ja … eigentlich nur im Zusammenhang mit meinem derzeitigen Fall. Wie Sie vielleicht wissen, wurde ich aus Münster nach Soest berufen, um mich mit dem Tod des Eisenbahndirektors Ernst Rosenthal zu beschäftigen. Ich habe Sie auf seiner Beerdigung gesehen. Woher kannten Sie ihn?"

Sie begann mit den Haarspitzen zu spielen, die am Ende ihres Zopfs herausguckten.

„Ernst war ein Freund meines Mannes."

Ich erwartete, dass sie noch etwas hinzufügte, aber stattdessen ließ sie von ihrem Zopf ab und blickte mir ins Gesicht. Ich bemerkte, dass sich einige kurze Haarsträhnen gelöst hatten und ihr ins Gesicht fielen. Die dunklen Haare bildeten einen starken Kontrast zu ihrer blassen Haut. Ich versuchte, an ihr vorbei hinaus in den Garten zu schauen, obwohl ich wegen der Dunkelheit draußen natürlich nichts sehen konnte.

Nach einer Pause, die mir wie eine halbe Ewigkeit vorkam, sagte sie schließlich: „Ich werde nach Alfred klingeln, damit er noch ein bisschen Holz auf den Kachelofen legt. Meine Pflanzen brauchen die Wärme."

Mein Anblick verriet ihr wohl, dass es mir im Augenblick ganz anders als ihren Pflanzen erging, und so fügte sie hinzu: „Ich könnte Ihnen einen kühlen, trockenen Sherry bringen lassen, falls Sie möchten."

Ich nickte lediglich. Sie stand auf, um einen kleinen Hebel an einer der Säulen des Wintergartens zu betätigen, der die damit verbundene Glocke in der Küche läuten ließ. Während sie das tat, bewegte sich raschelnd der leicht durchscheinende Stoff ihres Kleides. Der große Standspiegel gegenüber dem Diwan tat sein Übriges, so dass ich mich an die berüchtigten Schleiertänze der Lady Hamilton erinnert fühlte. Am liebsten hätte ich Frau Vogt gefragt, ob sie sich nicht etwas überziehen wolle, um sich nicht zu verkühlen, was bei der Hitze im Raum natürlich lächerlich gewesen wäre.

Als sie bemerkte, wie ich sie beobachtete, blickte ich schnell auf das Tischchen vor mir. Das zuoberst liegende Buch trug den Titel *Vegetable Teratology* von einem gewissen Maxwell Tylden Masters. Es sah schon etwas älter und zerlesen aus – offenbar ein Standardwerk. Zwischen zwei anderen Büchern war ein Brief eingeklemmt. Es guckte lediglich eine Ecke heraus, auf der ich eine säuberliche Frauenhandschrift erkennen konnte. „Liebste An" konnte ich noch lesen und ein paar Worte der Zeile darunter, aus denen ich mir aber nicht viel zusammenreimen konnte.

Ich blickte auf. Während Frau Vogt sich wieder neben mir auf dem Diwan niedergelassen hatte, stand Alfred bereits in der Tür und fragte, womit er dienen könne. In einem ungewöhnlich freundschaftlichen Ton gab sie ihm Anweisungen und richtete sich dann wieder an mich:

„Herr Lavage, was genau führt Sie denn zu mir?"

Sie wirkte ganz gelassen, so wie sie sich auf die Kissen zurückfallen ließ und in den großen Spiegel gegenüber sah. Ich folgte ihrem Blick. Mit roter Schrift – es mochte Schminke sein oder Farbe – war unten rechts etwas auf den Spiegel geschrieben worden: „J'ai baisé ta bouche, Iokanaan." Ich verstand nicht, was die französischen Worte bedeuteten. Da mir meine Unkenntnis unangenehm war, unterließ ich es, sie danach zu fragen.

Stattdessen sagte ich: „Herr Doktor Krämer hat sie mir als Kennerin der Pflanzenwelt empfohlen. Ich habe ein paar Fragen zur Herstellung und Verwendung von pflanzlichen Giften."

Alfred kam mit dem Sherry herein und reichte sowohl mir als auch Frau Vogt ein Glas. Sie bedankte sich freundlich und lächelte mich an, bevor sie einen Schluck nahm. Auch ich nippte kurz an meinem Glas. Eigentlich war ich kein Sherry-Trinker, aber an diesem Abend hatte er eine wohltuende Wirkung auf mich.

„Ich sprach mit Doktor Krämer über Ricin“, fuhr ich fort. „Wissen Sie etwas über die giftigen Samen der Ricinusstaude?“

„Sicher, man kann aus den Samen Gift gewinnen, aber dabei handelt es sich um einen schwierigen und langwierigen Vorgang. Meines Wissens nach muss man die Samenschale entfernen und dann das Gift extrahieren. Haben Sie schon einmal eine solche *Palma Christi* gesehen, Herr Kommissar?“

„Nein, man hat mir gesagt, dass es sich bei der Pflanze um ein Tropengewächs handelt, das in unserer Gegend nicht gedeiht.“

„Normalerweise ist das so.“ Sie stellte ihr Glas auf dem Tisch ab. „Mir ist es jedoch gelungen, einige dieser höchst empfindlichen Pflanzen großzuziehen.“ In ihrem Blick lag ein wenig Stolz. „Ein befreundeter Kaufmann hatte mir damals die Samen aus Südamerika mitgebracht.“

Frau Vogt hatte eine sehr natürliche Art an sich. Keinesfalls wirkte sie so gekünstelt wie die anderen Weiber, denen ich in den letzten Tagen begegnet war. Ich lauschte gerne ihren Erklärungen.

„Möchten Sie sie sehen? Kommen Sie!“ Ohne meine Antwort abzuwarten stand sie auf. Die Art, in der sie sich bewegte, war so elegant und anmutig wie die einer Leopardin.

Auch ich stand vom Diwan auf und folgte ihr durch den grünen Dschungel hin zu einer Staude mit mehrfingrigen grünen Blättern, die zur Spitze der Pflanze hin einen rötlichen Ton annahmen. Zwischen einigen Zweigen befanden sich kugelförmige Früchte mit kleinen Sporen dran.

„Sehen Sie die stachligen, rosa-grünen Samenstände? Unter ihnen befinden sich die braun gemusterten Samen. Wenn diese getrocknet sind, glänzen sie und haben Ähnlichkeit mit dem Panzer eines Käfers.“ Sie strich sachte, zärtlich fast über ein Blatt der Staude, ohne dass es ihr selbst bewusst zu sein schien.

„Was würden Sie sagen, Frau Vogt, wie viele Samen würden genügen, um einen Mann mit Rosenthals Statur zu vergiften?“

Wie von fern hörte ich meine Stimme, als ob es nicht meine eigene wäre. Die Hitze im Wintergarten machte mir zu schaffen. Der Raum war wie eine kleine Oase in brütender Sonne, nur dass ich mich in Wirklichkeit in Soest befand und nicht in einer Wüste am anderen Ende der Welt.

„Der Verzehr von sieben bis acht Samen kann für einen durchschnittlichen Erwachsenen tödlich sein. Bei Herrn Rosenthal hätten es also ein paar mehr sein müssen.“ Sie lachte kurz auf beim Gedanken an den fettleibigen Direktor. „Aber Sie interessieren sich wohl eher für den Tod durch Injektion?“

„Ja“, entgegnete ich lahm. „Wäre es möglich gewesen, ihn durch eine leichte oberflächliche Wunde mit dem Gift zu töten?“

„Durchaus, Herr Lavage, durchaus. Wollen wir uns wieder setzen, oder möchten Sie sich noch länger meine Pflanzen anschauen?“

Sie verströmte eine Leichtigkeit, die mich ganz befangen machte. Ich hätte mir noch stundenlang die exotischen Gewächse mit ihr anschauen können.

„Eigentlich interessiere ich mich nur für die giftigen", sagte ich zögerlich. „Also für die, die für eine Ermordung des Direktors in Frage kämen, falls Sie verstehen, was ich meine."

Natürlich verstand sie.

„Da kann ich Ihnen leider nicht mehr viel bieten. Zwar kommt es immer auf die Dosierung der Extrakte an, wie Ihnen Herr Doktor Krämer bestimmt schon erklärt hat, aber die meisten meiner Pflanzen sind harmlos. Zum Verzehr geeignet sind sie allerdings auch nicht, da sie äußerst bitter schmecken und schlecht verdaulich sind."

„Ich glaube, das genügt mir vorerst, Frau Vogt. Ich werde mich jetzt von Ihnen verabschieden. Haben Sie vielen Dank für Ihre Gastfreundschaft zu dieser vorgerückten Stunde."

„Das ist doch selbstverständlich", sagte sie und reichte mir die Hand. „Alfred wird Sie hinausbegleiten."

„Oh nein, lassen Sie ruhig. Ich finde den Weg alleine."

„Ganz wie Sie wünschen, Herr Lavage. Wir sind alle freie Menschen."

Diese Worte klangen mir nach, als ich mich auf dem Weg zurück ins Hotel befand. Ich hatte meinen Mantel über den Arm gelegt, obwohl auf den Straßen Schnee lag. Erfrischend kühle Luft strömte mir entgegen. Allmählich befreite sich mein Kopf von all den schweren Gerüchen und der Hitze des Wintergartens. Das wallende Kleid und das grüne Dickicht verschwanden vor meinen Augen.

Ich blieb stehen und blickte zum klaren Sternenhimmel hinauf. Jedes der Millionen Lichter dort oben funkelte ohne einen Bezug zu den anderen einsam vor sich hin. Wir Menschen sind es, die die Sternenbilder sehen.

Alles ergab plötzlich einen Sinn. Ich musste zurück zur bleichgesichtigen Leopardin.

Aus Stadt, Provinz und Gegend.

* * **Soest**, 11. Febr.

Der Tod des Eisenbahndirektors Herrn Ernst Rosenthals ist aufgeklärt. Wie Hauptwachtmeister Müller berichtet, wurde Direktor Rosenthal das Opfer eines Kapitalverbrechens. Bei dem Mörder handelt es sich um eine bürgerliche Frau aus Soest. Anna V. habe den Eisenbahndirektor in heimtückischer Weibermanier mit dem schlimmsten aller bekannten Giftstoffe, Ricin, vergiftet.

Wie Müller weiter ausführte, handele es sich bei Anna V. um die Anführerin einer schon seit Jahren im Verborgenen agierenden Gruppe von Weibern, die es sich zum Ziel gesetzt hätten, die Ordnung und die moralischen Werte unserer Gesellschaft in Frage zu stellen oder umzukehren. Zur Durchsetzung ihrer umstürzlerischen Ziele sei ihnen, wie die entsetzliche Tat gezeigt habe, jedes Mittel recht. Dabei sei Direktor Rosenthal als exponiertes Symbol der bestehenden, verhassten Gesellschaftsordnung zum Opfer auserkoren worden.

Anna V. habe, mit der Anklage konfrontiert, überraschenderweise ein sofortiges Geständnis abgelegt. Doch habe sie keinerlei Anzeichen von Reue gezeigt, sondern sich vielmehr gefasst und erhobenen Hauptes abführen lassen. Selbst Kommissar Lavage aus Münster, der zur Klärung dieses Todesfalles nach Soest geschickt worden war, habe sich erstaunt gezeigt, welche menschlichen Abgründe sich ihm in unserer Stadt eröffnet hätten. Außerdem könne man an dieser Tat ablesen, was passiere, wenn man den Weibern zu viele Freiheiten gewähre.

Münster, den 8. April 1890

Liebste Marie,

Hin und her aber schreitet sie oft und denkt
an die freundliche Atthis, in
zarter Seele voll Sehnsucht …

Oft denke ich an die Stunden, da ich Dir solche Verse vorgelesen habe und wünsche mir, dass Du unsere gemeinsame Zeit niemals vergisst.

Auch wenn wir nun getrennt voneinander sind, sind mein Denken und mein Fühlen doch immer bei Dir, und nichts erfüllt mich mit größerer Freude, als zu wissen, dass es Dir gut geht und dass einzig richtig war, was geschehen ist.

Ich kenne Dich und weiß, dass Du nun wahrscheinlich da sitzt oder stehst und Dein Kopf sich immer und immer um das dreht, was Du meinst, getan zu haben.

Doch ich versichere Dir: Nicht *Du* warst es. Denn Du, Marie, warst nur die Hand, die verzweifelt ihm mit der Nadel zurückgab, was er Dir schon am ersten Abend mitgegeben. Du warst nur die Hand, die ihm seinen Kratzer vergolten und die mit seinem Leben zugleich Dein Leiden und das vieler anderer Frauen beendet hat. Du bist nicht diejenige, die hier sitzen sollte. Denn das bin ich ganz allein, und ganz zu Recht muss ich büßen.

Denn ich habe Dir ein anderes Leben gezeigt, ich habe Dir die Gedanken in den Kopf und das Gift in die Hand gegeben.

Doch zweifelte ich niemals an unserer Aufgabe und niemals an uns, und deshalb bitte ich Dich, Marie, die Du damals so unbeholfen Deine Perlen Dir um den Finger geschlungen hast, lass mich meine Hände um deine Brust legen und schüttle sie nicht ab, sondern lass sie mit jedem Tag, den ich nicht bei Dir bin, tiefer und tiefer in deinem Herzen versinken.
Und, Marie, denke immer daran, dass es um Dich niemanden geben darf, der Dich nur um Deiner selbst wegen zu erniedrigen versucht, denn der Tag wird kommen, an dem Frau und Mann Seite an Seite und auf gleicher Höhe stehen.
Doch bis dahin müssen wir geduldig sein und kämpfen, so weit es uns möglich ist. Du weißt, Du hast den ersten Samen gesät, also gib nicht auf, zu verteidigen, was Dir lieb und teuer daraus erwachsen soll!
Eines Tages werden wir uns wiedersehen, und es wird der Tag sein, an dem all unsere Wünsche in Erfüllung gehen.

Hin und her schreite ich oft und denke an Dich,
Deine Anna